FROZEN FIRE

프로즌 파이어 2

KB014230

눈과 불의 소년

F R O Z E N   F I R E

프로즌 파이어 2

팀 보울러 지음 | 서민아 옮김

다산
책방

19

새하얗다고.

더스티는 주위를 둘러보았다. 눈에 들어오는 모든 것들이, 산도, 황무지도, 심지어 호수까지도, 온통 새하얗게 보였다. 호수 위를 자세히 들여다보았다. 꽁꽁 얼어붙은 호수 위로 눈이 내려앉은 것처럼 수면이 희미하게 빛났다. 하지만 더스티는 호수가 얼지도, 그 위에 눈이 내려앉지도 않았다는 걸 잘 알았다. 호수는 여전히 물결이 일렁이고 있었고, 더 이상 눈이 내리지도 않았다.

더스티는 자신이 왜 아직도 이곳에 서 있는지 의아했다. 안젤리카는 이미 한 시간 전에 가버렸고, 그 후로 이 근처에는 개미 새끼 한 마리 얼씬거리지 않았다. 더스티는 다시 소년을 생각했다.

새하얗다고.

그리고 아주 흉악하다고. 아무리 안젤리카를 신뢰한다고 하지만, 그녀의 이야기를 어떻게 받아들여야 할지 도무지 알 수가 없었다. 어떤 이야기는 사실처럼 들렸다. 상대방이 무슨 생각을 하고 있는지 소년은 다 알고 있는 것 같았고, 실제로 정확하게 일치하기도 했으니까. 하지만 다른 이야기들은, 몰래 뒤를 밟아 유괴하고 성폭행을 했다는 말은 도무지….

발아래 호수는 여전히 희미하게 반짝이고 있었다.

더스티는 호숫가를 유심히 바라보다가 황무지와 산봉우리들을 다시 죽 훑어보았다. 눈 덮인 저 광대한 황무지 위로 아무것도 움직이는 것이 없었다. 더스티는 돌제 아래로 어슬렁거리며 내려가다가 돌제와 호숫가가 만나는 지점에서 걸음을 멈추었다. 저 앞 시내 중심가를 향해 학교를 지나 다시 이곳으로 돌아오는, 벽으로 둘러싸인 좁은 길이 나 있었다.

돌제 바로 위 주차장에는 자동차가 한 대도 없었다. 더스티의 바로 옆 왼편에서 시작된 작은 오솔길이 호수 가장자리를 빙 둘러 뻗어 있었다. 더스티는 저 아래 숯가마꾼의 오두막과 그 곁의 작은 호수, 안젤리카가 소년을 보았다던 산 위의 오솔길을 생각했다.

이제 뭘 해야 좋을지 알 수 없었다.

그때 휴대전화가 울렸다. 벨소리에 놀라 움찔했지만 마음을 가라앉히고 전화기를 꺼내 액정을 들여다보았다. 아빠였다. 안 그래도 언제 아빠한테서 전화가 올지 몰라 조마조마했다.

"아빠."

"너 대체 어디에 있는 거냐?"

"난 잘 있어. 전화 줘서 고마워. 아빠는 잘 있어?"

"너 그렇게 버릇없이 굴래? 어디 있는 거야?"

"벡데일. 내가 쪽지에 쓴 거 못 봤어?"

"기어코 나갔구나. 아빠는 한 시간 전에 눈을 뜨긴 했는데, 너무 피곤해서 그냥 침대 위에 누워 있다가 깜박 졸았어. 아빤 네가 자고 있는 줄 알았다. 어쨌든 집안 어디에 있겠거니 했지 밖에 나갔을 거라고는 꿈에도 생각하지 못했어. 커피 한 잔 마시려고 아래층에 내려갔다가 그제야 네 쪽지를 봤어. 나가기 전에 아빠를 깨우지 그랬니?"

"아빠가 깊이 잠들어 있는 것 같아서. 그리고 내가 나가는 게 그렇게 대수로운 일도 아니라고 생각했거든."

"그게 왜 대수로운 일이 아니야."

아빠가 거칠게 호흡소리를 내며 말했다.

"이건 너무너무 중요한 일이야. 너한테 막 전화를 걸려던 찰나에 마침 빔한테서 전화가 왔더라."

"빔한테서?"

"그래, 빔한테서."

아빠가 퉁명스러운 목소리로 말했다.

"더플코트를 입은 이상한 소년이 이 지역을 돌아다닌다는 소문이 시내에 쫙 퍼졌다는 말을 해주려고 전화를 했다더구나. 틀림없이 우리가 지나다니는 길 주변에서 목격됐을 거야. 내가 골목에서 봤던 그 소년이 틀림없어. 경찰이 우리에게 경고했던 아이도 바로 이 소년일지 몰라. 빔이 그러는데 그 소년이 위험인물로 추정된다고 하더구나. 사람을 유괴해서 성폭행을 한다는 소문까지 돌고 있대. 아마 지난번 왔던 두 경찰이 우리한테 하고 싶어 하지 않았던 말도 바로 그 말이 아니었나 싶다. 너 혼자 돌아다니다가 길이라도 잃어버리면 어쩌려고 그래. 지금 어디에 있는 거야?"

"말했잖아. 벡데일이라고."

"그래, 그런데 정확히 벡데일 어디냐고?"

"광장에, 맥 아저씨네 커피하우스 바로 앞에 있어."

"알았다. 아빠가 곧 데리러 갈게."

"아빠, 안 그래도 돼. 아빠가 그러는 거 나 싫어. 돌아갈 준비가 되면 버스 타고 갈게."

"무슨 소리야. 지금 당장 돌아와야지. 아빠가 도로 끝에서 버스 오는 걸 기다렸다가 널 태워 집으로 오면 되겠다."

"아빠, 너무 걱정 마. 그리고 난 아직 집에 안 가."

"왜?"

"누굴 만나기로 했단 말이야."

"누구?"

"안젤리카라는 여자아이 있어."

"안젤리카가 누군데?"

"그냥 아는 여자아이야."

아빠가 깊이 한숨을 쉬었다.

"그래, 이제는 아빠한테 말도 안 하고 네 마음대로 하고 다니는 구나. 누굴 만나는지도 절대 말 안하고 말이야."

"그냥 학교 친구일 뿐이야."

"될 수 있는 대로 빨리 집으로 와라, 알겠니? 그 여자아이랑 뭘 하려고 하는지 모르겠다만…."

"맥 아저씨네 가게에서 커피 마실 거야."

"알 게 뭐냐. 아무튼 친구랑 헤어지면 버스 타고 얼른 와. 버스가 골목 끝에 도착하기 전에 휴대전화로 아빠한테 전화하고. 아빠가 차 가지고 가서 기다릴 테니까."

"걸어갈 수 있다니까 그러네. 집 앞 골목은 안전해."

"내가 그 소년을 본 장소가 바로 거기야, 알겠어? 잔소리 말고 골목 가까이 도착하면 전화해. 그러겠다고 약속해라."

"알았어. 약속할게."

더스티는 잠시 숨을 돌린 후 다시 말을 이었다.

"아빠?"

"왜?"

"어젯밤 헬렌 아줌마하고 즐겁게 잘 보냈어?"

"지금 그런 일에 신경 쓸 때냐."

아빠가 불만스러운 투로 말했다.

"최대한 빨리 돌아오기나 해. 또 멍하니 아무 데나 돌아다니지 말고. 조쉬도 그랬는데 너마저 잃어버릴 수는 없어."

"절대 그럴 리 없어, 아빠. 약속할게."

아빠는 더 이상 아무 말 하지 않고 전화를 끊었다. 더스티는 이제 소년에 대해 몹시 혼란스러워져서 그 자리에 우두커니 서 있었다. 처음엔 안젤리카가, 지금은 아빠까지 소년에 대해 위험인물이라고 말하다니…. 또다시 전화벨이 울렸다. 이번엔 카말리카였다.

"더스티니?"

"안녕, 카말리카. 여전히 나한테 전화를 걸어줘서 정말 기뻐."

"너한테 꼭 충고할 말이 있어서 전화했어."

"무슨 말이야?"

"우리 아빠는 내가 너하고 엮이는 거 탐탁지 않게 생각하셔. 네가 나한테 나쁜 영향을 준다고 생각하시거든."

"엄청 고마운 얘기다, 얘."

"지금 그런 걸로 왈가왈부할 시간 없어. 빨리 얘기하고 끊어야 돼. 아빠가 옆방에 계시는데 언제 들어올지 몰라. 내 말 잘 들어, 더스티. 난 지금 너한테 조심하라고 경고하려고 전화한 거야. 어제 데니하고 싸운 후에 네가 나한테 말한 그 소년, 기억나? 왜 네가 그랬잖아, 어떤 사람한테서 좀 이상한 전화를 받았다고. 약을 과다 복용했다나 어쨌다나 하는. 그 사람이 맥 아저씨가 산에서 본 소년과 같은 사람일지도 모른다고 생각했잖아."

"그 소년한테 무슨 일이라도 생겼어?"

"너 혹시 내가 충고한 대로 너희 아빠한테 말했니? 경찰에 전화도 했고?"

더스티는 망설였다.

"뭐, 경찰이 한 번 다녀가긴 했어."

"경찰한테 소년에 대해 전부 다 말했어?"

"묻는 말에 대답해줬지."

"그래서 네가 아는 대로 죄다 말했냐고?"

더스티는 아무 말 하지 않았다.

"전부 다 말 안 했지, 그렇지? 내 그럴 줄 알았어. 넌 늘 그런 식이라니까. 도무지 뭘 속 시원히 말하는 법이 없어. 그러니까 사람들이 널 못 믿는 거야. 그나저나 너 이제 아주 곤란해졌어. 그러게 경찰한테 죄다 말했어야지."

"네가 상관할 일 아니잖아."

"이건 모든 사람이 상관할 일이야. 잘 들어… 그 소년은 위험인물이야. 지금 그 소년을 봤다는 사람이 한둘이 아니야. 빔도 나한테 전화해서 자기가 들은 이야기를 전부 말해줬어. 여기저기서 받은 문자메시지며 이메일도 엄청나. 우리 동네사람 모두가 그 소년 이야기를 하느라 난리도 아니야. 심지어 인터넷에서도 그 이야기가 돌고 있는걸. 그 소년이 여기저기 안 나타나는 데가 없는데 특히 황무지하고 산, 호수 주변에 잘 나타난대. 아무래도 그 소년은 인적이 드문 장소를 좋아하는 것 같아. 빔이 그러는데 너희 집으로 가는 길 주변에서 그 소년을 봤다는 사람도 있대. 그러니까 진즉에 경찰한테 네가 아는 대로 말했어야지."

이번에도 더스티는 아무런 대꾸도 하지 않았다.

"더스티? 내 말 듣고 있니?"

"응."

"그 소년은 정말 위험해. 바로우미어, 위더벡, 밀헤이븐 할 것 없이 안 나타난 곳이 없대. 어린 여자아이를 유괴해서 그 여자아

11

이가 도망칠 때까지 사흘 동안 수시로 성폭행을 했다는 소문도 있어. 그게 전부가 아니야. 그 소년은….”

카말리카의 목소리가 서서히 약해졌다.

“그 소년은 뭔데?”

“그 소년은 다른 사람들과 달라. 뭐랄까, 어떤 특별한 걸… 할 줄 아는 것 같아. 그러니까 보통 사람들은 할 수 없는 일들 말이야.”

“예를 들면?”

“사람의 마음을 읽을 줄 안다든지… 갑자기 어디론가 사라진다든지 하는 거. 그 소년이 유치장에 갇힌 적이 있는데 별안간 사라져버렸대. 유치장 문은 그대로 잠긴 상태에서 소년만 사라졌는데, 도대체 무슨 수로 빠져 나갔는지 알 길이 없다는 거야. 그거 말고 다른 이야기들도 더 있어… 아주 무시무시한 이야기들인데….”

“어떤 이야긴데?”

“그 소년한테 접근하는 사람들은 갑자기 의식을 잃게 된대… 소년 근처에 다가가기도 전에 마치 소년이 그들을 쓰러뜨리기라도 하는 것처럼 말이야.”

그때 말똥가리가 또다시 하늘 위를 빙그르르 돌고 있었다. 사람 하나 없이 온 사방이 흰 눈에 덮인 이런 곳에서 말똥가리를 보니 유난히 반가운 길동무처럼 느껴졌다.

“말도 안 돼. 그런 사람이 어딨어.”

“내 말을 잘 들어봐. 이 더플코트를 입은 형체가 변두리 술집에서 술을 마시고 있는 걸 비드웰 아래쪽 농장에서 일하는 한 일꾼이 봤대. 어쩐지 좀 수상하다 싶어서 신원을 캐물으러 갔다나 봐. 그런데 그 형체가 돌아서고 둘 사이의 거리가 좁혀지기도 전에 그 일꾼이 의식을 잃었다는 거야. 농장 일꾼은 그 후로 지금까지 병원에 입원해 있대."

"뭐? 그럼 혼수상태에라도 빠졌다는 거야?"

"이제야 겨우 혼수상태에서 벗어났대. 경찰은 그 일을 조용히 수습하려 했지만, 그 사람이 지역 라디오 방송에다 자기 이야기를 했다는 거야. 그 사람이 기억하는 건 그 형체를 봤다는 것, 그런 다음 마치 암흑의 힘과 같은 엄청난 힘이 자신을 쓰러뜨렸다는 게 전부래. 그거 말고는 아무것도 기억이 나질 않는다는 거야. 그가 바닥에 쓰러져 누워 있는 걸 아내가 발견했는데, 처음에는 죽은 줄 알았대. 구급 대원들이 와서 그 사람을 병원에 싣고 갔고, 며칠 후에 의식이 돌아온 거지. 지금은 간신히 입을 열어 그때 일을 이야기할 수 있을 정도로 상태가 호전되긴 했는데, 아직도 온몸에 감각이 없대."

더스티는 죽은 채 누워 있는 투견들이 떠올랐다.

"그러니까 네가 알고 있는 내용들을 전부 경찰한테 말해. 몸조심하고. 그런데 너 지금 어디에 있는 거니? 집이니?"

"응. 있잖아, 카말리카. 나 지금 나가봐야 돼."

"나도 그래. 내일 학교에서 보자. 그런데 더스티?"

"응?"

"경찰한테 꼭 말해. 그리고 호수 근처에는 가지 마. 황무지하고 산 가까이에도 가지 말고."

더스티는 호수와 황무지, 그리고 산을 가만히 둘러보았다.

"그래, 알았어."

더스티는 중얼거리듯 말하고 전화를 끊었다.

하지만 이제 와서 이곳에서 멀어지기란 불가능했다. 안 그래도 마음을 짓누르던 수수께끼들이 지금은 너무나 커져버렸다. 조쉬 오빠에 대한 수수께끼, 다른 사람들에 대한 수수께끼, 소년이 넌지시 내비쳤던 그보다 훨씬 큰 의문들…. 이제 곧 이 모든 수수께끼들을 해결할 수 있을 것 같았고, 이 가운데 무엇보다 먼저 소년에 대한 수수께끼를 해결해야 할 것 같았다. 우선 이것만 해결하고 나면 나머지 두 가지 수수께끼는 저절로 풀릴 터였다.

하지만 성폭행이니 하는 새로운 사실들을 생각하니 두려움에 소름이 끼칠 지경이었다. 지금까지는 소년을 추격하는 사람들 때문에 적잖이 위험했지만, 지금은 누구보다 위험한 인물이 바로 이 소년인 것 같았다. 그가 이렇게 위험한 인물일 거라고는 생각지도 못했다. 그저 어딘가 좀 섬뜩했고, 어딘지 모르게 절박한 느낌이 들었을 뿐이었다. 하긴, 수화기 반대편에서는 얼마든지 그런 느낌이 들도록 꾸며낼 수 있으리라. 더스티 자신도 그런 식으로 숱하게 사람들을 속이곤 하니까.

더스티는 아직 경찰에 알릴 준비가 되지 않았다. 아직은 아니었다. 우선 자신이 직접 밝혀야 할 일들이 너무나 많았다. 더스티는 호수를 다시 한 번 찬찬히 살펴본 다음 황무지에서 레이븐 산으로 시선을 옮겼다. 어쩌면 저곳에 해결의 실마리가 있을지도 모른다. 어쩌면 소년은 저곳에 있을지도 모른다. 하지만 그런 위험을 감수할 경우 어떠한 변명으로도 자신의 행동을 정당화시키기는 어려울 터였다. 더스티는 조쉬 오빠를 떠올리며 이럴 때 오빠라면 어떻게 했을지 생각했다.

"오빠라면 갔을 거야."

더스티는 큰소리로 말했다.

"오빠라면 망설이지 않았을 거야. 아무리 무서워도 갔을 거야."

그리고는 즉시 걸음을 옮겼다.

비록 여전히 겁에 질려 있지만, 그래도 이것이 올바른 결정이라고 생각했다. 아무 일도 하지 않는다면 아무것도 알아내지 못한다. 아빠를 속이고 아빠의 바람을 거스르는 건 너무 싫었지만, 안전하게만 굴다가는 아무것도 알아내지 못할 터였다. 조쉬 오빠를 찾으려면 위험을 감수해야 하고, 조쉬 오빠를 찾기 위해서는 소년을 찾아야 한다. 결국 이 문제는 계속 같은 결론으로 끝이 났다.

물론 뭔가를 알아낼 가능성이 많을 거라고는 생각하지 않았다. 소년은 세상 어디든 숨을 수 있을 테니까. 다른 사람들이 소년을 목격했다고는 하지만, 더스티 자신도 소년을 보게 되리라는 보장은 없었다. 그렇다 하더라도 호수를 둘러싼 눈 덮인 오솔길을 따라 계속 터벅터벅 걸음을 옮기는 수밖에 달리 도리가 없었다. 오른쪽 둑과 왼쪽 바로 가까이에 있는 호수가 아주 선명하게 눈에 들어왔다.

여전히 호수는 기괴하리만치 순백의 빛을 발하며 어슴푸레 반짝이고 있었다. 더스티는 걸으면서 호수 위를 응시했다. 금방이라도 부서질 듯한 햇빛이 이제 막 구름 사이를 뚫고 비치고 있었고, 호수는 얼어가고 있었다. 더스티는 안젤리카가 엄마와 함께 산책했던 길을 따라 죽 걸어내려 갔다.

제일 먼저 확인해야 할 장소는 말할 것도 없이 숯가마꾼의 낡은 오두막이었다. 물론 소년이 지붕도 문도 창문도 없는 곳에서 자고 싶어 했을 리는 거의 없지만, 어쨌든 안젤리카가 오두막 근처에서 소년을 봤다고 주장했으니 말이다. 더스티는 앞으로 앞으로 걸어 갔다. 차가운 공기가 인정사정없이 콧구멍을 파고들었다. 양말과 장갑이 꽤나 두꺼운데도 손발이 모두 꽁꽁 얼어붙었지만, 더스티는 아랑곳하지 않고 주위를 살피며 걸음을 재촉했다. 어디에도 사람이 움직이는 흔적은 보이지 않았다. 지금은 말똥가리마저 자취를 감추었다.

낡은 오두막에 다다른 더스티는 이제 누군가 다녀간 흔적을 찾기 위해 주위를 두리번거렸다. 예상했던 대로 보잘 것 없고 황량한 곳이었다. 이런 곳에 무슨 실마리가 있을 리 없었다. 더스티는 바깥으로 걸음을 옮겨 작은 호수로 향했다. 이곳 역시 유령이 나올 것만 같던 으스스한 호수의 분위기와 걸맞게 기묘하리만치 창백한 빛이 감돌았다. 더스티는 안젤리카가 그랬던 것처럼 레이븐 산의 비탈진 길들을 가만히 올려다보았다. 바로 그때 저 위에서 검은 형체 하나가 눈에 들어왔다.

온몸이 얼어붙는 것 같았다. 그것은 분명 사람의 형체였고, 정상 바로 밑 산등성이에 쌓인 눈과 대조되는 검은색이었으며, 틀림 없는 남자였다. 더스티는 그 형체를 뚫어져라 올려다보면서 자신의 눈에 이 사람이 보이는 것과 마찬가지로 이 사람의 눈에도 자신이 보인다는 사실을 깨달았다. 그때 주머니에서 휴대전화가 울렸다. 재빨리 전화기를 꺼내 들었다.

"여보세요?"

"어서 시내로 돌아가."

목소리가 말했다. 더스티는 잔뜩 긴장했다. 소년의 목소리였다.

"빨리 시내로 돌아가란 말이야."

소년은 숨을 헐떡이며 다급하게 말했다.

"지금 당장."

"하지만…"

"산 위에 있는 사람은 내가 아니야."

그때 탕 하는 총소리가 침묵을 깨뜨렸다. 산등성이에서 나는 소리였다.

"어서 달려!"

소년이 말했다.

더스티는 뒤를 돌아 시내로 향하는 길을 따라 황급히 달렸다. 그렇게 달리면서 산 위에 있는 형체가 자신과 같은 방향으로 달리는 걸 보았다. 그리고 이제 그것이 누구의 형체인지 알 수 있었다. 바로 포니테일로 머리를 묶은 남자였다. 그의 땅딸막한 체구와 손에 빙글빙글 돌리고 있는 라이플총의 윤곽을 한눈에 알아볼 수 있었다.

더스티는 전속력을 다해 달리는 내내 전화기를 최대한 바싹 귀에 갖다 댔다. 남자가 더스티를 잡으려 한다는 건 의심할 여지가 없었다. 그가 아무리 총으로 더스티를 맞히려 한들 산등성이에서는 불가능해 보였다. 하지만 근처 어딘가에 그의 아들들이 잠복해 있을 게 분명했고, 그가 쏜 총소리가 신호음이 되었을지도 모른다.

"그 소리가 신호였어!"

여느 때처럼 더스티의 생각에 반응을 보이며 소년이 소리쳤다.

"그들이 저기 왼쪽에 있어. 네가 빨리 서두르면 너를 잡지 못할 거야!"

더스티는 둑 위를 노려보았다. 자신이 가는 길을 가로막기 위해 남자의 아들들이 황무지를 중심으로 양쪽으로 나뉘어 달려가는 모습이 보였다. 다행히도 그들에게는 총이 없었고 아직까지는 더스티에게서 꽤 멀리 떨어져 있었다. 소년의 말이 옳았다. 더스티가 계속해서 달리는 한 그들은 절대로 더스티를 따라잡을 수 없었다. 더스티는 전속력을 다해 길을 따라 달려 내려갔고, 그러는 동안 전화기에 대고 빠르게 말했다.

"너 어디야?"

"몰라도 돼."

"널 봐야겠어."

"넌 나를 봐선 안 돼. 절대로 나를 봐서는 안 돼."

"왜 안 된다는 거야?"

"왜냐하면 난 위험하니까. 그럴 의도는 없지만 난 위험해. 내 주위에 있으면 위험하단 말이야. 난 모든 사람들에게 위험한 인물이야. 난 사람들에게 해를 입혀. 어쩌면 너한테까지 해를 입힐지 몰라. 그렇게 된다면 난 정말 견딜 수 없을 거야."

또다시 총성이 울려 퍼졌다.

"지금 이 총소리는 너를 겨냥한 게 아니야. 그가 아들들에게 돌아오라고 부르는 소리야."

더스티는 자신의 추격자들을 흘긋 올려다보았다. 산 위에 서 있는 남자가 동작을 멈추고 손짓으로 아들들을 부르고 있었다. 세 남자 모두 그 자리에 멈춰 서긴 했지만 여전히 더스티를 지켜보고 있었다. 더스티는 서서히 속도를 늦추었지만 계속해서 걸음을 재촉했다. 그러는 동안에도 전화기에 대고 줄곧 이야기를 하고 있었다.

"그들이 뭘 하려고 하는지 어떻게 알았어? 네가 있는 곳에서 그들이 보여?"

"나는 아주 많은 것들을 봐. 견딜 수 없을 정도로 많은 것들을."

여전히 세 남자가 지켜보는 가운데 더스티는 계속해서 걷고 또 걸었다.

"난 조쉬 오빠를 찾고 싶어. 정말로 오빠가 너무 너무 보고 싶어. 오빠가 살았는지 죽었는지 알고 싶단 말이야."

"난 내가 살았는지 죽었는지도 더 이상 알지 못하는걸."

"말도 안 돼. 너에 대한 얘기들을 들었는데 도저히 이해할 수가 없어. 조쉬 오빠에 대해서도 이해할 수 없어. 또 하나…."

더스티가 어슴푸레 반짝이는 대기를 응시하며 말을 이었다.

"또 하나 이해할 수 없는 일이 있어. 어떤 일 한 가지가 도무지 이해되지 않아."

"그럼 잠시 그 일에서 떨어져 있어봐. 집에 가서 네가 의아하게 여기는 일들을 조용히 받아들이면서 지내봐."

"그 일들을 받아들이면서 지내라니, 그럴 수 없어. 그 일들을 생각하면 미칠 것 같단 말이야. 한시도 그 일을 잊어버릴 수 없어."

"그래야 해."

"하지만 왜?"

"이제 곧 상황이 점점 나빠질 거거든."

"그게 무슨 말이야?"

소년이 대답하기도 전에 또 한 발의 총성이 울렸다. 더스티는 공포에 휩싸여 주위를 빙글 돌았다. 총성이 시작된 방향은 레이븐 산이 아니었다. 그 소리는 벡데일에서 시작되었다. 더스티는 전화기에 대고 비명을 질렀다.

"여보세요, 아직 내 말 듣고 있니?"

전화는 이미 끊어져 있었다.

20

총성은 계속해서 울렸다. 우레와 같은 소리를 내며 두 발의 총성이 연달아 울리더니 곧이어 세 번째 총성이 울렸다. 더스티는 휴대전화를 주머니에 찔러 넣고 시내로 향하는 길을 따라 전속력을 다해 달렸다. 뭔가 크게 잘못되고 있었고, 더스티는 이 일에 소년이 관련되어 있다는 걸 알았다. 대체 누가 총을 쏘고 있는 것일까? 포니테일로 머리를 묶은 남자는 더스티를 불안하게 하기에는 아주 멀리 떨어져 있는데.

벡데일은 다시 전과 다름없이 사방이 평온해졌지만, 도심에는 불안한 기운이 감돌고 있었다. 더스티는 이제 돌제에 다다랐다. 이곳에는 아무도 없었고 더 이상 총소리도 들리지 않았지만 불안한 기운은 다를 바 없었다. 더스티는 학교를 지나는 오솔길을 따라 서둘러 걸음을 재촉하다가 시내 중심가로 방향을 돌렸다.

거리마다 오싹한 긴장감으로 가득 메워져 있었다. 거리 밖으로 나오는 사람은 아무도 없었지만, 지나는 길에 창문을 통해 사람들 얼굴을 볼 수 있었다. 더스티에게 어서 집으로 돌아가라고 손짓하는 사람들도 있었다. 더스티는 모른 체하고 계속해서 걸음을 옮겼다. 잔뜩 겁에 질린 상태이긴 하지만 대체 소년에게 무슨 일이 일어났는지 반드시 알아내야 했다.

이제 〈피리 부는 사나이〉 앞을 지났다. 아까보다 많은 사람들이 창문에 얼굴을 내밀었고, 아까보다 많은 사람들이 더스티에게 어서 피하라는 손짓을 했다. 이번에도 더스티는 그들의 걱정을 무시했다. 바로 그때 광장에서 여러 사람의 목소리가 들려왔다. 잔뜩 성이 나서 당장이라도 공격해올 것만 같은 남자들 목소리였다. 더스티는 마음을 단단히 먹고 냅다 달렸다. 목소리는 점점 커졌고 점점 위태로웠다.

더스티는 우체국 밖에 멈춰 선 다음 광장 안에 세워진 건물 모퉁이를 돌아 주위를 유심히 살폈다. 여러 상점들과 맥 아저씨의 커피하우스 창가에는, 빈치 아줌마네 과자점 밖에 모여 있는 한 무리의 남자들을 내다보느라 사람들 얼굴이 일렬로 나란히 늘어서 있었다. 몇몇 남자들은 산탄총을 가지고 있었다. 더스티는 남자들이 몇 명이나 되는지 재빨리 수를 세어보았다.

우락부락하게 생긴 남자들 열한 명이었다. 백데일 사람들이 아닌 게 분명했다. 경찰관 세 명도 그곳에 함께 있었는데 남자들을 진정시키려 아무리 애써봤자 별 성과가 없었다. 더스티가 그들을 주시하고 있을 때 두 대의 죄수 호송차가 끽끽 브레이크 소리를 내며 광장 한가운데로 들어섰고, 브렛 경감과 샤프 경위를 포함한 여러 명의 경찰관들이 우르르 내렸다.

경찰들이 속속 도착했지만 남자들의 분노는 오히려 더욱 커져 갈 뿐이었다.

"우리는 시간을 낭비하고 있어!"

턱수염을 기른 덩치 큰 남자가 이연발식 산탄총을 들고 큰소리로 외쳤다.

더스티는 그 남자를 가만히 살펴보았다. 누군지는 모르겠지만 어디서 많이 본 듯한 사람이었다. 그때 불현듯 그 남자를 어디에서 봤는지 기억해냈다. 어제 더스티와 아빠를 추월한 흰색 소형트럭을 몰던 남자, 더스티가 포니테일로 머리를 묶은 남자와 한패라고 착각한 바로 그 남자였다. 어제 그는 남자 두 명, 여자 한 명과 함께 있었다. 더스티는 한 무리의 남자들을 다시 살펴보며 어제 봤던 두 남자를 재빨리 찾아냈다.

"그 녀석은 달아났을 거야!"

턱수염을 기른 남자가 소리쳤다. 그러자 폭도들이 동물 소리 같은 울부짖는 소리로 남자의 말에 대꾸했다.

샤프 경위가 앞으로 나왔다. 더스티는 잔뜩 긴장하며 눈앞에서 펼쳐지는 광경을 지켜보았다. 물론 어떤 일이 벌어질지는 의심할 여지가 없었다. 샤프 경위는 도무지 겁이라는 걸 몰랐으니까. 더스티와 마찬가지로 샤프 경위 역시 턱수염을 기른 남자가 주모자라는 걸 한눈에 알아보았고, 이제 그 남자 코앞에 바짝 다가서서는 그를 무리 한가운데에서 교묘하게 빼내 강제로 자신의 눈을 똑바로 쳐다보라고 다그쳤다. 그러더니 지금은 한결 부드럽고 차분한 목소리로 그와 이야기를 나누고 있었다. 더스티는 귀를 쫑긋 기울였지만 들리는 말이라고는 남자가 화가 나서 펄펄 뛰며 대꾸하는 소리뿐이었다.

"내가 말했잖아요! 그 녀석이 그 빌어먹을 과자점 안에서 전화를 걸고 있었다고요!"

샤프 경위는 더욱 부드러운 목소리로 말했고 남자는 또다시 화를 내며 대꾸했다.

"그 자식은 변태예요! 완전히 변태 자식이란 말입니다!"

이번에도 샤프 경위는 나지막한 음성으로 말했다. 샤프 경위는 남자가 아무리 성을 내도 전혀 주눅 들지 않는 것 같았고, 거의 대화를 나누듯 스스럼없이 이야기를 하고 있었으며, 잠시도 남자에게서 눈을 떼지 않았다. 남자의 의지와는 전혀 상관없이 남자에게 자기만을 바라보도록 강요하고 있었다.

더스티는 그들 사이에서 무슨 이야기가 오가는지 몹시 궁금한 나머지 조금씩 그들 가까이로 다가갔다. 그때 커피하우스 창문을 통해 자신에게 안으로 들어오라고 손짓하는 맥 아저씨의 모습을 보았다.

'도망쳐.'

맥이 입모양으로 말했다. 더스티는 무시하고 그들에게 가까이 다가갔다. 샤프 경위는 여전히 남자와 이야기를 나누고 있었다. 샤프 경위의 침착한 태도에는 적어도 당장은 남자들 무리를 꼼짝 못하게 만드는 무언가가 있는 듯했지만, 폭력의 유령은 서리처럼 그들 곁에 딱 달라붙어 떨어질 줄 몰랐다.

눈이 내리기 시작했다.

더스티는 무리들 주변에서 몇 발자국 떨어진 곳에 멈춰 섰다. 남자들도 경찰들도 더스티를 알아채지 못한 것 같았다. 경찰들은 남자들을 주시하느라 여념이 없었고, 남자들은 남자들대로 샤프 경위가 줄곧 저토록 부드럽게 마치 최면이라도 걸 듯한 낮은 목소리로 이야기하는 모습을 지켜보고 있었다. 더스티는 그들이 아닌 다른 사람에게 눈길을 돌렸다.

바로 빈치 아줌마였다.

이 나이든 아줌마는 엄청난 충격을 받아 과자점의 닫힌 문 뒤에서 두 눈을 동그랗게 뜨고 밖을 내다보았다. 옆집 채소가게 주인 블랙 아줌마가 곁에 와서 그녀를 안심시키고 있었다.

눈발은 점점 거세지고 차가워졌다.

더스티는 샤프 경위가 무슨 말을 하는지 듣고 싶은 마음이 간절해져서 조금씩 앞으로 다가갔다. 이제 손을 뻗으면 바로 근처에 있는 남자를 건드릴 수 있을 만큼 가까이 다가왔지만, 여전히 아무도 더스티를 알아채지 못하는 것 같았다. 더스티는 이곳에 성난 기운이 퍼져 있다는 것을, 남자들 사이에 걷잡을 수 없이 난폭하고 깊은 분노가 넘실거리고 있다는 것을 확연히 느낄 수 있었다.

더스티는 도망쳐야겠다는 생각이 들었다. 맥 아저씨가 옳았다. 주위에 경찰이 있다고는 하지만 이곳은 결코 안전하지 않다. 하지만 왠지 꼼짝을 할 수가 없었다. 더스티는 소년이 가까이에 있다는 걸 직감으로 알 수 있었다. 앞에 서 있는 남자 가까이로 몸을 기울이자 남자의 재킷이 뺨에 닿을 정도로 거리가 좁혀져 이제야 샤프 경위가 턱수염이 난 남자에게 말하는 소리를 들을 수 있었다.

"힉스 씨, 이번 일을 전체적으로 다시 검토해봅시다. 그 소년이 과자점에 있었어요. 맞습니까?"

"제가 방금 그렇게 말했잖아요."

"소년이 휴대전화를 사용했고요?"

"제기랄, 도대체 몇 번을 말해요! 저기 수다쟁이 노파한테 물어보시오. 저 노인네가 확인해줄 테니."

"내 동료 경찰이 이미 확인을 받았어요. 빈치 여사는 무언가를 가지러 가게 뒤로 나갔지만, 문제의 그 소년을 보지는 못했다고 하더군요. 빈치 여사는 광장에서 총소리를 듣고는 허둥지둥 가게 앞으로 돌아왔고, 그때 당신과 당신 친구들이 밖에 있는 모습만 봤다고 했어요. 그러니까 더플코트를 입은 소년은 어디에도 없었다는 거지요."

"젠장, 우리가 그 자식을 봤다니까요!"

남자는 다른 남자들에게 동조해달라는 몸짓을 보이며 말했다.

"안 그래?"

모두들 왁자하게 그의 말에 호응했지만, 샤프 경위는 아랑곳하지 않고 예의 차분한 목소리로 계속해서 질문을 이어갔다.

"그래서 어떻게 됐나요?"

"아, 젠장, 여태 말했잖아요! 우리는 그 자식이 과자점 안에서 저 수다쟁이 노파의 전화로 전화 거는 걸 봤다고요. 그 자식은 밖을 내다보더니 우리가 저를 덮치러 들어오는 걸 알고는 냅다 밖으로 뛰쳐나갔어요."

"그래서 소년을 쐈군요?"

"경고 사격 한두 발 정도 쏠 수도 있는 거 아니요."

"소년이 어느 방향으로 달아났지요?"

남자가 스테이션 로드 쪽을 가리켰다.

"저쪽이요. 아, 그러니까 지금 우리는 시간낭비 하고 있다니까요. 그 자식은 이제 완전히 도망쳤을 거예요. 당신들이 여기 나타나서 우리를 막아서지만 않았어도 지금쯤 벌써 놈을 잡고도 남았을 거요."

브렛 경감이 앞으로 향했다.

"제가 이해를 못하겠는 건, 소년이 왜 하필 빈치 여사의 전화기를 사용하려 했느냐 하는 겁니다."

남자가 경멸하는 듯한 눈빛으로 경감을 쳐다보았다.

"그거야 당연한 것 아니오. 그 자식은 다급히 전화를 걸어야 했을 거요. 그런데 광장에 있는 공중전화는 망가졌지, 휴대전화는 없지, 보아하니 과자점 안에는 아무도 없지. 그러니 뭐, 되든 안 되든 일단 안으로 들어가고 보자 그런 것 아니겠소. 다짜고짜 과자점 안으로 들어가 빈티 여사의 전화기를 사용했겠지."

"빈치 여사입니다."

"빈티든 빈치든."

더스티는 스테이션 로드 쪽을 바라보았다. 상점 몇 개와 집 몇 채, 길 끝에 자그마한 철도역 외에는 이렇다 하게 숨을 만한 곳이 없었다. 하지만 도로 옆으로 골목이 몇 개 나 있었다. 어쩌면 소년 은 골목을 지나 시내의 다른 구역으로 달아났을지도 모른다.

그때 또다시 소년이 가까이 와 있다는 느낌이 들었다.

더스티는 주변을 둘러보았다. 더플코트를 입은 형체의 흔적은 보이지 않았다. 눈에 보이는 것이라고는 하얀 광장과 여전히 창문 마다 고개를 내밀어 밖을 보고 있는 사람들 얼굴, 여느 때보다 더 펑펑 쏟아지는 눈이 전부였다. 그리고 환한 빛이, 이 번득이는 광 채가 자신을 베어내는 것만 같은, 자신을 베어내고 세상 모든 것 을 베어내는 것만 같은 당혹감이 다시 한 번 느껴졌다. 더스티는 두 주먹을 꽉 쥐고 남자들을 돌아보았다.

남자들은 해산할 기미가 보이지 않았다. 설사 해산한다 하더라 도 여느 때보다 크게 화가 나 있는 듯 보여 결코 위험이 지나갔다 고는 볼 수 없었다. 더스티는 더 이상 이곳을 배회해서는 안 된다. 이제 자신이 무얼 해야 할지 비로소 알게 되었다. 더스티는 스테 이션 로드 방향으로 슬며시 걸음을 옮기기 시작했다. 그때 마침내 샤프 경위가 더스티를 알아보았다.

"더스티!"

샤프 경위가 불렀다.

"세상에, 대체 너 여기에서 뭐 하는 거니?"

더스티가 걸음을 멈추었다.

"전 그냥…."

"이런 곳에 돌아다니면 안 돼! 당장 너희 집으로 가거라!"

더스티는 남자들 무리와 다른 경찰들이 모두 뒤를 돌아 자신을 바라보고 있는 걸 느꼈다. 자신을 뚫어지게 바라보는 그들의 시선이 불편했지만, 애써 태연한 척 걸음을 뗐다. 모두의 시선이 한동안 더스티를 주시하더니 이내 다른 곳으로 방향을 돌렸다. 더스티는 샤프 경위를 돌아보았다.

샤프 경위는 더 이상 그 자리에 없었다. 샤프 경위는 과자점 안으로 들어가 빈치 아줌마와 이야기를 나누었다. 남자들과 경찰들이 과자점의 열린 출입문 앞으로 우르르 몰려가 시야를 가로막는 바람에, 안에서 무슨 일이 벌어지고 있는지 도무지 알 수가 없었다. 잠시 후 주머니에서 휴대전화가 울렸다. 더스티가 재빨리 전화기를 꺼냈다.

"여보세요?"

대답이 없었다.

"여보세요?"

더스티가 다시 물었다.

"나야, 더스티."

목소리가 말했다. 더스티는 온몸을 벌벌 떨면서 과자점을 향해 모여든 사람들 틈 사이로 자신을 응시하고 있는 샤프 경위를 바라보았다. 샤프 경위는 빈치 아줌마의 전화기를 귓가에 대고 있었다.

두 사람은 잠시 아무 말 없이 서로를 바라보았고, 곧이어 샤프 경위가 입을 열었다.

"이 전화로 통화한 번호를 알아내려고 재다이얼을 눌러봤어."

잠시 침묵이 이어졌다.

"마지막으로 통화한 사람이 다름 아닌 너라는 게 분명해진 것 같구나."

더스티는 와자하게 모여든 사람들이 자신을 향해 일제히 얼굴을 돌리는 걸 보았다.

눈꺼풀 위로 눈송이가 내려앉았다. 그렇게 내려앉은 눈송이는 마치 물유리 같았다. 흐릿해진 시야를 통해 샤프 경위가 과자점 밖을 성큼성큼 걸어 나오는 모습이 보였다.

"더스티!"

샤프 경위가 외쳤다. 더스티는 자기도 모르는 사이에 달리고 있었다. 뒤는 돌아보지 않았다. 어느 쪽으로 가야할지 알 것 같았다. 과자점에서 시작해 광장을 가로지르는 눈 쌓인 길 위로 발자국이 찍혀 있는 것이 보였다. 어쩌면 아닐 수도 있지만 그것이 소년의 발자국이라는 확신이 들었다. 어쨌든 그것 말고 다른 발자국은 없었으니까.

더스티는 광장을 가로질러 스테이션 로드를 향해 있는 힘껏 달렸다. 마음은 온통 혼란스러워졌다. 잘못하다가 사람들을 소년에게 안내하는 꼴이 될지 모른다며 스스로를 꾸짖었지만, 그럴 가능성에 대해 거의 개의치 않았다. 더스티가 직접 소년을 찾아야 했고, 어떻게든 이 일에 대해 명확한 결론을 내려야 했다. 사람들을 뿌리칠 수 있다면 더더욱 좋으련만. 만일 그렇지 못한다면 이만저만 낭패가 아닐 수 없다. 저 사람들이 한꺼번에 소년을 발견하게 될 테니 말이다.

하지만 적어도 경찰은 소년이 죽임을 당하지 않도록 막아줄 것이다.

"더스티!"

뒤로 브렛 경감의 목소리가 들렸다. 더스티는 목소리를 무시한 채, 소년의 것이라 짐작되는 눈 속의 발자국을 따라 달리고 또 달렸다. 사람들도 더스티를 따라 광장을 가로질러 스테이션 로드를 향해 계속해서 달렸다. 더스티는 최대한 빠른 속도로 달렸고, 마침내 스테이션 로드에 들어섰을 때에야 겨우 뒤를 돌아보았다.

남자들과 경찰들이 더스티를 따라 뛰었고 이제 제법 거리가 좁혀졌다. 더스티가 갑자기 냅다 달아나는 바람에 모두가 깜짝 놀랐지만, 아무리 출발이 빨랐다 한들 그들 가운데 가장 속도가 빠른 사람을 앞서지는 못하리라는 걸 더스티도 알고 있었다. 더스티는 여전히 눈 속에 찍힌 발자국을 주의 깊게 따라가며 스테이션 로드를 향해 돌진했다. 그때 오싹한 일이 일어났다. 스톤웰 공원에서 그랬던 것처럼 갑자기 발자국이 뚝 끊긴 것이다.

더스티는 사람들이 자신을 쫓아오고 있는 걸 알면서도 어떻게 해야 할지 몰라 우물쭈물 하다가 마침내 발자국 하나 찍히지 않은 새하얀 눈길 위를 달리기 시작했다. 그때 돌연 30미터쯤 전방에서 철도역으로 향하는 발자국이 나타나기 시작했다. 안도감과 공포감이 한꺼번에 교차되었다. 분명 같은 사람의 발자국이라는 확신은 들었지만 사실상 이건 불가능한 일이었다. 발자국 수가 점점 줄어들다가 급기야 완전히 사라지더니, 마치 초인적인 힘을 발휘해 눈길 위를 껑충 뛰어 오르기라도 한 것처럼 30미터 전방에서 갑자기 턱하니 발자국이 나타난 것이다. 하지만 그런 걸 생각할 시간이 없었다. 지금은 무조건 달려야 한다. 어떻게든 소년을 찾아야 한다.

"더스티!"

또다시 브렛 경감의 목소리가 들렸다. 브렛 경감의 목소리는 아까보다 더 가깝게 들렸지만 예상했던 것만큼 가깝지는 않았다. 생각해보면 아직 아무도 자신을 잡지 못했다는 사실이 놀랍기도 했다. 더스티는 다시 한 번 어깨너머로 뒤를 흘끔 돌아보았고, 가장 빨리 달리는 사람들조차 여전히 20미터는 족히 뒤쳐져 있는 걸 확인했다. 그들 가운데에는 경찰관 세 명과 남자 네 명이 포함되어 있었는데, 이 추격자들이 왜 저렇게 빨리 움직이지 못하는지 도무지 이해가 되지 않았다.

그들은 서로가 서로에게 방해가 되고 있었다. 경찰은 경찰대로 남자들을 이 일에서 제외시키려고, 낑낑대며 달리는 와중에도 자신들의 업무에 간섭하지 않게 하려 애쓰고 있었고, 남자들은 남자들대로 경찰이 만류하든 말든 더스티를 쫓아가며 저희들끼리 말싸움을 하고 있었다.

더스티는 자신에게 유리한 이런 상황을 이용하기로 마음먹고 더욱 속력을 냈다. 그러나 이번에도 발자국이 사라져버려 또다시 망연자실해졌다. 할 수 없이 아무도 밟은 적 없는 새하얀 눈길을 가로질러 달렸고, 그렇게 달리면서 혹시나 저 앞에 또다시 발자국이 나타나지 않을까 기대하면서 두리번거리며 발자국을 찾았다. 이쪽에도 저쪽에도, 어디에도 발자국은 보이지 않았다. 그런데 바로 그때, 적어도 40미터 전방에 유령이 지나가기라도 한 듯 아무런 흔적도 없는 눈길 위에 또다시 발자국이 나타나기 시작했다.

"대체 너 정체가 뭐니?"

더스티는 소년을 향해 중얼중얼 불평을 터뜨렸다.

더스티는 새로 난 발자국을 따라 달리고 또 달렸다. 새 발자국은 길 끝에 있는 철도역을 향해 이어졌다. 더스티는 마구 퍼부어대는 눈발 사이로 간신히 발자국을 찾을 수 있었다. 허름하고 작은 매표소와 대합실, 두 개의 작은 플랫폼, 그리고 다리를 알아보았다. 마침 여객 열차가 들어오고 있었다. 더스티는 눈 속에서 발자국을 확인했다. 발자국은 다리를 향했지만 조만간 또다시 서서히 사라지리라는 걸 알 수 있었다.

재빨리 주위를 둘러보았다. 보이는 것이라고는 시야를 가로막을 정도로 펑펑 쏟아지는 눈송이뿐이었다. 퍼붓는 눈송이 사이로 자신을 쫓아오는 추격자들 가운데 제일 앞장 선 사람이 눈에 들어왔다. 신참인 듯 보이는 젊은 경찰관이었다. 그는 더스티를 쫓아오느라 모자까지 잃어버렸지만, 더스티를 향해 큰소리로 말을 할 수 있을 정도로 뒤를 바싹 쫓았다.

"더스티, 그만 서! 우리는 단지 너하고 할 이야기가 있을 뿐이야. 아무도 널 해치지 않을 거란 말이야."

더스티는 순간, 이제 그만 멈춰 서고 싶은 마음이 간절해졌다.

그때 또다시 발자국이 보이기 시작했다. 하지만 어쩐지 이 발자국은 소년의 것일 리가 없다는 생각이 들었다. 다리 근처 어디에도 발자국은 보이지 않았다. 발자국은 저 멀리 왼쪽에서 시작해 폐기된 기관차고로 향하고 있었다. 더스티는 기관차고가 아닌 다리를 향해 계속해서 달렸다.

"더스티!"

경찰이 소리쳐 불렀다. 더스티는 아무런 대꾸도 하지 않고 속력을 더했다. 이제 더스티는 소년을 찾는 동시에 추격자들을 떼어낼 방법을 생각하기 시작했다. 하지만 지금으로서는 일단 빨리 달리는 것이 급선무였다. 그때 뒤에서 툴툴대는 소리와 함께 구시렁거리며 욕을 하는 소리가 들렸다. 돌아보니 경찰이 눈길에 미끄러져 있었다.

경찰은 몸을 일으켰고, 그를 따라잡은 동료 경찰 두 명과 합류해 추격을 계속했다. 총을 가진 남자들은 일제히 추격을 멈추고 50미터쯤 뒤에서 쫓아오는 성난 무리들과 합류했으며, 나머지 경찰들 가운데 일부는 이 성난 무리들을 감시했다.

더스티는 다리에 도착해 계단 위를 오르기 시작했다. 계단은 미끄러웠지만 계단 맨 위까지 무사히 올라가 다리 반대편을 향해 서

둘러 달렸다. 아래에는 바로우미어 행 기차가 출발을 기다리고 있었다. 철도역 위로 순백의 매끄러운 황무지가 머크웰 호수와 남쪽 산자락을 향해 드넓게 펼쳐져 있었다.

"더스티! 기차를 타지 마!"

경찰이 소리쳤다. 더스티는 그럴 의도가 없었는데 경찰이 그렇게 생각하는 것이 재미있었다.

"네 아버지와 통화했다! 돌아와서 이야기하자!"

더스티는 경찰을 흘끔 쳐다보았고, 그러자 잠시 마음이 흔들렸다. 언젠가는 지금의 행동에 책임을 져야 하리라는 걸 알았다. 하지만 발자국을 따라갈 수 있는 기회는 지금밖에 없을지도 모른다.

더스티는 지금이 아니면 소년을 찾을 수 없을 거라고 생각했고, 역장이 기차를 막 출발시키려는 순간 플랫폼을 향해 달려 내려갔다. 기적 소리가 울리고 엔진이 작동하기 시작했다. 더스티는 플랫폼을 따라 달렸다. 굵은 눈송이가 여전히 더스티의 얼굴을 가렸고, 더스티의 바람대로 역장의 얼굴도 가렸다.

잠시 후, 역장이 객차를 주시하고 있는 동안 더스티는 낮은 울타리를 기어올랐다. 기차가 움직이는 동안 경찰의 눈을 피해 플랫폼 맞은 편, 역 너머 눈 덮인 가장자리로 뛰어 내렸다. 자신이 경찰의 눈에 띄었는지 어떤지는 모르지만, 지금은 그런 걸 알아보기 위해 낭비할 시간이 없었다. 경찰은 곧 이리로 달려와 역장에게 자신의 행방을 묻고 다시 추적을 시작할 테니까.

더스티는 플랫폼 뒤를 돌아 저 끝까지 기어가 건너편 플랫폼 주위에 사람들이 와 있는지를 유심히 살폈다. 다행히도 모두들 다리 근처에 모여 있었다. 샤프 경위와 브렛 경감도 나머지 세 명의 경찰관들과 함께 그곳에 있었다. 험악하게 생긴 남자들은 흔적도 보이지 않았다.

더스티는 기관차고 쪽을 흘끔 바라보았다. 지금이 기회였다. 되든 안 되든 움직이려면 기회는 지금뿐이다. 더스티는 몸을 낮추고 철도를 건너 맞은편을 향해 달렸다. 기차 역장에게서도 경찰들에게서도 아무런 고함 소리가 들리지 않았다. 더스티는 살금살금 천천히 기어간 다음, 철도 선로가 갈라지는 지점에 가까워오자 좀 더 속도를 내어 기관차고 안으로 향했다.

발자국은 더 이상 보이지 않았다. 벌써 눈에 덮여버린 것이다. 정말로 소년의 발자국이 맞다면, 아마도 소년은 벌써 이곳을 떠났을지 모른다. 하지만 더스티는 직감으로 느낄 수 있었다. 그것이 소년의 발자국이라는 걸. 그것도 아주 분명하게 알 수 있었다. 지난번 눈으로 만들어진 얼굴을 보았을 때와 마찬가지로 이번에도 역시 소년의 존재를 느낄 수 있었다. 지금 이 느낌은 그 어느 때보다 강렬하고 또 두려웠다. 소년은 이곳에 있고, 이제 곧 소년을 보게 될 것이다.

그때 휴대전화가 다시 울렸다. 더스티는 전원을 껐다. 아빠이거나 경찰, 아니면 카말리카이거나 다른 누군가의 전화였을 것이다. 누구의 전화든 관심 없었다. 어차피 소년의 전화는 아닐 거라는 걸 아주 잘 알았고, 자신이 원하는 사람은 오직 한 사람, 조쉬 오빠에 대해 말해줄 바로 그 소년뿐이었다.

기관차고의 문은 열려 있었다. 어두컴컴하고 다 쓰러져가는 이 곳은 한쪽 끝을 판자로 막아놓은 채 헐리기만을 기다리고 있었다. 안에는 기관차 한 대 보이지 않았고, 철도 선로만이 완충기가 있는 저 끝 어둠 속으로 이어졌다.

선로를 따라 중간쯤 가다 보니 더플코트를 입은 형체가 후드에 얼굴을 가린 채 고개를 푹 숙이고 벽에 등을 기대어 바닥에 주저 앉아 있었다. 겉으로 보기에는 더스티가 다가오는 걸 알아채지 못 하는 듯했다. 더스티는 까치발로 걸어가다가 10미터쯤 앞에서 걸 음을 멈추었다. 소년이 틀림없었다. 소년의 모습을 똑똑히 볼 수는 없지만 소년이라는 걸 알 수 있었다.

소년은 움직이지 않았다. 마치 정지된 상태로 몸이 굳어버리기 라도 한 것 같았다. 몇 초간 지켜보고 있으려니, 소년이 잠을 자고 있거나 잔뜩 기진맥진한 상태거나 아니면 죽었을 거라는 확신이 점점 강하게 들기 시작했다. 더스티는 잠시 망설이다가 다시 앞으 로 나갔다. 그렇게 걸음을 옮기다 그만 빈 깡통을 발로 찼고, 그 바 람에 어둠 속에서 덜그럭거리는 소리가 울려댔다.

그러자 그 형체가 무서운 속도로 몸을 벌떡 일으켰다. 곧이어 비명 소리가 들렸고, 타오르는 듯한 흰빛이 언뜻 눈에 비쳤으며, 마치 더스티를 향해 무언가를 세게 던지려는 듯 거칠게 팔을 휘두 르는 모양이 보였다. 공중으로 칼이 날아오지도 않았고, 병도 돌멩 이도 그 어떤 것도 눈에 보이지 않았다. 그런데도 보이지 않는 무언가가 돌풍을 일으키며 휙 하고 지나갔고, 그 바람에 더스티는 그만 발을 헛디뎌 공중으로 붕 떠올랐다.

곧이어 무언가 어두운 기운이 덮쳐 더스티는 쿵 하고 바닥에 나자빠졌다. 기어서 밖으로 나가보려 했지만 소용없는 짓이었다. 꼼짝 할 수가 없었다. 다시 한 번 시도해보았지만 손가락 하나 까딱할 수 없었다. 더스티는 온몸으로 무시무시한 공포가 번지는 걸 느끼며 바닥에 납작 드러누운 채 두 눈이 암흑으로 가득 채워지는 걸 보았다.

더스티는 마지막으로 조쉬 오빠를 떠올리며 눈을 감았다.

21

　더스티가 가장 먼저 떠올린 사람은 조쉬 오빠가 아니었다. 더스티가 처음 떠올린 사람은 다른 사람, 시야를 가득 매운 깜깜한 안개 속에서 자신의 정체를 드러내지 않는 누군가였다. 그 사람이 더스티의 마음속을, 다 채울 수 없을 만큼 깊고 깊은 어둠을, 그리고 더스티의 몸 속 세포 하나하나를 가득 채운 것만 같았다. 몸을 움직여보려 했고, 무언가 생각을 해보려 했다. 하지만 움직일 수도 생각을 할 수도 없었다. 그래도 어떤 사람에 대한 느낌만큼은 여전히 생생해서 그 사람이 가까이 있다는 것, 그 사람이 위험한 존재라는 사실을 어렴풋이 깨달을 수 있었다.

　소년이었다… 마침내 어느 정도 구체적으로 생각이 모아졌다. 그는 소년이 틀림없었다. 더스티는 이제야 소년을 기억해냈고, 소년을 기억하자 그의 영상이 그려졌다. 더플코트, 번쩍이는 하얀 빛, 어렴풋이 느껴지는 눈처럼 하얀 존재. 바로 그때 목소리가 들려왔다.

"더스티."

검은 형체가 말했다. 더스티는 대답을 해보려 했다. 자신이 무슨 말을 하려 하는지 스스로도 알 수 없었다. 하지만 어쨌든 대답을 해보려 애썼다.

아무 소리도, 심지어 갈라진 소리조차 나오지 않았다.

"말하려고 애쓰지 마. 어차피 말을 할 수 없을 테니까."

길고 어두운 침묵이 흘렀다.

하지만 이제 눈앞의 어두운 그늘이 걷히고 있었다. 마침내 환해진 시야로 눈앞에 서 있는 사람의 형체를 알아볼 수 있었다. 키가 크고 후드를 눌러 쓴 사람이었다. 주위가 너무 어두워 얼굴 생김새까지 파악할 수는 없지만, 소년의 외형과 몸집, 머리모양 정도는 어렴풋이 눈에 들어왔다. 더스티가 그렇게 바닥에 누워 있을 때 형체가 더스티에게 서서히 다가왔다.

더스티는 몸을 움직이려고 다시 한 번 발버둥쳤다. 이번에도 몸이 마음대로 움직여지지 않았다. 형체의 몸통과 머리가 점점 더 가까이 다가왔다. 여전히 얼굴은 보이지 않았고, 어둠에 묻힌 두 눈동자만 반짝이고 있었다. 눈이 내리면서 빛을 반사하듯 두 눈동자가 유리처럼 빛났다.

이제야 모든 기억들이 봇물 터지듯 쏟아지기 시작했다. 추격, 경찰들, 남자들, 여러 개의 총, 작은 철도역. 더스티는 암흑 속을 자세히 들여다보았지만 주변의 어떤 것도 눈에 보이지 않았다. 자신이 아직도 기관차고 안에 있는 게 틀림없다고 추측했지만, 그런 건 중요하지 않다. 지금은 자신을 향해 서서히 다가오는 이 형체가 그저 무서울 뿐이었다.

그가 마음만 먹으면 자신에게 무슨 짓이든 할 수 있었다.

더스티는 그를 이곳에서 내보내기 위해, 혼자 있기 위해, 이번에도 뭔가 말을 해보려고 으르렁거리기라도 해보려고 애썼지만 여전히 아무런 소리도 나오지 않았다. 심지어 끙끙대는 소리조차 나오지 않았다. 그때 뜨거운 기운이 느껴졌다. 소년의 몸에서 뿜어져 나오는 강렬하고 파괴적인 기운이었다.

소년이 자신을 향해 손을 뻗는 것이 보였다. 그 손 역시 뜨거웠다. 손이 더스티의 머리 위를 쓰다듬었다. 소년의 코트 소매 끝동이 더스티의 얼굴을 스치고 지나갔다. 스치는 느낌에 놀라 더스티는 온몸을 바들바들 떨었다. 손이 머리 위를 지나 등을 쓰다듬자 뜨거운 기운이 소용돌이치며 더스티의 온몸을 감쌌다. 다시 한 번 암흑이 짙어졌고, 더스티는 또다시 의식을 잃었다.

얼마나 지났을까, 새로운 목소리에 정신이 깨어났다.

"더스티."

부드럽고 친숙한 목소리였다.

아빠였다.

더스티는 눈을 떴다. 놀랍게도 어둠이 완전히 사라지고 사방이 환하게 밝았다. 잠시 동안 더스티는 자신이 황무지나 산 위에 있다고 생각했다. 아무것도 또렷하게 보이지 않았다. 사방이 그저 하얗게 빛나고 있었다.

"더스티."

아빠가 가까이에 있었다. 목소리로 알 수 있었다. 하지만 아빠를 볼 수는 없었다. 더스티는 눈을 깜박거리며 이 세상 것 같지 않은 환한 빛 속을 다시 한 번 들여다보았다. 모든 것이 눈부신 광채에 휩싸여 환하게 타올랐다. 이윽고 천천히 주변을 살피자 형체들이 하나하나 윤곽을 드러내기 시작했다. 이제야 비로소 주변의 형상들과 사람들 모습을 알아볼 수 있었다. 더스티는 졸음에 겨워하며 사람들 수를 세었다.

둘, 셋, 넷, 다섯….

그러자 어떤 기억 하나가, 가까운 과거 어딘가에 있던 기억 하나가 마음속에 어렴풋이 스며들어왔다. 숫자를 센 기억이었다. 마침내 숫자를 센 기억이 분명하게 떠올랐다. 맞다, 광장에서 남자들의 수를 세었더랬다. 더스티는 몸을 떨면서 하얀 형체들을 다시 둘러보았다.

모두 다섯 명이었다. 그 이상은 보이지 않았다. 어떤 사람들인지는 모르겠지만 아무튼 이 가운데 아빠도 포함되어 있었다. 이들 중에 적어도 한 사람은 아는 사람이 있는 셈이었다. 그때 또 다른 목소리가 들렸다.

"서두르지 마, 더스티."

누구의 목소리인지 도무지 감이 잡히지 않았다. 낮고 차분한 여자의 목소리였다.

사람들의 얼굴이 형체를 드러내기 시작했지만 이상하긴 마찬가지였다. 환한 빛 때문에 얼굴들이 모두 일그러져 보였다. 더스티는 창유리 위에 눈송이로 만들어진 얼굴을 떠올리며 또다시 온몸이 오싹해지는 기분을 느꼈다. 이 얼굴들 역시 눈송이로 만들어진 얼굴과 닮았다. 유령처럼 기괴한 얼굴들이 차가운 표정으로 자신을 뚫어져라 내려다보더니, 어느 순간 이 영상도 깨끗이 사라지고 말았다.

더스티는 병원 침대에 누워 있었고 아빠와 샤프 경위, 간호사 세 명이 서 있었다. 아무래도 개인 병실에 누워 있는 것 같았다. 더스티는 한 사람 한 사람의 얼굴을 죽 훑었다. 더스티가 자신을 알아보았다는 걸 확인하고 안도의 미소를 짓는 아빠의 모습이 보였다.

"더스티, 도대체 무슨 일이 있었던 거니?"

아빠가 낮은 목소리로 말했다. 더스티는 아무 말 하지 않았다. 여전히 주변을 둘러보며 가쁘게 숨을 쉬었고, 그러면서 몸을 움직이려 애썼다. 온몸이 여기저기 쑤시고 아팠다. 그다지 피곤한 느낌은 없었지만 몸이 말을 듣지 않았다.

"아빠."

더스티가 말했다. 어쩐지 자기 목소리가 낯설게 들리는 것 같았다. 뭐랄까, 자기 자신한테서 나오는 목소리가 아닌 아득히 먼 곳에서 들려오는 소리 같았다. 하지만 어쨌든 다시 말을 할 수는 있게 됐다.

"아빠, 내가 어떻게 여기에 온 거야?"

"그건 샤프 경위에게 물어봐야 할 거야. 자세한 내막은 샤프 경위가 잘 알고 있으니까. 아빠도 여기 온 지 얼마 안 됐거든.”

더스티가 샤프 경위를 올려다보았다. 눈빛은 평소와 다름없이 차가웠지만 지금은 다소 누그러져 있었다.

“너와 할 이야기가 많구나. 하지만 아무래도 지금 당장은 아버지와 함께 있는 편이 좋을 것 같다. 나하고는 나중에 이야기하면 되니까.”

“아니요.”

더스티는 손을 뻗어 샤프 경위의 손목을 덥석 잡고는, 이런 자신의 행동에 스스로도 당황스러워했다.

“어떻게 된 일인지 알아야겠어요. 무슨 일이 있었는지 제게 꼭 말씀해주세요.”

샤프 경위는 자신의 손목을 꽉 붙잡고 있는 더스티의 손을 흘긋 내려다보았다.

“죄송해요.”

더스티가 손을 놓으며 말했다.

“괜찮아.”

샤프 경위가 희미하게 미소를 지었다.

“지금 같은 상태에서는 얼마든지 그럴 수 있어. 잠시 네 아버지와 단둘이 있는 게 좋겠다고 생각한 것도 그래서였단다.”

“아니요, 전… 전 알고 싶어요.”

“알았다.”

샤프 경위가 간호사들을 흘긋 돌아보았다.

"더스티가 이야기를 해도 괜찮을까요? 그러니까 벌써부터 이야기를 하게 되면 너무 피곤해하지 않을까요?"

"전 괜찮아요."

더스티가 재빨리 말했다.

"전 전혀 피곤하지 않아요."

사실 더스티는 지금 완전히 기진맥진한 기분이었다. 온몸이 쑤시고 아파왔지만 그런 내색을 하지 않으려고 필사적으로 애썼다. 간호사들이 서로를 바라보더니 한 사람이 앞으로 나왔다.

"잠시 동안은 이야기해도 좋아, 더스티. 하지만 피곤해진다 싶으면 곧바로 이야기를 중단해야 한다."

"전 피곤하지 않아요. 정말 괜찮다니까요."

"넌 아주 지친 상태야. 전혀 괜찮지도 않고."

간호사가 미소를 지으며 말했다.

"하지만 네가 워낙 고집을 부리니까, 지금 당장으로서는 차라리 이야기를 하도록 하는 편이 좋지 않을까 하고 판단한 거란다."

간호사가 아빠를 향해 돌아서서 말을 이었다.

"잠시 이야기를 나누는 건 괜찮지만 무리하면 안 됩니다. 최대한 20분 정도 허용해 드리겠어요. 따님을 재우신 다음 선생님께서는 몇 시간 댁에 가 계셔도 좋습니다. 따님이 오늘 퇴원해도 좋은지 하룻밤은 입원해야 하는지는 저녁에 스터튼 박사님의 의견을 구해보도록 하지요."

"하룻밤 입원할 필요까지는 없을 것 같은데요."

더스티가 말했다.

"그건 이따 생각해보자꾸나."

"도와주셔서 감사합니다."

아빠가 말했다. 곧이어 세 명의 간호사들이 병실을 나갔다.

"무슨 일이 있었던 거예요?"

더스티가 물었다. 아빠와 샤프 경위가 서로 눈빛을 주고받았다.

"내가 말해주마. 그 전에 한 가지 조건이 있어. 너도 나에게 몇 가지 해줘야 할 말이 있단다. 어때, 괜찮겠니?"

샤프 경위가 말했다.

"어떤 거요?"

"무엇이든 내가 꼭 알아야 할 내용에 대해서."

환자를 대하는 부드러운 태도는 온데간데없이 샤프 경위가 다시 차가운 눈빛으로 더스티를 바라보았다. 더스티는 얼굴을 돌렸다. 샤프 경위는 자신이 원할 때면 언제든지 냉정한 태도를 취했다. 그러니 아까 광장에서도 턱수염을 기른 남자가 감히 샤프 경위한테 함부로 행동하지 못했겠지.

"겁낼 것 없어."

아빠가 말했다.

"그냥 사실 그대로만 말씀드리면 돼. 숨길 게 뭐가 있니. 이 분이 널 잡으러 오신 것도 아닌데."

"그래 맞아. 네가 잘못한 것도 없는데 날 경계할 필요는 없지 않겠니? 설사 네가 뭔가 잘못한 게 있다 하더라도 사실대로 털어놓는 것이 제일 좋은 방법이야. 자, 그럼 첫 번째 질문부터 시작해보자. 광장에서 왜 도망친 거니?"

"제가 곤란한 상황에 처했다고 생각했어요."

"오히려 네가 도망가는 바람에 훨씬 곤란한 상황에 처하게 됐다는 생각은 안 들었니?"

"그 남자들이 무서웠어요. 그들을 보자 공황상태에 빠졌어요."

"내가 보기에 넌 쉽게 공황상태에 빠지거나 할 아이가 아닌 것 같은데. 더구나 주변에는 경찰들도 있었잖니. 보호받지 못할까 봐 두려워할 상황도 아니었을 텐데."

더스티는 아무 말 하지 않았다.

"그래 좋아. 그래서 달아난 거로구나. 그럼 왜 철도역을 향해 달린 거지?"

"모르겠어요. 그냥 달렸어요. 어디로 가고 있는 건지 전혀 생각하지 않고요."

"누군가를 따라갔던 거니?"

"아니요."

"그럼 누군가에게서 우리를 떼어내려 했던 거니?"

"아니요."

"그느라 넌 철도역을 향해 달린 거고, 그 바람에 우리는 다리 반대편에서 널 잃어버렸잖니."

샤프 경위가 눈살을 찌푸리며 말을 이었다.

"처음엔 네가 기차를 탔을지 모른다고 생각했어. 철도역장에게 물어보니 그런 사실은 확인해줄 수 없다고 하더구나. 하는 수 없이 우리는 눈이 쌓여 발자국을 알아보기 어려운 상황에서도 계속해서 수사를 진행했단다."

"그렇다면 더스티를 어떻게 찾아내신 건가요?"

아빠가 물었다.

"더플코트를 입은 소년이 기관차고 입구에 서 있는 걸 브렛 경감님이 발견했습니다."

더스티는 깜짝 놀랐다.

"그냥 거기에 서 있었다고요?"

더스티가 물었다.

"그래."

샤프 경위가 더스티를 지그시 바라보며 말했다.

"나도 직접 그 아이를 보았어. 사람들 눈에 띄려고 일부러 그곳에 서 있는 것 같다는 생각이 들더구나."

"어째서 그런 생각이 들었나요?"

아빠가 말했다.

"그냥 직감이죠. 뭐랄까, 브렛 경감님이 그쪽을 바라본 그 순간에 마침 우연찮게 밖으로 나온 사람 같지는 않았거든요. 마치 우리가 자기를 봐주길 바라는 것 같은… 그런 확신이 강하게 들었고… 지금도 그렇게 확신하고 있어요."

"그래서 어떻게 됐나요?"

아빠가 물었다.

"그 아이가 기관차고 안으로 달려가더군요."

더스티는 숨을 들이쉬었다. 기관차고는 저쪽 끝이 막혀 있어서 문 하나가 입구이자 출구였다. 소년은 출구 옆에 미리 대기하고 섰다가 얼마든지 수월하게 달아날 수도 있었을 텐데, 일부러 스스로 함정에 빠지려 하다니 도무지 믿어지지가 않았다. 바로 옆이 황무지인데, 아니 황무지가 아니더라도 그가 달아날 만한 장소는 얼마든지 많은데 말이다.

"그래서 어떻게 됐나요?"

더스티가 물었다.

"우리는 그 아이를 따라 기관차고 안으로 들어갔단다. 그리고 그곳에서 너를 발견했지."

"소년은 어떻게 됐어요?"

"사라졌어."

"어디로요? 어떻게 말이에요?"

"우리도 모르겠다. 분명하게 알 수 있는 사실은, 그 아이가 자신이 들어간 방향으로 몰래 기어서 나가지는 않았다는 거야. 도대체 어떤 식으로 빠져나갔는지는 모르겠지만, 아무튼 그 아이는 달아나고 없었어."

샤프 경위는 자신의 턱을 만지면서 말을 이었다.

"그 아이가 이런 식으로 행동한 게 이번이 처음은 아니지."

더스티는 소년이 유치장에서 사라졌다는, 안젤리카가 들려준 이야기를 떠올렸다. 안젤리카가 그런 이야기를 할 당시만 해도 그 말을 믿지 않았다. 그런데 지금 이 말을 어떻게 믿어야 할지 도무지 알 수가 없었다.

"그래, 네 입장이라면…."

샤프 경위가 말을 이었다.

"어떻게 말해야 할지 모를 거다."

어색한 침묵이 내려앉았다. 아빠도 샤프 경위도 이 침묵을 깨고 싶어 하지 않았다. 두 사람 모두 더스티가 먼저 입을 열어주길, 더스티와 소년이 틀림없이 은밀하게 주고받았을 이야기의 내용에 대해 설명해주길 바라고 있다는 느낌을 받았다.

"무슨 말씀을 하시는 건지 모르겠는데요."

"왜 기관차고 안으로 뛰어갔지?"

"모르겠어요. 전 그냥… 그 안으로 들어가면 숨을 수 있을지 모른다고 생각했어요."

"그래, 들어간 다음 무슨 일이 있었니?"

"일종의… 강한 힘이… 저에게 폭력을 가하는 것 같은 기분이 들었어요. 그런 힘이 어디에서 나온 건지는 모르겠어요. 정신을 차리고 보니 이 침대 위에 깨어나 있었어요."

"그럼 기관차고에서 아무도 못 봤단 말이니?"

"네."

샤프 경위는 한참 생각에 잠긴 채 더스티를 가만히 바라보았다.

"네가 발견되었을 때, 넌 가슴 위로 두 팔을 포갠 채 바닥에 누워 있었어. 그러니까 뭐랄까… 음… 어떤 불미스런 일이 일어난 흔적은 전혀 없었지. 하지만 너는 눈을 감고 있었고, 숨을 쉬는 것 같지 않아서 걱정스러웠어. 널 처음 발견했을 때, 난 네가 죽은 줄 알았단다."

더스티는 거센 돌풍과 그 때문에 허공 위로 붕 날아올랐던 일, 그런 다음 바닥으로 털썩 떨어졌던 일, 그리고 검은 안개가 떠올랐다.

그 순간의 공포도 함께 떠올랐다.

"그 다음엔 어떻게 됐나요?"

"내 부하 경찰관에게 네 맥박을 확인하라고 지시를 내렸지. 그가 네 손목을 쥐자마자 네가 기침을 했고 다시 숨을 쉬기 시작했단다. 하지만 넌 여전히 의식이 없는 상태였고, 우리들 가운데 아무도 네 의식을 회복시킬 수 있는 사람이 없었어. 외부에서 의료진을 데리고 왔지만 네 의식이 돌아오게 하지는 못하더구나. 그래서 널 병원에 데리고 온 다음 네 아버지에게 전화를 걸었단다."

샤프 경위는 고개를 가로저으며 말을 이었다.

"의식이 돌아와서 얼마나 안심이 되는지 몰라. 네게 무슨 일이 있었는지, 네가 어디에 있었는지는 모르지만 널 다시 보게 되어 정말 기쁘다. 네 아버지도 걱정이 이만저만이 아니셨단다."

"죄송해요."

더스티가 아빠를 보며 말했다. 아빠는 얼굴을 찡그렸다.

"아빠는 지금 화가 난 건지 마음이 놓이는 건지 모르겠다."

아빠가 말했다.

"아마 둘 다겠지. 아무튼 이제 네가 무슨 이야기든 해야 할 때가 된 것 같은데."

더스티는 이제 말을 할 준비가 되었지만, 모든 일을 시시콜콜 털어놓을 생각은 없었다. 지금 생각해도 너무나 기묘하고 개인적인 일들이 감당하기 벅찰 만큼 많았던데다, 스스로 해결해야 할 일 또한 한두 가지가 아니었기 때문이다. 더구나 포니테일로 머리를 묶은 남자가 그와 그의 아들들에 대해 경찰에 입이라도 뻥긋하는 날엔 가만 두지 않겠다고 을러대던 기억이 아직도 생생해서, 만에 하나 그가 아빠에게 무슨 일을 저지를지 모른다고 생각하면 가슴이 철렁 내려앉았다. 그 부분을 말할지 말지는 더 숙고할 것도 없었다.

어쨌든 지금은 경찰도 관련되어 있고, 안이한 생각일지는 몰라도 샤프 경위가 자신을 귀찮게 하는 걸 막을 정도만큼은 해줄 수 있는 말도 제법 있었다. 물론 샤프 경위가 워낙 똑똑해서 호락호락 속아 넘어가지는 않을 테지만.

"더스티?"

아빠가 다그쳤다.

"소년이 저한테 전화를 했어요. 새해 첫날 저녁 느지막이 전화를 걸었어요."

더스티가 샤프 경위를 보면서 말을 이었다.

"지난번에 말 없는 전화가 왔었다고 한 말은 거짓말이었어요. 사실은 서로 이야기를 주고받았는데, 그때 전 소름이 끼칠 만큼 무서웠어요. 그 소년이 누군지 전혀 모르겠는데다, 어떻게 저희 집 전화번호를 알게 됐는지 도무지 알 수가 없었거든요. 소년은 그냥 번호를 조합해서 전화를 걸었다고 했어요. 물론 저는 그 말을 믿지 않았지요. 그런데 조쉬 오빠에 대해 말하기 시작했어요."

"조쉬에 대해서라니!"

아빠가 재빨리 샤프 경위를 바라보았지만, 그녀는 아무런 대꾸도 하지 않았다. 아빠가 다시 더스티를 돌아보았다.

"그 아이가 조쉬에 대해 뭐라고 말하든?"

"별 말은 없었어. 처음엔 자기에게 이름을 지어 부르고 싶으면 그냥 조쉬라고 불러도 좋다고 하더라고. 그러더니 조쉬 오빠가 내게 들려주던 두 가지 특이한 표현을 말하는 거야. 그 소년은 마치…."

더스티가 망설이다 말을 이었다.

"마치 무언가를 알고 있는 것 같았어. 도저히 알 리가 없는 일들을 말이야."

"그런데 그 아이가 왜 전화를 한 거니?"

아빠가 물었다.

"약을 과다복용했대. 그래서 죽어가는 동안 누군가와 이야기를 나누고 싶다고 했어."

"과다복용 좋아하네. 그럴 리가 없어."

아빠가 투덜대며 말했다.

"계속 여기저기 안 나타나는 데가 없는데 과다복용은 무슨 과다복용. 하긴 또 모르지, 과다복용해서 뻗어버렸는지도"

"확실히 그건 정말 의심스럽다는 생각이 드는구나."

샤프 경위가 초롱초롱한 두 눈을 다시 가늘게 뜨자 더스티는 그 의심이 소년을 향한 것인지 자신을 향한 것인지 궁금해졌다. 아마도 둘 다를 향한 것이리라.

"그래서 어떻게 됐어?"

아빠가 물었다.

"소년의 발음이 약간 뭉개져서 들렸어. 틀림없이 술을 마신 것 같았어. 그리고는 그쪽에서 먼저 전화를 끊었어."

"그게 끝이었니?"

샤프 경위가 물었다.

"네."

"넌 그 아이를 믿었니?"

"아니오."

"하지만 넌 조금은 그 아이를 믿은 게 틀림없어."

"무슨 말씀이시죠?"

"그 아이에게 네 휴대전화 번호를 주었잖니. 그래서 그 아이가 과자점에서 네게 전화를 건 거고."

"그 아이가 어떻게 제 번호를 알았는지는 저도 모르겠어요."

샤프 경위는 아무 말 없이 더스티를 유심히 살폈다. 이번에도 더스티는 샤프 경위의 눈동자가 날카롭게 번득이는 걸 느꼈다. 경위가 다시 입을 열었다.

"네 휴대전화 번호를 네가 알려주지 않았다면, 도대체 누가 알려줬단 말이니?"

"저도 모르죠."

"그래 좋아. 그건 그렇다 치고, 그 아이가 과자점에서 너한테 전화를 걸었을 때 그 아이와 무슨 이야기를 했니?"

"별 얘기 안 했어요. 지난번과 비슷했어요. 조쉬 오빠에 대한 이야기를 했어요."

"예를 들면?"

"그냥 뭐… 이런저런 이야기요."

"내가 그 말을 믿을 것 같니?"

"아니요."

"자, 그럼, 그가 왜 너에게 전화를 했을까? 왜 위험을 무릅쓰고 굳이 시내까지 가서 빈치 여사의 전화를 사용했을까? 그가 그렇게 했을 땐 틀림없이 긴급하게 통화 할 일이 있었다는 얘기야. 그렇다면 그가 왜 너한테 전화를 했을까?"

"정말 별 얘기 안 했어요. 그럴 시간도 없었고요. 전화기에서 총소리가 들렸고, 그러자 그 아이가 급히 달아났거든요."

"하지만 넌 그 아이와 이야기를 했잖니?"

"그랬죠."

"무슨 이야기를 했지?"

"말씀드렸잖아요. 그냥 조쉬 오빠에 대한 이야기였다고요. 그 아이가 제게 뭔가 할 말이 있었는지도 모르죠. 하지만 남자들이 총을 들고 나타난 바람에 제대로 말 할 시간이 없었을 거예요."

길고 조마조마한 침묵이 흘렀다. 그때 간호사 한 명이 잠깐 병실에 들러 샤프 경위와 시선을 교환하더니 다시 밖으로 나갔다. 계속되는 침묵 끝에 마침내 샤프 경위가 눈살을 찌푸리며 입을 열었다.

"네가 지금 나한테 한 말들을 한마디도 믿지 못하겠는 이유는 단 하나, 바로 그 소년 때문이야. 우리가 소년에 대해 알고 있는 내용이 거의 전무하긴 하지만, 우리가 아는 정보와 네가 말하고 있는 내용이 별로 다르지가 않아. 네가 아무리 여러 부분에서 뻔한 거짓말을 하고 어떤 부분들은 아예 은폐를 하려 하더라도 말이야. 더구나 네 설명은 다른 곳에서 들은 소문들과도 일치해."

"어떤 면에서요?"

아빠가 물었다.

"많은 점이 그렇습니다. 예를 들면, 그 소년은 자신이 전혀 알리 없는 사람들에 대해 슬쩍 슬쩍 정보를 흘린답니다. 아무래도 그 소년은 자신과 관계를 맺은 사람들의 내막을 소상히 알고 있는 비상한 사기꾼이거나 초인적인 재능을 타고난 사람일 거예요. 어쩌면 저주일지도 모르지만."

"우리는 경위님과 동료 경찰분들이 우리에게 말하려 하지 않은 이야기도 들은 적이 있어요. 들리는 말에 따르면 그 아이는 어린 소녀를 성폭행했다던데요."

아빠가 말했다.

"들리는 말이 그런 거지요."

샤프 경위가 강하게 힘주어 말했다.

"증거는 없습니다."

"하지만 저한테는 벼락을 맞아도 시원찮을 놈이라는 생각이 드는군요."

아빠가 말했다.

"설사 그 아이한테 죄가 없다 하더라도 밖에 나다니기에는 위험한 인물이 틀림없어요. 경위님이 제게 전화를 걸었을 때 전 지역 라디오 방송을 듣고 있었는데, 다른 이야기는 하나도 없고 온종일 이 소년 이야기만 하더라고요. 그나저나 총을 든 남자들은 누굽니까? 방범대원들인가요?"

"저희도 알아보고 있습니다. 그런데 통상적인 경우하고 딱 들어맞는다는 느낌이 드는군요."

"무슨 뜻인가요?"

"그러니까 이 소년은 참으로 엄청나게 많은 적을 확보한 것 같다고나 할까요."

샤프 경위가 잠시 숨을 돌린 뒤 다시 말을 이었다.

"소문으로 떠도는 성폭행 사건이 많은 적을 두게 된 핵심 원인이라는 건 두말할 필요도 없지요. 게다가 이 소년은 다소 특이한 구석이 있어요. 경찰이 아직도 소년을 체포하지 못했다는 사실은, 아니 최소한 붙들어두지도 못했다는 사실은 글쎄요, 아무래도 법적 조치를 취하려 하기보다는 제 손으로 직접 일을 처리하고 싶어 하는 사람들을 더욱 부추기는 꼴이 될 수밖에 없을 겁니다."

샤프 경위가 다시 한 번 더스티를 보았다.

"내가 너에 대해 걱정하는 건 네 자신이 바로 이런 위험한 일을 저지르지 않을까 하는 생각이 들어서야."

"무슨 위험한 일이요?"

더스티가 물었다.

"법적 조치를 취하지 않고 네가 알아서 일을 처리하려는 것. 이제 막 끔찍한 일을 겪은 마당에 지금 이 자리에서 너를 닦달할 생각은 없다만, 이 말은 하고 넘어가야겠구나. 반항심은 얼마든지 생길 수 있어. 네 나이였을 때 나 역시 반항아였으니까. 하지만 반항하는 것과 무모하게 행동하는 건 별개의 문제란다. 네가 스스로의 생각대로 행동하길 좋아한다는 거 나도 알아. 나한테 하고 싶은 말만 하고 나머지는 숨기고 있다는 것도 알고 있다. 하지만 조심해라, 더스티. 다행히 이번엔 크게 다치지 않았어. 하지만 또다시 이런 문제가 일어날 경우 그때도 이렇게 운이 좋으리란 법은 없단다."

"더스티? 그 소년에 대해 말하지 않은 게 뭐니?"

아빠가 말했다.

"그런 거 없어."

"네가 그 아이를 어떻게든 숨겨주고 있는 거야?"

"아니야."

"그 아이가 어디에 있는지 아는 거냐고?"

"아니라니까."

"어쩌면 사람들은 그렇게 생각할지도 몰라. 아니, 이미 그렇게 생각하고 있는지도 모르지. 광장에서 있었던 일이 곧 퍼지게 될 테고, 네 이름도 모든 사람들 입에 오르내리게 되겠지. 안 그래도 다들 소년 이야기를 하고 있고 이런저런 억측들이 난무한데, 이제 조만간 소년과 너를 연관지으려 들 거야. 그러니 무슨 일이 있었는지 네가 입을 다물수록 사람들은 더욱더 너를 의심하지 않겠어?"

더스티는 입술을 깨물었다.

"난 사실을 말한 거야, 아빠. 그 아이가 어디에 있는지 난 몰라."

아빠는 잠시 더스티를 가만히 바라보더니 몸을 굽혀 더스티의 이마에 입을 맞추었다.

"그래 알았다. 샤프 경위님이 더 이상 질문이 없으시다면, 넌 이만 쉬는 게 좋을 것 같구나."

아빠는 샤프 경위를 흘끔 올려다보았다.

"하고 싶은 질문이야 아주 많지만, 선생님 말씀이 옳은 것 같군요. 더스티하고는 다음에 다시 이야기하면 되니까요. 지금은 더스티가 쉬는 게 좋겠어요."

"아빠, 나 집에 가고 싶어."

"아직은 안 돼. 간호사가 안정을 취해야 한다고 했잖니."

"하지만 내일이 개학인걸."

"네 상태가 어떤지 지켜본 후에 언제 집에 갈지 결정하자."

더스티는 두 사람을 빤히 올려다보았다. 여전히 기진맥진한 상태였지만, 얼른 집에 가고 싶은 마음이 간절했다. 병원에 있는 게 너무 싫었고 어쨌든 어디 다친 데가 있는 건 아니니까.

"그냥 좀 자고 일어나면 돼, 아빠. 잠이야 집에서도 얼마든지 잘 수 있잖아."

아빠가 다시 한 번 더스티에게 입을 맞추었다.

"간호사가 일단은 병원에서 잠시 잠을 자두라고 했어. 넌 잠깐 여기에서 좀 쉬고 있어. 그러면 아빠가 몇 시간 후에 다시 와서 네 상태가 어떤지 볼게. 그런 다음 의사 선생님이 네 상태가 괜찮다고 말씀하시면 그때 집에 가는 게 좋을지 어떨지 생각해보자."

더스티는 마지못해 미소를 지어보였다.

"알았어."

"이따 보자."

더스티가 샤프 경위를 흘긋 바라보았다.

"나중에 보자, 더스티."

그녀가 말했다. 이제 모두들 나가고 더스티만 남았다.

침대에 눕자 다시 피로가 몰려오는 기분이 들었다. 하지만 잠이 올 것 같지는 않았다. 이런저런 생각들이 너무나 빠른 속도로 머릿속을 휙휙 지나갔다. 하지만 상관하지 않았다. 이렇게 쉴 수 있다는 것만으로도 얼마나 다행인지 모른다. 의사가 잠깐 들여다보고 나갔고 곧이어 간호사 한 명이 들르더니 이내 모두들 가버렸다. 이제 병실에는 더스티만 남아 있었다. 차라리 다행이었다. 혼자가 마음 편했다. 혼자 있는 것이 안전했다. 혼자 있는 것이야말로 더스티가 원하던 것이었다. 한참 후 마침내 잠이 들기 시작할 무렵에야 자신이 결코 혼자가 아니라는 사실을 깨닫긴 했지만.

누군가 침대맡에 서서 더스티를 지켜보고 있었다.

22

그가 보이지는 않았지만 느낄 수 있었고, 그러자 돌연한 공포가 엄습해 다시 잠이 달아나버렸다. 주위를 둘러보려 하자 고개를 돌리기도 전에 무언가가 두 눈을 가렸다. 오른쪽 눈은 손바닥으로, 왼쪽 눈은 손가락으로 덮였다. 눈처럼 새하얗고 부드러운 손이었다. 그런데 그 손에서 불길이 활활 타오르고 있었다.

"아아!"

더스티가 비명을 질렀다.

"나를 보지 않는 게 좋아."

목소리가 말했다. 예상대로 소년의 목소리였다.

"손을 치워줘."

"안 돼."

"지금 네 손이 타고 있잖아."

손은 꼼짝도 하지 않았다. 더스티는 두 눈이 암흑에 가려진 채 가쁘게 숨을 쉬며 그 자리에 누워 있었다. 곧이어 서서히 눈앞이 선명해지기 시작했다. 손이 앞을 가리고 있다는 느낌은 여전했지만, 손 끝 하나 보이지 않았다. 대신 자신의 일부가 움직이는 것 같은 느낌이 들었고, 내면의 일부가 몸을 빠져나와 어딘지 알 수 없는 낯선 장소로 걸어 들어가는 것만 같았다.

그곳에는 메스꺼운 느낌이 들 정도로 환한 빛을 제외하면 아무런 특징이 없었다. 하지만 더스티는 이 공간을 아주 잘 안다. 전에도 행여 지워지지 않을까 겁에 질려하며 이 투명한 형체를 만져본 적이 있다. 그렇긴 하지만 지금은 소년이 곁에 있다는 느낌도 함께 느낄 수 있었다. 소년은 여전히 이곳에, 그것도 아주 가까이에 있었다.

"넌 누구니?"

더스티가 나지막한 목소리로 물었다.

"나도 몰라."

"천사나 뭐 그 비슷한 거니? 아니면 악마 같은 종류?"

"모르겠어."

"어떻게 아무도 눈치채지 못하게 병원 안으로 들어온 거야?"

"몰라."

"넌 틀림없이 알고 있어."

"난 아무것도 몰라."

소년의 음성은 마치 창문 위로 입김을 불어넣는 것 같았다.

"내가 누구인지 어떤 부류인지, 살아 있는지 죽어 있는지도 몰라. 내가 아는 건 내가 이런 사람이라는 것뿐이야."

"그럼 네가 원하는 건 뭐야?"

"멈추는 거."

"멈추다니, 뭘?"

"삶을 멈추는 거."

더스티는 자신의 삶이 멈춰버렸다는 걸 진즉 느끼고 있었다. 하지만 자신의 일부는 아직 살아남아 그 일부에 매달리고 집중했으며, 그것이 끝까지 살아남으리라 믿으려 애썼다. 물론 쉽지 않은 일이었다. 보이는 것이라고는 온통 흰색뿐이었으니까. 느껴지는 것이라고는 활활 타오르는 불길뿐이었으니까. 자신의 존재는 그저 생각 속에만 존재할 뿐이었다. 이런 꿈을 꾸리라고는 생각지도 못했다.

"날 놓아줘."

더스티가 중얼거렸다.

누구에게 말을 하고 있는 건지 모르겠지만 그 순간 모든 것이 변했다. 더스티를 붙잡고 있던 것이 무엇인지 알 수 없지만, 그것이 스르르 더스티를 놓아주었다. 더스티는 소년의 손이 자신의 얼굴로부터 서서히 멀어지는 걸 느꼈다. 환한 광채는 사라졌고, 그 대신 병실의 파리한 천장만 눈에 들어왔다. 불길은 좀 더 오래 깜박이더니 뺨 위로 땀방울만을 남긴 채 서서히 꺼져갔다. 더스티는 여전히 가쁘게 숨을 쉬고 있었지만, 적어도 몸의 감각을 다시 느낄 수 있었다.

"널 보게 해줘."

더스티가 말했다.

"그래야겠어."

더스티는 억지를 썼고 이번에는 소년이 더스티를 막지 않았다. 소년을 보자 숨이 막힐 것만 같았다. 더스티는 잠시 소년을 빤히 쳐다본 다음 침대에서 뛰어 내려 소년을 마주보고 섰다. 기이한 모습일지 모른다고 마음의 준비를 하긴 했지만, 이럴 줄은… 이런 모습일 줄은… 상상도 하지 못했다.

이런 모습을 뭐라고 불러야 좋을지 몰랐다.

아름다운 모습일 거라고 기대했지만, 그렇게 부르기에는 어딘가 당황스러운 면이 있었다. 소년은 몇 발자국 정도 더스티와 닿지 않을 만큼만 떨어져 서서 흰색으로 물든, 말하자면 거의 투명한 잿빛의 창백한 눈동자로 더스티를 바라보고 있었다. 그는 더플코트를 입고 있었는데, 단추는 채우지 않았고 후드는 뒤로 젖힌 채였다. 더플코트 속에 얇은 색 바지를 입었고, 바지 위로 역시 얇은 색 셔츠를 내놓았으며, 낡고 꾀죄죄한 부츠를 신고 있었다. 스웨터도 입지 않고, 목도리도 두르지 않았으며, 장갑도 끼지 않았다.

소년이 몇 살인지 도무지 가늠이 되지 않았다. 어떻게 보면 열여섯 살쯤 되어 보였고, 또 어떻게 보면 나이를 초월한 것 같아 보였다. 어떻든 지금 그런 건 아무래도 상관없었다. 소년은 지금까지 보아온 사람들과 완전히 달랐으니까. 피부는 하얬다. 머리카락도 하얬다. 이 두 가지 특징이 너무 두드러져서 나머지 모든 부분들까지 온통 새하얗게 보였다.

소년은 섬뜩한 광채와 함께 붉은빛을 퍼뜨렸고, 눈처럼 새하얗지만 뜨거운 열기를 발산했다. 소년이 발산하는 이 기운이, 더스티를 격분시키는 동시에 혐오감을 불러일으키는 이 미묘하고도 동물적인 힘이, 더스티가 서 있는 자리에까지 느껴졌다. 더스티는 이 기운을 애써 무시하려 했고, 차분히 마음을 가라앉히려 노력했으며, 냉정하고 초연한 태도로 소년을 자세히 관찰하려 애썼다.

소년에게서 느껴지는 아름다움은 소년 자신이 아닌 뭔가 다른 곳에서 나오는 것이었다. 소년이 발산하는 에너지는 자기 본연의 에너지가 아니었다. 어떤 식으로든 그것을 선뜻 아름답다고 느끼기에는 무척이나 혼란스러운 면이 있었다. 눈앞의 이 형체는 뭐라고 딱 부러지게 정의하기 어려울 만큼 모호한 구석이 있는, 남자도 여자도 아닌 뭔가 다른 것이었다.

그때 더스티는 보았다. 이상하리만큼 여성스러운 광대뼈와 눈동자, 가늘고 긴 손가락과 섬세한 두 손. 하지만 이 형체는 틀림없는 소년이었고, 냉혹한 두 눈동자에서는 열정과 위험이 느껴졌다. 소년에게는 미묘한 매력과 이 세상사람 같지 않은 초월적인 느낌이 있었다. 강렬하고 원시적인, 치명적인 힘이 있었다.

"나를 너무 무서워하지 마, 더스티."

"난 너 무서워하지 않아."

"그래, 맞아."

더스티는 소년의 말이 옳다고 생각했지만 아무 말 하지 않았다. 소년이 다시 입을 열었다.

"그리고 또…."

"또 뭐?"

"내 생각에 너무 사로잡혀 있지도 마."

더스티는 소년을 빤히 쳐다보았다. 그가 하는 말이 우스꽝스럽다는 생각이 들었다.

"너야말로 잘난 척하지 마."

그는 고개를 가로저었다.

"그건 좋은 방법이 아니야, 더스티. 나한테 강한 척해봐야 소용없어. 난 너에 대해 아주 잘 알아. 네가 나한테까지 거짓말하지 않았으면 해."

"네가 여자아이를 성폭행했다며?"

더스티가 퉁명스럽게 물었다.

"모르겠어."

"자기가 한 짓을 자기가 모르다니 그런 게 어디 있어? 당연히 넌 알고 있잖아. 네가 했어 안 했어?"

"넌 어떻게 생각해?"

"질문을 회피하지 마. 내가 어떻게 생각하는지가 중요한 게 아니잖아. 네가 했어 안 했어?"

"내가 무슨 행동을 했는지 난 몰라. 난 아무것도 기억이 없어."

"그럼 내 이름은 어떻게 기억하니? 내 전화번호는? 세수하고, 먹고, 마시는 법은 어떻게 기억해? 걷고, 말하고, 생각하는 법은? 응? 아무것도 기억하지 못한다며, 그런 건 어떻게 기억하냐고?"

"나도 몰라. 난 그냥 맞는 방법이라고 생각하는 걸 할 뿐이야. 난 그냥… 움직일 뿐이란 말이야. 내가 알아야 할 것들이 있으면 무언가가 내게 알려줘. 뭐랄까… 직관 같은 거지. 하지만 그건 기억하고는 달라. 나는 뭘 기억하지 못해. 아주 잠깐은 기억할 수도 있을 거야. 하지만 곧 머리에서 전부 빠져나가버려."

"네가 어제 한 일을 말해봐."

"어제 일은 몰라."

"그럼 한 시간 전에 있었던 일을 말해봐."

"한 시간이 어느 정도인지 몰라."

"대체 무슨 소리야?"

"난 시간에 대해 몰라. 그게 뭔지 몰라. 단지 시간이란 게 존재한다고 사람들이 말하니까 그런 줄 알고 있을 뿐이야."

"말도 안 돼."

"하루가 어느 정도인지, 일주일, 한 달, 일 년은 또 어느 정도인지 난 몰라. 분이니 시간이니 초니 하는 말들이 다 무슨 뜻인지 난 도저히 모르겠어."

"정말 완전히 말도 안 되는 소리야."

"내가 아는 건 지금 이 순간뿐이야. 그리고 지금 난 몹시 아파."

"내 이름하고 전화번호를 어떻게 기억했는지 아직 나한테 말 안 했어."

"중요한 내용들은 계속해서 기억이 되살아나는 것 같아. 네 이름, 네 전화번호, 내가 만난 사람들, 그런 것들 말이야. 뭐랄까…

무언가가 계속해서 그런 내용들을 전해주는 것 같아. 하지만 내가 그런 걸 기억하고 있는 건 아니야. 마치… 그때그때 그런 능력들이 주어지는 것 같아."

"넌 거짓말을 하고 있어. 그런 식으로 사는 사람은 아무도 없어."

소년은 아무 말 하지 않았다.

"넌 네가 한 짓을 인정하지 않으려고 이야기를 꾸며대고 있는 거야."

여전히 소년은 아무 말도 하지 않았다.

"넌 지금 네가 말하는 것보다 훨씬 많은 걸 알고 있어. 안 그래?"

소년은 창백한 눈동자로 더스티를 바라보았다.

"내가 아는 건, 내가 수많은 적을 만들어 온 것 같은 느낌이 든다는 것과 사람들이 내가 죽기를 바란다는 것뿐이야."

"무슨 대답이 그따위야?"

"난 너한테 이렇게밖에 대답해줄 수 없어. 내가 하는 행동이 어떻게 이루어지는 건지, 내가 보는 것들이 어떻게 내 눈에 들어오는 건지 정말로 몰라. 내가 아는 건 내가 사람들을 고통스럽게 만든다는 것뿐이야."

"그러니까, 네가 어떤 여자아이를 성폭행했을지도 모르지만 전혀 기억나지 않는다는 말이로군. 지금 네 말이 그런 뜻이지?"

소년은 고개를 떨어뜨렸다.

"내가 성폭행을 할 수 있다고 생각하니?"

"그걸 내가 어떻게 알아? 오늘도 넌 팔 한 번 휘둘러서 날 쓰러뜨리고는 이렇게 병원에 처박아뒀잖아.”

“널 다치게 할 생각은 없었어.”

소년은 여전히 고개를 떨어뜨리며 말했다.

“하지만 네가 날 놀라게 했잖아. 난 네가 날 잡으려고 달려드는 남자들 가운데 한 명인 줄 알았어.”

“그럼 그 일을 기억한단 말이네! 거 봐, 넌 그 일을 기억하고 있잖아!”

“그런 영상이 떠올랐어. 그래서 틀림없이 내가 그런 일을 저질렀을 거라고 추측한 거야.”

“넌 전에도 그런 일을 저질렀어. 늘 똑같은 방법으로 다른 사람들을 쓰러뜨렸잖아. 아주 잔인하게, 훨씬 지독한 방법으로 사람들을 해쳤다는 이야기가 파다하게 퍼졌어. 게다가 너는 투견들도 죽였잖아. 물론 같은 방식으로 죽였겠지?”

“그런 것 같아. 하지만 정말이지 난 모르는 일이야.”

“어떻게 그러지? 그냥 한 팔로 휘두르기만 하는데.”

“나도 몰라.”

“자꾸 모른다 모른다 하는데 그렇게 말하면 안 되지! 이건 네가 확실하게 알아야 할 일이잖아!”

소년은 또다시 고개를 가로저었다.

“어떻게 그러는지 나도 정말 이해가 안 돼. 그래서 나도 미칠 것 같아.”

“그럼 다른 일들은 어떻게 설명할래?”

"무슨 일?"

"네가 한 다른 일들 말이야. 유치장에서 도망친 일이며, 기관차고에서 도망친 일. 지금 이곳에 나타난 것도 이상해. 그뿐 아니지. 마치 눈길 위를 몇 차례 껑충 뛰어오르기라도 한 것처럼 발자국을 완전히 사라지게 만든 건 또 어떻게 된 거야? 그랬다가 다시 발자국이 나타나고 말이야. 사람들 생각을 읽는 것도 이상해. 그런 일들도 역시 모르겠다고 말할 거니?"

"응."

"뭐가 응이라는 거지?"

"그런 일들 역시 내가 어떻게 그랬는지 잘 모르겠어."

더스티가 소년을 노려보았다.

"그런 일들을 할 수 있다면, 어린 여자아이를 성폭행할 수도 있겠구나."

"더스티, 네가 그렇게 생각한다면 그렇겠지."

소년은 눈처럼 새하얀 눈동자로 다시 더스티를 바라보았고, 더스티는 그 속에서 잠시 가늠할 수 없는 슬픔 같은 걸 엿보았다. 더스티는 이 느낌을 뭐라고 설명해야 할지 몰라 눈살을 찌푸렸다.

"넌 내가 대답을 둘러대고 있다고 생각하지. 하지만 그렇지 않아. 정말이야. 나도 너만큼 혼란스러워. 내가 누군지 나도 몰라. 내가 어디에서 왔는지도 몰라. 내가 어떻게 그런 일들을 하는지도 몰라. 사람과 장소와 물건의 영상들이 마음속에, 눈앞에 그려지긴 하지만 전부 뒤죽박죽이야. 난 다만 직관에 따라 움직일 뿐이야.

다른 방식은 몰라. 그냥 떠오르는 대로 생각하고 입에서 나오는 대로 말해. 내가 하는 행동은 전부 고통만 일으켜."

소년은 손가락을 오므려 매끄럽고 하얀 주먹을 쥐었다.

"난 정말 고통스러워. 그렇게 보이지 않니?"

"넌 도움이 필요해."

"아무도 날 도울 수 없어. 아무도 날 이해하지 못하니까."

더스티는 소년을 어떻게 생각해야 할지 갈피를 잡을 수가 없었다. 그를 믿기에는 그가 하는 말들이 너무나 수상쩍었다. 소년이 자신에게 이런 말을 하는 건 순전히 동정심을 얻기 위해서일 거라고 생각했다. 하지만 어쩐지 그건 아닌 것 같다는 생각도 들었다. 소년의 주장대로 그가 얼마나 큰 고통을 느끼는지는 알 수 없지만, 그가 한 말 가운데 한 가지만큼은 분명한 사실이었다. 그가 가는 곳마다 고통을 일으킨다는 것. 그거야 더스티가 지금 이 병원에 입원해 있다는 사실만 봐도 충분한 증거가 되고도 남았다. 소년이 이런 섬뜩한 능력을 지녔는데도 더스티의 마음에는 소년을 향한 분노만 부글부글 끓고 있을 뿐 다른 감정은 아무것도 느낄 수 없었다. 그때 놀랍게도 소년이 느닷없이 웃음을 터트렸다.

"뭐가 그렇게 웃기냐?"

더스티가 투덜대며 말했다.

"넌 정말 다른 사람들하고 많이 다르구나."

"그게 무슨 소리야?"

"너는 날 전혀 무서워하지 않잖아. 날 처음 봤을 때 조금 겁을 내긴 했지만 금세 극복했고, 지금은 나한테 마냥 화를 내고 있으니 말이야. 네가 날 무서워하기 보다는 오히려 내가 널 더 무서워하는 걸."

"그건 그렇고 과자점에서는 왜 나한테 전화를 한 거야? 혹시 그것도 기억이 안 나?"

"기억은 안 나지만 왜 전화했는지는 알겠어."

"참내, 기억도 안 나면서 이유를 어떻게 알아?"

"아까 말했잖아 난…."

"아, 그래, 그래. 머릿속에서 영상이 떠오르신다고. 그렇다면 빨리 영상아 떠올라라, 얍! 이제 됐어. 네가 기억을 하든 말든 상관없어. 왜 전화했는지나 말해."

"사실 난 시내로 가고 싶지 않았어. 그런데 네가 산에 있는 사람들 때문에 위험에 처하게 됐다는 걸 느꼈고, 그래서 얼른 전화기를 찾아 너한테 전화를 해야 했어."

"숫자를 조합해서 내 전화번호를 만들어냈다고 주장할지라도 말이지."

"처음에 전화했을 땐 정말 그랬어. 그냥 그 번호로 전화를 하는 게… 좋을 것 같았어. 어떻게 전화번호를 조합하는지는 나도 몰라. 한 번 그러고 나면 다음번엔 그 번호가 생각이 나."

"그래, 그걸 기억이라고 하는 거야. 대부분 사람들이 그렇게들 해. 자기가 한 짓을 일부러 잊어버리고 싶거나 그런 일이 없었다고 시치미를 떼고 싶은 사람을 제외하면 말이지. 여자아이를 성폭행했는지는 기억나지 않으면서 놀랍게도 내 휴대전화 번호는 기억이 난다 이거지."

"물론 너한테는 이상한 일로 여겨질 수밖에 없을 거야."

"그럼 내가 호숫가를 걷는 것도 보였어? 네가 나한테 전화하기 전에 말이야."

"마음속에서 봤어. 나머지 다른 사람들이 산 위에 있는 것도."

"그 사람들이 누군데?"

"기억이 안 나."

"진짜 편리하네."

"또 나한테 화가 나는구나."

"난 늘 너한테 화가 나 있거든."

더스티는 소년을 노려보았다.

"넌 나한테 하고 싶은 말만 하고 나머지는 감추고 있잖아."

더스티는 갑자기 말을 멈추었다. 어쩐지 어디선가 많이 들어본 말 같다는 생각이 들었고, 곧이어 자신이 누군가 다른 사람이 한 말을 똑같이 따라하고 있다는 사실을 깨달았다. 바로 조금 전 샤프 경위가 자신에게 했던 말과 똑같은 말이었다. 하지만 더스티는 그런 사실이 부끄럽게 여겨지기 보다는 오히려 소년에게 다시 분노만 일뿐이었다.

"병원에는 왜 나타난 거야? 모른다느니 기억이 안 난다느니 하는 말은 하지 마."

"너한테 사과하려고 왔어."

"왜?"

"널 다치게 했으니까."

"그게 전부야?"

"응."

"좋아. 사과는 했고. 다른 이유는?"

"한 가지 더 있어."

"그게 뭔데?"

"난 조쉬를 느낄 수 있어."

조쉬 오빠의 이름이 언급되는 순간 더스티의 모든 분노가 눈 녹
듯 사라졌다. 더스티는 소년을 향해 한 발짝 앞으로 다가섰고, 뜨
거운 기운에 휩싸이자 그제야 스스로를 자제했다. 소년은 둘 사이
의 거리를 유지하길 몹시 바라는 듯 조금 뒤로 물러났다. 더스티
는 망설이며 입을 열었다.

"무슨 뜻인지 말해봐."

"난 그를 느낄 수 있어. 우리가 처음 전화통화를 했을 때 조쉬를
느꼈어."

"그럼 그걸 기억할 수 있어?"

"아니, 하지만 난⋯."

"그래, 알았어. 상관없어. 어디에서 오빠를 느꼈어?"

"네 목소리에서. 처음에는 그가 누구인지 몰랐어. 그냥 일단은
그 이름이 생각났어. 그래서 그 이름을 썼던 거야. 그런데 네가 그
때 그런 반응을 보이자 더 많은 걸 느끼기 시작했어."

"넌 그냥 짐작만 하고 있었던 거야. 내 목소리에서 듣긴 뭘 들어. 넌 그냥 짐작만 했던 거라고. 그 이름이 나한테 중요하다 싶으니까 더 많은 걸 넘겨짚었던 거고, 그러다가 운 좋게 맞아 떨어졌던 거지."

소년은 잠시 아무 말 없이 더스티를 물끄러미 바라보았다. 더스티는 즉시 자리를 옮겼다. 눈 한번 깜박이지 않고 사람을 그렇게 오랫동안 빤히 쳐다보다니, 어떻게 이런 일이 가능한지 이해할 수 없었다. 더스티를 불안하게 만드는 일은 그뿐만이 아니었다. 창백한 그의 눈동자가 변하기 시작한 것이다. 그의 눈동자가 차츰 빨갛게 변하고 있었다.

"넌 아무 이유 없이 분노를 발산하고 있어."

마침내 소년이 말했다.

"내가 화를 내는 건 그 만한 이유가 있기 때문이야."

"나를 적대적으로 대하지 마. 그렇게 계속 화를 내면 결국 너만 다치게 될 거야. 네 마음 깊은 곳에서는 날 믿고 있으니까. 속으로는 날 믿고 있다는 거 알아. 하지만 네가 계속 아닌 척하면 내가 다가가 봐야 아무 소용이 없잖아."

다시 침묵이 이어졌다.

"계속해봐."

더스티가 투덜대며 말했다. 소년은 아무런 대꾸를 하지 않았다.

"계속해보라니까. 네가 뭐라고 말하나 좀 들어보게."

"그럼 하나하나 따지지 마. 그냥 내 말을 들어줘."

더스티는 아무 말 하지 않았다.

"난 사람들에게 일어난 일들을 느껴. 비록 그들을 보지는 못하지만 그들에게 일어난 일을 느낄 수 있어. 사람들 목소리를 들으면, 그들의 생활이 어떤지 특히 그들에게 가장 중요한 일 혹은 사람들이 느껴져. 때로는 한 사람의 인생을 느끼기도 해. 네 목소리에서는 조쉬를 들었어. 네가 했던 모든 말들, 네가 하고 있는 모든 말들은 조쉬에 대해 이야기하고 있어. 네가 직접 그에 대해 이야기 하든 다른 일에 대해 이야기 하든 그런 건 중요하지 않아. 네 한마디 한마디에서 그의 목소리가 잔잔히 울려 퍼지니까. 처음엔 모든 영상을 다 볼 수 없었어. 하지만 조금은 그를 느낄 수 있었지. 그때 내가 술에 취해 있지 않았다면 좀 더 많은 걸 느꼈을 거야."

그는 다시 말이 없었다. 더스티가 이번에도 자신의 말을 가로막는지 어떤지 보려고 기다리는 것 같았다. 더스티는 아무 말 없이 그의 얼굴을 물끄러미 바라보았다. 이번에도 그의 눈동자는 깜박이지 않았다.

"나를 믿고 있다는 걸 스스로 인정하기 시작했구나. 아주 약간이긴 하지만."

"하던 얘기나 계속 해."

소년은 다시 말이 없었고 더스티는 자신을 나무랐다. 까딱 주의를 소홀히 하다간 소년은 더 이상 말을 하지 않을지도 모른다. 소년을 화나게 해서는 안 되었다. 괜히 조바심을 냈다가 자칫 기분 나쁜 말을 해서도 안 되었다.

"너 때문에 화가 나는 건 아니야. 하지만 넌 조바심이 나서 함부로 말을 뱉어버리는구나."

더스티는 입술을 깨물고 고개를 떨어뜨렸다. 소년이 계속해서 말했다.

"깨어난 후, 약을 먹었는데도 죽지 않았다는 걸 알았을 때 난 내 이름 이전에 조쉬의 이름을 느꼈고, 곧이어 조쉬를 감지했어. 물론 조쉬가 살았는지 죽었는지는 알지 못했어. 그건 지금도 몰라. 하지만 그의 어떤 부분들이 아주 가까이 다가와 있어. 그때도 그걸 느꼈어. 지금도 확실하게 느끼고 있어. 그리고 드디어 지금 그의 얼굴이 보여."

더스티가 얼른 고개를 들어올렸다.

"어디에서?"

"네 얼굴에서."

"내 어디라고?"

"네 얼굴."

"내 얼굴?"

"응. 네 말 한마디 한마디 속에 그가 있어. 네 모든 생각 속에도 그가 있어. 그리고 네 얼굴에도 그가 있어. 그는…."

소년은 다시 말을 멈추고는 더스티를 주의 깊게 바라보았다.

"다시 나를 믿지 못하고 있구나. 그래, 이해해."

"단지 그냥… 그러니까… 너무 갑작스러워서…."

"조쉬는 금발이야. 나처럼 흰색 머리카락이 아닌 금발. 스칸디

나비아 사람 같은 금발이야. 머리카락이 꽤 긴걸. 정수리 부분은 헝클어져 있고, 곱슬기 없는 옆머리는 묶지 않아서 약간 너저분해 보이기도 해. 정말이지 빗질하는 거 딱 질색인가 봐. 하지만 그런 건 상관없지. 모두들 그런 조쉬를 좋아하니까. 푸른 눈동자에는 장난기가 가득해. 여자아이들은 조쉬를 흠모하고 있어. 어른들, 노인들 할 것 없이 모두가 그를 무척 좋아해. 조쉬는 자신이 좋아하는 걸 하는 데 익숙해. 무슨 짓을 해도 용서받을 걸 알고 있고, 언제라도 환영받을 거라는 것도 알아. 하지만 시샘도 받고 있는걸. 많은 사람들이 그를 시기해. 그래서 쉽게 친구를 사귀는 만큼 적도 많이 만들지. 너처럼 반항아야. 너보다 더한 걸. 너처럼 정직하지는 않아. 하지만 너를 좋아하지. 너처럼 배짱도 두둑한 것 같다.

너, 조쉬하고 자주 싸웠구나. 그리고 넌 끝까지 싸워서 이겨야 직성이 풀리고. 그러니 조쉬가 널 말괄량이라고 부를 만도 하지. 조쉬의 꼬마 더스티. 사실 그는 널 약간 부러워해. 한 번도 그런 말한 적은 없지. 하지만 그는 널 부러워해. 속으로는 자신이 썩 안정돼 있지 못하다는 걸 알고 있거든. 그래서 네 강인함을 좋아해. 나처럼 말이야. 네 용기도. 네 솔직함도 좋아해. 자신은 솔직한 적이 별로 없으니까. 오른쪽 귀 아래에 살짝 베인 상처가 있구나. 왼손 바닥에는 기다란 흉터가 나 있고. 틀림없이 운동장에서 싸우다가 칼에 베어서 그렇게 됐을 거야. 그런데 조쉬는 그보다 훨씬 어두운 상황에 놓인 적도 많은걸."

더스티는 왈칵 눈물이 쏟아졌다. 소년은 더스티가 울음을 그치기를 기다리다가 나지막한 목소리로 다시 입을 열었다.

"난 이만 가봐야겠어. 이제부터 넌 마음 단단히 먹어야 해."

더스티는 여전히 자신이 어떤 기분인지 도무지 알지 못한 채 눈물을 닦으며 말했다.

"무엇 때문에 마음을 단단히 먹어야 하는 거야?"

"나하고 가까운 사람들에게 일어나는 일 때문에."

그리고 잠시 서로를 빤히 바라보았다.

"곧 네 아버지가 너를 데리러 이리 오실 거야."

"아니야, 아빠는 아직 안 오실 거야. 나를 쉬게 하려고 이곳에 날 두고 갔는걸. 몇 시간 후에나 돌아올 거야."

"당장 이리로 오실 거야. 상황이 완전히 달라졌어. 너희 아버지가 병원 주차장에 계시는 게 느껴져. 지금 막 기계에서 티켓을 구입하고 그걸 차 안에 놓아두셨어. 지금 병원 입구로 달려오고 계셔. 이제 1,2분 안에 병실로 들어오실 거야. 더스티, 내 말 잘 들어."

소년이 진지한 눈빛으로 더스티를 바라보았다.

"지금부터 용감해져야 해. 그리고 신중해야 해. 정말로 신중해야 해. 아빠도 잘 돌봐드려야 해. 사람들에게 나를 모른다고 서슴지 말고 말해. 사람들이 계속 너를 비난하면, 나에 대해 얼마든지 나쁘게 말해도 괜찮아."

"하지만…."

"난 이제 가야 해."

"이 지역을 떠나는 거니?"

"아니, 지금은 아니야."

"그게 무슨 말이야?"

소년은 단호해 보였고, 이제 정말로 갈 준비가 된 것 같았다.

"다행히 이번에는 사람들한테 쫓기지 않을 것 같아. 도망 갈 시간이 충분하니까."

소년이 문을 향해 흘긋 시선을 던졌다.

"아버지를 잘 보살펴드려. 너도 몸조심하고."

"그럼 우리 오빠 일은 어떻게 해?"

"내가 조쉬를 찾는 걸 도울 수 있다면 그렇게 할게."

"만일 도울 수 없으면?"

"그렇다면 최대한 그 일을 끌어안고 사는 수밖에. 정말 중요한 수수께끼는…."

"중요한 수수께끼는?"

더스티가 물었다. 하지만 더스티는 소년이 무슨 말을 하려는지 알고 있었다. 소년은 불처럼 이글이글 타오르는 듯한 눈동자로 더스티를 가만히 바라보았다.

"정말 중요한 수수께끼는 오로지 혼자 힘으로 해결해야 해."

소년이 말했다.

그때 복도에서 사람들 목소리가 들렸다. 간호사 한 명이 이의를 제기하고 있었고, 곧이어 아빠가 평소보다 큰 목소리로, 아주 큰 목소리로 간호사의 말에 반박했다. 아빠는 화를 내는 게 아니었다. 겁에 질려 있었다.

"내 딸을 봐야겠어요! 내 딸을 봐야겠단 말이에요!"

"나 여기 있어, 아빠!"

더스티가 서둘러 병실 문으로 다가가 복도를 내다보았다. 아빠는 고작 몇 미터 앞에 떨어져 있었고, 간호사는 기를 쓰고 아빠를 따라잡아 지금은 아빠 바로 뒤까지 바짝 쫓아왔다. 아빠는 더스티를 보고 황급히 걸음을 재촉해 더스티를 품에 꼭 끌어안았다.

"괜찮니? 괜찮은지 말해, 더스티!"

"난 괜찮아, 아빠. 그런데 무슨 일이야?"

"누군가 우리 집에 침입했어. 집안 곳곳이 부서지고 박살이 나서 완전히 엉망진창이 됐다. 게다가 벽에 페인트로 스프레이를 뿌려 경고문까지 써놓고 갔어."

"뭐라고 썼는데?"

"그를 넘겨라! 이렇게 써있더라. 그를 넘겨라!"

아빠는 두려움에 휘둥그레진 눈으로 더스티를 빤히 쳐다보며 말했다.

"아빠 생각에도 이제 네가 소년을 넘겨줄 때가 된 것 같아!"

더스티 역시 아빠를 가만히 응시한 다음, 뒤를 돌아 병실 안을 들여다보았다.

소년은 가고 없었다.

23

더스티는 재빨리 아빠를 향해 돌아섰다.

"아빠, 경찰 불렀어?"

"아니, 네가 괜찮은지 확인하려고 병원으로 곧장 왔어."

"좋아. 지금 집에 가자. 가는 길에 경찰에 신고해."

"하지만 넌 병원에서 쉬어야 해."

"나 퇴원할래. 아무렇지도 않은걸 뭐."

그러자 간호사가 아빠를 밀치고 앞으로 나왔다.

"더스티, 그건….'

"저 퇴원할래요."

더스티는 잠시 간호사를 빤히 노려본 다음 이내 마지못해 미소를 지었다.

"돌봐주셔서 정말 고맙습니다. 하지만 전 정말 아무렇지 않아요. 이제 그만 집에 가고 싶어요."

"그럼 스터튼 선생님께 말씀드려볼게."

"그래봤자 소용없을 거예요. 어쨌든 전 집에 갈 거니까요."

스터튼 선생님이 벌써 복도 저편에서 급한 걸음으로 다가오고 있었다.

"무슨 일입니까?"

의사가 날카롭게 물었다.

"더스티, 넌 왜 침대에 누워 있지 않고 나와 있는 거냐?"

"전 집에 갈래요. 아픈 데도 없단 말이에요."

의사는 이마에 땀이 송골송골 맺힌 채 그들 곁에 섰다.

"간호사? 무슨 일인가?"

아빠가 대답했다.

"집에 문제가 생겼습니다. 누군가 침입해서 집을 닥치는 대로 부수고 갔어요. 저는 더스티가 괜찮은지 확인하러 왔습니다."

"전 괜찮아요. 그러니까 집에 갈래요."

의사는 더스티를 훑어보고 다시 아빠를 향해 돌아서서 말했다.

"경찰에는 알렸습니까?"

"아니요, 저… 그게… 당연히 이제 알려야지요. 하지만 무엇보다 더스티가 걱정됐어요."

더스티가 아빠의 팔을 잡아끌었다.

"아빠, 가자. 우린 갈 거예요."

"더스티, 기다려라."

의사가 말했다. 더스티는 여전히 아빠의 팔을 잡은 채로 걸음을 멈추었다.

"널 억지로 입원시킬 수는 없다. 네가 퇴원하기로 결심한 마당에 억지로 널 붙잡아 둘 권리는 없어. 하지만 내가 돌보는 환자들이 최대한 건강한 상태로 이 병원 문을 나설 수 있도록 책임지고 돌보는 것이 직업상 내 의무라는 걸 이해해주길 바란다. 물론 네가 얼마나 집에 가고 싶어 하는지, 집안이 얼마나 끔찍한 상태일지 충분히 이해해. 하지만 이렇게 성급하게 병원을 뛰쳐나가는 것만이 일을 해결하는 최선의 방법은 아닐 거다."

의사는 잠시 숨을 돌린 후 말을 이었다.

"겉으로 보기에 특별히 다친 데가 없는 건 사실이지만, 넌 여전히 지친 상태야. 그러니 네 아버지와 내가 경찰에 알려서 경찰이 적절한 방법으로 상황을 수습하는 동안만이라도 네가 병원에서 쉰다면 내 마음이 훨씬 놓일 것 같구나."

"그게 좋겠다, 더스티. 아빠는 널 서둘러 집에 데려가려고 병원에 온 게 아니야. 그저 네가 괜찮은지 확인하고 싶었을 뿐이야."

아빠가 말했다. 더스티는 고개를 저었다.

"배려는 감사하지만 전 집에 가고 싶어요."

10분 뒤, 더스티와 아빠는 차에 올라탔다. 눈은 그치고 땅거미가 내려 앉았지만, 병원 건물들은 살포시 덮인 겨울 외투로 여전히 환하게 빛났다. 아빠가 자동차 열쇠를 돌리자 자동차가 푸푸 소리를 내며 시동이 걸렸다.

"경찰한테 신고하는 게 어때? 경찰에 전화해야 하잖아."

더스티가 말했다.

"집에 가서 하면 돼. 그보다 너하고 먼저 할 이야기가 있어."

아빠는 수동식 브레이크를 풀고 어설프게 기어를 작동시켰다.

"젠장, 이놈의 기어. 좀 움직여라."

자동차가 심하게 흔들리더니 마침내 움직이기 시작했다.

"어지간하면 잘 굴러가는 걸로 새로 한 대 뽑을 때가 됐다니깐."

더스티가 말했다. 아빠는 대꾸하지 않았다. 더스티는 아빠를 흘끔 바라보았다. 자기처럼 아빠도 겁에 질려 있다는 걸 눈치챘고, 굳이 상황을 꿰뚫어보는 재주가 없더라도 자신이 아빠를 기분 상하게 만들어 아빠한테 완전히 찍혀버렸다는 걸 한눈에 알 수 있었다.

"내 말이 맞지 않아?"

"무슨 말?"

"차 한 대 새로 뽑으라고. 헬렌 아줌마를 이런 똥차에 태울 수는 없잖아."

"앞으로 헬렌을 태우는 일은 절대 없을 거야. 우린 완전히 끝났으니까."

더스티가 두 눈을 동그랗게 뜨고 아빠를 쳐다보았다.

"헬렌 아줌마하고 끝났다고?"

"응."

"혹시 나 때문이야?"

"대체 그게 왜 너하고 관계가 있다고 생각하는 거야?"

"내가 너무 속을 썩이니까. 시내에 돌아다니면서 말썽이나 일으키고. 무서운 아저씨들하고 그런 일도 있었고. 그 소년하고도 문제가 있고. 벡데일 사람들이 다들 그 이야기를 떠들어대고 있는데 아줌마라고 소문을 못 들었을 리가 없잖아. 그게 이유야? 아줌마가 나 때문에 아빠하고 더 이상 연락하고 싶지 않대?"

"너하고는 아무 상관 없어. 누구 때문도 아니야. 그냥 더 이상 만나지 않기로 했어."

더스티는 침대에 나란히 누워 함께 잠을 자고 있던 두 사람의 모습을 떠올렸다.

"하지만…."

더스티가 잠시 망설이다 말을 이었다.

"내가 상관할 일은 아니지만, 지난번 아줌마가 우리 집에 놀러 왔을 때… 꽤 오래 있다 가신 거 알아. 아니 그냥 아줌마가 새벽 일찍 차 타는 소리를 듣고 알게 된 거야. 그래서 난… 두 사람이 꽤 좋은 시간을 보낸 줄 알았는데…."

"그래 맞아. 우린 침대에 같이 누웠어."

아빠가 다시 더스티를 흘끔 바라보며 말했다.

"됐니? 침대에 같이 누웠다고. 나도 헬렌도 그렇게 될 줄은 예상도 계획도 하지 못했어. 우린 그냥 저녁 먹고 이야기나 할 생각이었단 말이야. 그런데 결국 내가 구닥다리 재즈 앨범을 틀고 말았지."

"나도 알아. 들었어. 약간 엉큼한 발상이라고 생각했어."

"헬렌한테는 아니었어. 헬렌은 재즈광이거든. 재즈에 대해 나보다 훨씬 아는 게 많아. 같이 이야기해보기 전에는 나도 미처 몰랐어. 어쨌든 그녀나 나나 기대했던 것 이상으로 꽤 마음이 잘 맞았고 그래서 결국 침실까지 같이 가게 된 거야."

"그런데 뭐가 문제야?"

아빠가 천천히 숨을 내쉬었다.

"헬렌은 네 엄마가 아니었어."

아빠는 여전히 골목에 시선을 고정시킨 채 말을 이었다.

"헬렌은 아주 매력적인 여자야. 이해심도 정말 깊었지. 그렇게 이해심이 깊을 수가 없었어. 그런데 막상 때가 됐을 때, 내가 그녀와 잠자리를 함께하고 싶은 생각이 전혀 없다는 걸 깨달았어."

"그래서 어떻게 됐어?"

"그냥 서로 끌어안고 이야기만 했어."

"아줌마가 상처 받지 않았을까?"

"맞아, 그랬어. 헬렌은 날 정말 좋아했으니까. 하지만 내 상황을 아주 잘 이해해주었지."

"무슨 이야기를 했는데?"

"주로 엄마 얘기."

"진짜 요령 없다, 어쩜 그래?"

"헬렌이 듣고 싶어 했어. 자세하게 물어봤단 말이야."

두 사람은 한동안 말이 없었고 더스티가 손을 뻗어 아빠의 팔을 잡았다.

"잘 될 거야, 아빠."

"아니, 그렇지 않을 거야. 너한테 무슨 일이 있었는지 아빠한테 전부 말하기 전까지는 그렇지 않을 거야. 네가 아빠를 믿고 의지하기 전까지는. 내가 아빠 노릇 변변히 못하고 있다는 거 알아. 아빠는 늘 나약했지. 지금도 그렇고."

"그렇지 않아."

"아니야, 그래. 난 언제나 허둥대기만 하지. 뭐 하나 제대로 할 줄 아는 것도 없고."

"아빠…."

"아빠 말 끝까지 잘 들어, 더스티. 네가 아빠한테 숨기는 게 많다는 거 알아. 그래도 괜찮아. 왜 아빠가 전에도 한번 이런 말 했었지. 누구나 비밀은 있는 법이라고. 하지만 중요한 일들까지 아빠한테 말하지 않는다면, 그리고 그 이유가 순전히 아빠가 그 일을 해결할 수 없을 거라는 생각 때문이라면, 그건 네 탓이 아니라 아빠 탓이야. 아빠가 강한 사람이어야 하는데."

아빠가 다시 더스티를 바라보았다.

"앞으로 강한 아빠가 될게."

아빠와 더스티는 어스름한 땅거미 속으로 들어갔다. 벡데일은 섬뜩할 정도로 조용했다. 더스티는 차창 밖을 내다보았다. 평소 이 시간이면 문을 닫기 전에 상점에 도착하려고 서두르는 사람들, 버스 정류장이나 기차역으로 향하려고 황급히 걸음을 옮기는 사람들로 북적일 것이다. 하지만 지금 거리를 오가는 사람들은 거의가 경찰들이었다.

그 가운데 일부는 총을 지니고 있었다.

또다시 눈이 내리기 시작했다. 아빠는 와이퍼를 켜고 몸을 구부려 자동차 앞유리 가까이에 얼굴을 가져다 댔다.

"조쉬 때문이지, 그렇지?"

아빠는 더스티의 대답을 기다리지 않고 계속해서 말을 이었다.

"처음부터 지금까지 조쉬 때문에 이렇게 된 거야. 넌 어렸을 때부터 조쉬라면 사족을 못 썼지. 조쉬를 너무 이상적으로 생각했어. 지나치다 싶을 정도로 말이야. 조쉬를 아주 떠받들었잖아."

"안 그랬어."

"그랬어. 조쉬가 어땠었는지 넌 생각도 안 나나보더라…."

아빠는 못마땅한 얼굴을 하며 입을 다물었다.

"오빠가 어땠는데?"

"글쎄, 성인군자하고는 거리가 멀었지."

"하지만 정말로 나쁜 짓을 한 적은 없었잖아."

"네가 어떻게 알아?"

"그냥 알아. 늘 문제를 일으키고 다니긴 했지만 심각하게 일을 저지른 적은 한 번도 없었던 것 같아."

"그건 네가 몰라서 하는 소리야."

"그럼 오빠가 나쁜 짓이라도 저지르고 다녔단 말이야?"

"그런 말이 아니라. 그건 우리가 모르는 일이라는 거지. 너도 알다시피, 조쉬는 늘 우리한테 너무 많은 걸 감춰왔잖니. 지금처럼 네가 조쉬를 지나치게 두둔하는 건 어리석은 일이 아닌가 싶다."

더스티는 문득 소년이 생각났다. 소년이 낮은 목소리로 전해주던 말들이, 조쉬 오빠에 대해 했던 말들이 떠올랐다. 조쉬 오빠가 어두운 상황에 있었을 거라고 했던 말도 떠올랐다.

아빠가 고개를 저었다.

"오해는 하지 마라. 네가 조쉬한테 유독 집착한다고 나무라는 건 아니니까. 네가 그러는 것도 이해가 가. 조쉬한테 무슨 일이 있었는지 모르기 때문에 더 마음이 아픈 거잖아."

더스티는 창밖의 킬버리 무어 황무지를 응시했다. 마치 눈처럼 새하얗고 부드러운 담요 한 장이 레이븐 산 정상을 향해 죽 펼쳐진 것 같았다. 곧이어 저 아래 산기슭의 머크웰 호수 북쪽 가장자리와 희미하게 반짝이는 호수 위로 시선을 던졌다.

"한 가지 네가 애써 간과하는 게 있는 것 같은데… 아빠는 어쩐지 조쉬가 죽었을지 모른다는 예감도 들어. 네 엄마도 그랬지. 그래서 집을 나갔던 거고. 조쉬가 죽었을지 모른다고 생각하니 이성을 잃을 수밖에 없었던 거야. 네 엄마가 약한 사람이라서가 아니야. 마음이 괴로워서였던 거지. 내 말 듣고 있니?"

"응."

"그럼 창밖 좀 그만 보고 아빠 말을 귀담아 듣고 있다는 걸 보여주지 않을래?"

더스티는 고개를 돌려 자신을 주시하는 아빠의 눈동자를 바라보았다. 아빠는 심신이 지치고 피폐해 보였다. 아빠를 행복하게 해줄 수 있다면 좋으련만. 아빠도 분명 한때는 행복한 나날을 보냈었는데.

"아빠, 도로를 잘 보고 운전해야지."

아빠가 다시 고개를 돌려 앞을 바라보았다.

"아빠 말, 귀 기울여 잘 들었어."

아빠는 대꾸하지 않았다.

"아빠? 아빠가 하는 말 잘 들었다고. 조쉬 오빠에 대한 말도. 그리고 아빠 말이 옳다는 거 알아. 우리 모두 그것 때문에 상처 입은 채 살고 있잖아."

"아빠가 꼭 알아야 할 일을 말해줘, 더스티."

"응?"

"아빠한테 말해달라고. 아빠가 반드시 알아야 할 일들을 말해줘."

더스티는 얼굴을 찡그렸다. 병원에서 소년의 이야기를 들은 후로 더스티의 마음은 온통 의혹으로 가득 찼다. 세상 모든 사람들이 소년을 미워하는 것 같았고, 세상 모든 사람들이 그가 폭력과 성폭행이라는 범죄를 저질렀다고 믿고 있는 것 같았다. 그가 기관차고에서 자신에게 상처를 입혔다 해도, 여전히 자신의 마음을 분노와 혼란으로 가득 차게 만들고 있다 해도, 더스티는 소년을 비난할 수가 없었다. 그가 결백할지도 모른다는 가능성이 있는 한 함부로 그를 비난할 수는 없었다. 자신이 일조해 소년이 경찰에 체포되기라도 하는 날에는 도저히 스스로를 용서할 수 없을 것 같았고, 소년이 남자들 일당에게 잡힌다면 더 생각할 나위가 없었다. 물론 소년을 비난할 수 없는 데에는 그것 말고도 다른 이유가 더 있었다.

내가 조쉬를 찾는 걸 도울 수 있다면 그렇게 할게.

소년은 약속했었다. 그가 약속을 지키지 않을지도 모르지만, 조쉬 오빠를 찾을 가능성이 있는 한 그를 배신할 수는 없다. 하지만 지금쯤은, 특히나 손 코티지에서 일이 생긴 마당에 아빠에게 한 가지만큼은 말해야 했다.

"포니테일로 머리를 묶은 남자가 있어."

막상 말을 하려고 보니 생각보다 어려웠다. 그 일을 떠올리려니 두려움도 함께 찾아왔지만, 어떻게든 끝까지 이야기를 마쳤다. 더스티는 남자와 그의 아들들, 개들, 그들에게 쫓기던 일, 노울로 가는 오솔길에서 그들과 맞닥뜨린 일에 대해 아빠에게 이야기했다. 그리고 그 일을 비밀로 하지 않으면 가만두지 않겠다던 남자의 협박에 대해서도 이야기했다.

"그런 일이 있었으면 아빠한테 말을 했어야지. 경찰한테도 말을 했어야 했고."

아빠는 잔뜩 화가 난 눈빛으로 더스티를 흘긋 보았다.

"세상에, 그러고도 그 소년을 찾으러 나갈 생각이 들어? 그래놓고 사람들 구설수에 오르고?"

더스티는 먼 산을 보았다. 아빠가 이런 식으로 반응할 줄 알았고, 차라리 이렇게 아빠가 하고 싶은 말을 하게 두는 편이 마음 편했다.

"용감하긴 했어, 더스티. 하지만 어리석기도 했어."

"알아."

"어쩜 그렇게 생각이 없냐. 그래놓고 아빠한테는 한마디도 안 하고."

"그 아저씨가 아무 말 하지 말라고 협박했단 말이야. 내가 입이라도 벙긋 했다간…."

"네가 경찰을 끌어들이면 아빠를 가만 두지 않겠다고 했겠지. 뻔해. 방금 그 말 하려고 한 거지? 아무리 그랬어도 아빠한테 말했어야지. 그러면 같이 의논을 할 수도 있었을 테고, 최선책을 모색해볼 수도 있었을 것 아니야. 아무튼 이제라도 뭘 하는 것이 최선일지 알겠다. 경찰이 오면 아빠한테 했던 이야기를 그대로 말하렴. 그들이 탄 소형트럭을 추적하는 것쯤이야 일도 아닐 거야. 사실상 그들이 누군지 경찰이 이미 알고 있다 해도 놀랄 일은 아니지. 나부터도 누군지 훤히 알겠는걸."

"누군데?"

"밀헤이븐인가 어딘가에서 성폭행을 당했다는 여자아이네 가족. 아마 아버지와 오빠들일 거야. 그 사람들은 경찰에 알리지 않고 자기들 손에서 일을 처리하기로 마음먹었거든. 소년이 이 지역에 나타났다는 말을 듣고 그를 추적하고 있어. 그래서 개도 데리고 다니는 거고."

"그럼 광장에서 본 총을 든 남자들은 뭐야?"

"포니테일로 머리를 묶은 남자의 친구들. 린치를 가할 패거리를 끌어 모으는 거야 어려운 일도 아니지. 틀림없이 그들은 이 지역 사람이 아닐 거야. 아마도 밀헤이븐에서 같이 왔을걸. 네가 곤란한 처지에 놓이게 된 것도 당연해. 일단 그들은 소년의 발자국을 따라 달려가는 네 발자국을 봤어. 그걸로 너를 소년의 친구라고 염두에 둔 거지. 그 다음, 빈치 여사의 과자점에서 소년이 너한테 전화를 걸었다는 사실을 알게 됐어. 소년이 네 휴대전화 번호를 어떻게 알았는지 아무도 아는 사람은 없지, 넌 우리한테 말하고 싶어 하지 않는 것 같지, 그러니 네가 소년을 숨겨주고 있다는 둥 소년이 어디에 있는지 알고 있다는 둥 하는 추측들이 난무하는 것도 이상하게 여길 일은 아니야."

더스티는 다시 아빠를 쳐다보았다.

"난 그 아이를 숨기지 않았어. 그 아이가 어디에 있는지도 모르고."

두 사람은 손 코티지에 도착할 때까지 다시 입을 열지 않았다. 눈이 그치고 어둠이 짙게 내려앉았다. 더스티는 조심스럽게 차에서 내렸다. 누군가 집안을 침입했다고 생각하니 자기도 모르게 주변을 살피게 됐다. 더스티는 아빠도 자신과 똑같이 하고 있다는 걸 알아차렸다. 하지만 주위에는 아무런 형체도 보이지 않았다. 아빠가 불쑥 더스티를 돌아보았다.

"아빠 말 잘 들어. 아까 아빠가 넌 툭하면 뭐든 숨기려든다고 야단쳤었지. 지금 고백하겠는데, 아빠도 너한테 한 가지 말하지 않은 일이 있어."

"뭔데?"

"누군가 집안을 침입해 곳곳을 부서뜨렸다고 했잖아."

"응. 벽에다 페인트로 스프레이를 뿌려서 경고문을 쓰기도 했다면서."

"그래, 맞아. 저, 그런데 말이야….”

아빠가 잠시 숨을 돌린 후 말을 이었다.

"부서진 곳은 집이 아니야. 네 방만 그렇게 됐어."

더스티는 온몸이 오싹해졌다. 아빠가 더스티의 어깨 위에 손을 올렸다.

"충격 받지 않도록 마음의 준비를 해두는 게 좋겠다."

두 사람은 현관문을 향해 올라갔다. 아빠가 열쇠를 꽂아 문을 밀었다. 문이 활짝 열렸다. 집안은 온통 깜깜했다. 두 사람은 안으로 들어갔고 아빠가 거실의 전등을 켰다.

"그들은 뒷문으로 들어왔어. 칸막이 창을 깨뜨려 안으로 들어온 거지."

더스티는 아무 말 하지 않았다. 머릿속에는 자신의 방 생각뿐 아무 생각도 할 수가 없었다. 두 사람은 전등을 하나씩 켜면서 천천히 계단 위를 올라갔다.

"내가 먼저 들어갈게."

"아니야. 내가 먼저 들어갈게."

더스티가 아빠를 제지했다. 더스티가 자신의 방 안으로 들어가 전등의 스위치를 켰다.

"어머나, 세상에!"

더스티가 소리쳤다. 예상했던 것보다 훨씬 엉망이었다. 무엇 하나 온전하게 남아 있는 게 없었다. 그들이 침입한 유일한 목적이 바로 이것이었음은 의심할 여지가 없었다. 새 노트북 컴퓨터를 가져가지는 않았다. 산산조각으로 박살을 내서 그렇지. 창문, 램프, 꽃병, 장식품들 할 것 없이 부서지는 물건이란 물건은 모조리 박살이 나 있었다. 유리 파편들이 온 사방에 널려 있었다. 안락의자는 마구 난도질되어 있고, 베개와 침대 시트, 깃털 이불은 갈기갈기 찢겨졌으며, 그림과 포스터는 오물이 튀어 더러워졌다.

침대 위 벽에 "그를 넘겨라"라고 적힌 경고문이 시뻘겋게 번쩍거렸다.

"미안하다, 더스티."

아빠가 더스티 뒤에서 말했다. 더스티는 가까스로 눈물을 참고 있었다. 절대로 울지 않겠노라 결심했고, 기가 꺾인 모습을 보여 이런 짓을 한 인간들을 만족시켜주지 않겠노라 다짐했다. 더스티는 벽에 부딪쳐 내동댕이쳐진 책상의자를 집어 들고 그 위에 앉았다. 뜻밖에도 그들은 책상을 뒤집어엎지는 않았다. 책상 위를 온통 칼자국으로 뒤덮은 것도 모자라, 서랍을 전부 빼내 그 안의 물건들을 바닥에 와르르 쏟아 붓긴 했지만.

더스티는 난장판이 된 방 안을 멍하니 바라보면서 무슨 이유에선지 조쉬 오빠와 이상한 소년에 대해, 자신이 꼭 찾아야 할 어떤 것에 대해 자꾸만 신경이 쓰였다. 지금 이 마당에 왜 그런 걸 찾으려 하는지 스스로도 이해가 되지 않았다. 하지만 더스티는 허리를 구부려 바닥에 쏟아진 책상 서랍 속 물건들을 뒤지기 시작했다.

"그러지 마. 그러다간 온 물건에 네 지문이 묻겠다. 설사 우리가 뭘 찾아냈다 하더라도 나중에 경찰이 와서 정확히 조사해야 할 거야."

"어차피 내 방 물건엔 전부 내 지문이 묻어 있는걸 뭐."

"더스티…."

"그냥 책상 서랍 속에 들어 있던 물건들이 제대로 다 있나 확인만 해보는 거야. 그뿐이야. 다른 건 안 건드릴게. 아빠는 가서 경찰에 전화해."

"하지만…."

"제발, 아빠. 가서 경찰에 전화해줘. 난 금방 안 끝날 거야."

아빠는 잠시 망설이다가 이내 방을 나갔다. 잠시 후 아빠가 서재에서 통화하는 소리가 들렸다. 더스티는 서랍에서 쏟아져 나온 물건들을 뒤지고 또 뒤졌고, 그래도 못 찾겠어서 아빠가 차를 끓이기 위해 아래층으로 내려가 있는 동안 아빠하고 한 약속에도 불구하고 온 방 안을 돌아다니며 찾고자 하는 물건을 샅샅이 수색했다. 그리고 경찰이 도착할 무렵, 마침내 흠 하나 없이 무사한 조쉬 오빠의 사진과 얼굴 그림을 찾아냈다.

하지만 눈송이 피리는 사라지고 없었다.

24

"그래, 더스티. 아무래도 우리는 계속 만나야 할 운명인 것 같구나."

브렛 경감이 말했다. 더스티는 주방 식탁 너머를 빤히 쳐다보았다. 브렛 경감과 샤프 경위, 아빠가 아무 말 없이 더스티를 바라보았다. 다른 경찰들이 2층에서 더스티의 침실 조사 작업을 수행하는 소리가 들렸다.

더스티는 샤프 경위를 흘긋 바라보았다. 샤프 경위가 먼저 질문을 시작할 거라 예상했는데 이렇게 침묵을 지키는 걸 보면, 이건 그녀 나름의 작전인지도 모른다. 더스티를 돌아보는 차분한 얼굴에서 이렇다 할 실마리를 찾기는 어려웠다. 브렛 경감이 다시 입을 열었다.

"네 아버지가 그러시는데, 소형트럭을 탄 남자들과 크게 충돌을 빚은 적이 있다고."

더스티는 아빠에게 했던 이야기를 전부 되풀이했다. 그들은 중간에 끼어드는 일 없이 더스티의 이야기를 끝까지 경청했다.

"그런데 그 사람들은 누구예요?"

더스티가 물었다.

"나도 모르겠구나."

브렛 경감이 말했다. 더스티는 샤프 경위에게 시선을 던졌다. 경위는 고개를 가로저었다.

"나도 모르겠다, 더스티."

"지금 다 알면서 숨기시는 거지요."

샤프 경위가 미소를 지었다.

"가끔은 우리도 그렇단다. 바로 너처럼 말이야. 하지만 이번 경우는 네가 틀렸다. 포니테일로 머리를 묶은 남자가 누군지 경감님도 나도 정말 몰라. 하지만 찾아볼 수는 있을 거다. 혹시 차량 번호를 적어놓지는 않았니?"

"아니요, 죄송해요."

"사과 안 해도 돼. 당시 상황을 생각해낸 것만으로도 벅찬 일이었을 거다. 그런 사람들을 상대하다니, 넌 굉장히 용감했어."

"저 놀리시는 거죠?"

"아니."

"하지만 경위님은 저를 전혀 믿지 않으시잖아요, 아닌가요? 얼굴에 다 쓰여 있어요. 제가 이야기를 꾸며대고 있다고 생각하시잖아요."

"왜 내가 널 믿으려고 하지 않을까?"

"제가 하는 말은 처음부터 무조건 믿지 않으셨으니까요."

"글쎄, 네가 우리한테 사실을 숨겨왔으니, 그건 당연하지 않겠니?"

샤프 경위가 잠시 실눈을 뜨고 더스티를 바라보았다.

"소형트럭에 대한 이야기는 정말로 믿어. 그 차량을 철저하게 조사할 거야."

"그 남자가 누군지 대번에 알 것 같아요."

아빠가 말했다.

"누군가요, 선생님?"

브렛 경감이 물었다.

"밀헤이븐에서 성폭행을 당한 여자아이의 아버지요. 그 남자와 같이 다니는 사내아이들은 그 여자아이의 오빠들이고요. 그들은 법에 호소하지 않고 자기들이 직접 소년을 찾아내 법과 상관없이 가혹하게 처벌을 가하기로 결정했대요. 소년이 경찰에 체포됐다가 달아났다는 소문을 듣고는 이 문제의 해결이 자기들 손에 달려 있다고 생각한 거지요."

브렛 경감은 샤프 경위를 흘끔 바라보다가 다시 아빠에게 시선을 돌렸다.

"선생님이 말씀하신 여자아이의 아버지는… 대머리인데요. 게다가 지난 8년 동안 휠체어를 타고 있고요."

거북한 침묵이 흘렀다.

"그렇다면 그 가족과 관련이 있는 사람들일 거예요. 삼촌이라든가 뭐 그런 사람들이겠지요. 아니면 고용된 패거리들과 그의 두 아들들이거나요."

"그럴지도 모르겠군요."

브렛 경감이 말했다.

"어쨌든 그 사항은 정확하게 확인해보겠습니다."

"다른 남자들은요? 제 딸애가 광장에서 본 총을 든 남자들 말이에요. 그 사람들에 대해서도 뭔가 아는 게 있으실 것 같은데요. 직접 그 자리에 계셨잖아요. 틀림없이 그들에게 질문도 하셨을 테고요. 그들 가운데 몇 사람하고만이라도요."

이번에도 브렛 경감은 샤프 경위에게 슬쩍 시선을 던졌다. 더스티는 샤프 경위가 짧게 고개를 끄덕이는 걸 보았다.

"몇 사람들과 이야기를 나눠보긴 했습니다. 하지만 그 자리에 있던 사람들 모두와 이야기를 나눈 건 결코 아니에요. 그 패거리들은 당황해하며 달아났고, 그 이후로 더 많은 수의 낯선 사람들이 백데일에 나타났습니다. 우리가 이야기를 나눈 사람들은 밀헤이븐과 바로우미어 주변, 그리고 외딴 마을에 사는 이들이지요. 그들은 자기들이 거주하는 곳에서 이곳까지 차를 몰고 왔다가 저녁이 되면 돌아갑니다."

브렛 경감이 말했다.

"그렇다면 자경단원(주민들이 스스로를 지키기 위해 조직한 민간단체의 일원 - 옮긴이)들인가요?"

"글쎄요, 뭐 그렇다고도 할 수 있겠군요. 그들은 문제의 그 소년을 유독 증오해서 뭐랄까… 에… 자신들이 독자적으로 이 문제를 해결하길 원해요. 누가 그들을 모아 단체를 결성했는지 저희도 알아보려 애쓰고 있습니다."

"누군가 조직을 만든 게 틀림없어요."

"꼭 그렇다고 볼 수는 없습니다. 우리도 이따금 아무 관련 없는 작은 모임들이나 심지어 혼자 움직이는 개인들이 하나둘씩 모여 마침내 하나의 단체를 형성하기도 하잖아요. 그러니 감정이 격한 사람들 다수가 모일 땐 더 말할 나위가 없지요."

"지금이 바로 그런 경우 아닙니까."

"맞습니다. 그들이 조직을 결성했든 안 했든, 소년을 잡겠다는 공통의 목적을 갖고 함께 뭉치는 건 확실하니까요. 제가 선생님 입장이라면 경찰에 이 일을 일임하고 그들을 피하겠습니다."

"더스티의 방을 닥치는 대로 부순 것은 그들에게 책임이 있지 않을까요?"

"그럴 가능성도 있지요. 하지만 아직 아무런 증거가 없습니다."

"포니테일로 머리를 묶은 남자가 그랬을 거예요. 아니면 그 사람 아들들이 그랬거나."

더스티가 말했다.

"그럴 수도 있다. 하지만 여러 가지 가정을 해보기 전에 2층에 있는 경찰들이 조사를 마칠 때까지 기다려야 하지 않겠니. 어차피 그 사람들 말고도 네가 경계해야 할 사람들은 더 있을 테니 말이야."

브렛 경감이 말했다.

"어떤 사람들이요?"

"너 때문에 이런 문제가 일어나고 있는데다 네가 소년을 숨겨주고 있다고까지 생각하는 이 지역 사람들 전부가 되겠지."

"하지만 전 소년을 숨기지 않았는걸요. 그 아이가 어디에 사는지도 몰라요."

"과연 사람들이 그 말을 믿을까? 네가 그 아이와 접촉하고 있는 것 같은 낌새가 강하게 느껴지는데 어느 누가 그 말을 믿겠니?"

더스티는 소년이 했던 말이 슬그머니 떠올랐다.

내가 성폭행을 할 수 있다고 생각하니?

더스티는 얼굴을 찡그리며 눈을 아래로 내려 깔았다.

"밀헤이븐에 사는 그 여자아이한테 무슨 일이 있었던 건가요?"

더스티가 물었다. 아무도 대답하지 않았다.

"네? 무슨 일이 있었던 거예요?"

"증거는 아무것도 없어, 더스티."

샤프 경위가 말했다.

"그런데 왜 무슨 일이 있었다고 가정하는 건가요?"

더스티가 눈을 부릅뜨고 샤프 경위를 노려보며 말했다.

"경위님이 제게 그 일을 말할 생각이 없다는 거 알아요. 하지만… 하실 수 있는 만큼만이라도 얘기해주세요."

샤프 경위는 잠시 말없이 더스티를 바라보았다.

"우리가 계속 그렇게 가정하는 이유는…."

결국 샤프 경위가 입을 열었다.

"여자아이가 직접 그렇게 주장하기 때문이란다. 그 아이가 주장하는 바가 사실일 경우에 대비해서 우리는 대단히 위험한, 아주 악질의 죄를 지은 그 소년을 찾고 있는 거야."

"악질이라니요, 무슨 뜻이죠?"

"그 소년은 아주 영리해."

"그건 사람들 말이 그런 거죠."

"그래, 맞아. 사람들 말이 그래. 하지만 대화를 계속하기 위해 일단 여자아이의 말이 사실이라고 해두자. 이야기는 이렇단다. 여자아이는 길모퉁이에서 처음 소년을 보았다는구나. 소년은 작고 하얀 오카리나를 불고 있었단다. 많은 목격자들의 말에 따르면 돈을 걸을 모자가 없는 것으로 보아 소년이 딱히 구걸을 하는 것 같지는 않았다는데, 여자아이는 소년이 거리에서 공연을 하고 있다고 생각했단다. 아무튼 여자아이와 그 친구들은 여러 길모퉁이에서 소년이 이 악기를 연주하는 모습을 자주 보았다는구나."

더스티는 호숫가에서 나누었던 대화 내용을 떠올렸다. 안젤리카는 자신이 이 여자아이의 친구들 가운데 한 명이라고 주장했었다. 어쩌면 경찰이 안젤리카의 집에도 찾아갔을지 모른다. 어쩌면 여자아이의 이야기가 사실일지도 모른다. 하지만 어떻게 그런 일이 있을 수 있을까? 자신이 알고 있는 소년이, 자기 앞에 서 있었던 그 소년이 설마 그런 짓을 저질렀을 리가?

"그러면서 차츰차츰 이 여자아이의 신뢰를 얻게 되었던 거지. 사람들 말에 따르면 이것이 바로 소년이 작업을 시작하는 방식인 것 같다. 그는 놀라운 통찰력을 이용해서 관심 가는 사람들에게 접근하지. 그리고는 상대방이 인생에서 겪은 특별한 경험에 대해 슬쩍 홀리듯 말해. 이 여자아이한테만 그랬던 게 아니란다. 그 지역은 물론이고 훨씬 멀리 떨어진 지역에서도 비슷한 이야기들이 들리는 걸 보면. 모두들 말하는 내용이 똑같아. 언제나 이런 섬뜩한 방식으로 접근하는 것에서 불행이 시작되지. 소년이 너한테 처음 전화를 걸었던 그날, 네게도 그랬던 것처럼."

더스티는 아무 말 하지 않았다.

"이 여자아이의 경우… 네 경우처럼 전화통화를 한 것 같지는 않아. 여자아이가 학교에 가는 길에 말을 걸기 시작한 거야. 소년이 말을 거니까 여자아이도 대꾸를 한 거고. 친구들 대부분이 소년과 여자아이가 함께 이야기하는 걸 본 적이 있다고 증언했어. 친구들은 소년이 함께 있는 걸 불편하게 여겼다는구나. 그도 그럴 것이, 친구들에게도 그들의 마음을 불편하게 만드는 이야기들, 그들의 인생에서 있었던 기묘하고도 내밀한 경험들을 은근슬쩍 말하곤 했을 테니까. 게다가 소년의 특이한 외모도 당연히 한몫 했을 거야. 소년의 생김새는 여자 남자 할 것 없이 모두에게 굉장히 매력적으로 보이는 면이 있는가 하면, 사람들을 놀라게 하고 혐오감을 주는 면도 있는 것 같아. 아무튼 이 소년은 가까이 하기에는 위험한 인물이야. 다른 사람들에게 엄청난 심리적 영향력을 발휘하는 데 탁월한 능력이 있지."

샤프 경위는 잠시 말을 멈춘 후에 다시 말을 이었다.

"더스티, 너를 포함해서 말이야."

"그런데 여자아이에게 무슨 일이 있었는지는 아직 말씀 안 해 주셨어요."

"내가 지금 하는 말을 제대로 듣지 않았구나. 그 소년은 네게 엄청난 심리적 영향력을 발휘하고 있다고 했을 텐데."

"어쨌든 여자아이에게 무슨 일이 있었는지는 아직 말씀 안 해 주셨잖아요."

"내가 하는 말을 귀 기울여 듣기 전까지는 말하지 않을 거다."

"잘 듣고 있어요."

"그냥 귀로만 듣는 것이 아니라 진지하게 귀담아 들을 때까지 는 이야기할 수 없어."

샤프 경위가 더스티를 날카롭게 바라보며 말했다.

"지금 당장 그 이야기를 하는 것이 과연 도움이 될지 판단이 잘 서지 않기 때문이야. 넌 지금 몹시 흥분했어. 본능에 따라 행동하고 있고. 네 이성은 완전히 잠들어 버렸지. 내 이야기가 제대로 효과를 발휘한다면, 넌 소년이 네게 심리적 정서적으로 엄청난 영향력을 지니고 있다는 사실을 깨닫게 될 거야."

"그건 사람들 말이 그런 거지요"

더스티가 투덜대며 말했다.

"아니, 사람들이 그렇게 말해서가 아니야. 우리는 지금 사실을 이야기하고 있는 거란다. 그렇다고 반드시 소년한테 무슨 죄가 있다는 말은 아니야. 하지만 소년이 죄를 저질렀든 그렇지 않든, 그가 너를 마음대로 움직이고 있는 것만은 분명한 사실이야. 네가 직접 네 입으로 하는 말을 통해서 우리는 그런 사실을 추론할 수 있어. 다른 사람들의 사례를 믿을 수 있다면, 지금 네게 일어나고 있는 이 일은 이전에 일어났던 유형의 일들과도 일치하는 것 같다. 어떤 경우 심각한 범죄 행위로 이어졌다고 해도 과언이 아닐 정도지."

"여자아이에게 있었던 일, 지금 말해주실 거죠?"

샤프 경위의 눈빛이 차갑게 변했다. 하지만 목소리는 언제나처럼 차분했다.

"여자아이의 이야기에 따르면… 자기도 모르게 차츰 소년의 매력에 빠져들었다는구나. 그에게 정신을 빼앗겼다고 말했어. 소년은 여자아이의 가장 개인적인 생각들, 특히 마음속 깊이 자리 잡은 불안한 감정들을 수시로 건드린 것 같았어. 여자아이는 소년과 함께 오랫동안 산책을 할 정도로 어느새 소년을 신뢰하게 됐지. 하지만 산책 후 여자아이가 기억할 수 있는 것은, 뭔가 뜨거운 열기가 자신을 압도해 의식을 잃었는데 깨어보니 손발이 묶이고 입이 틀어 막힌 채 어느 어두컴컴한 장소에 갇혀 있었다는 것이 전부였어. 나중에 그곳이 밀헤이븐 외곽에 있는 버려진 유치장이라는 사실이 밝혀졌지. 여자아이 말로는 내내 손발이 묶이고 입이 틀어 막힌 채 사흘 동안 그곳에 감금되어 있었는데, 그 기간 동안 소년은 그곳을 들락거리며 수차례 자기를 성폭행했다는구나. 소년이 자리를 비운 동안 여자아이는 간신히 끈을 풀고 도망을 쳤단다. 시골길에서 한 농부가 그녀를 발견했는데, 엉엉 울고 있는 모습이 한눈에 봐도 몹시 비참해 보였다는구나."

더스티는 눈길을 돌렸다. 안젤리카가 말한 이야기와 내용이 아주 똑같았다. 이걸 어떻게 생각해야 좋을지 알 수가 없었다. 마침내 아빠가 입을 열었는데, 감정이 격한 나머지 목소리가 갈라졌다.

"더 이상 그 소년을 만나서는 안 된다, 더스티. 무슨 말인지 알겠지? 그 소년을 찾지도 말고. 만일 소년이 연락을 하더라도 전화를 끊든가, 경찰에 신고를 하든가, 외면을 하든가 그러란 말이야. 그리고 혹시 그 소년이 어디에 있는지 안다면….'

"모른다니까. 몇 번을 말해야 돼."

"혹시 그 소년이 어디에 있는지 알면 지금 당장 우리한테 말해라."

아빠가 굽히지 않고 말했다.

더스티는 다시 모두의 눈길이 자신을 향하고 있다는 걸 알아챘다.

"난 그 아이가 어디에 있는지 몰라."

더스티가 단호하게 말했다. 그러자 아빠가 주먹으로 탁자를 쾅하고 쳤다.

"샤프 경위님이 하신 말씀 들었지. 제발 좀 이 일을 심각하게 받아들이란 말이야. 녀석의 방식에는 일정한 유형이 있어. 녀석은 사람들을 교묘하게 구슬려서 그들의 인생을 망쳐놓고 있다고. 녀석한테는 그런… 비상한 재주가… 그걸 뭐라고 불러야 할지 모르겠지만, 아무튼 그런 게 있어. 수상한 구석도 있지만, 뭐랄까 사람들의 호기심을 자극하는… 그런 면도 있어. 그래, 그걸 매력이라고 말할 수도 있을 거야. 녀석에게는 사람들의 마음을 움직이는 묘한 힘도 있어. 사람들에게 가장 약한 부분을 찾아내서 그걸 공략하는 거지. 네 경우 가장 약한 부분은 조쉬잖아. 조쉬는 네게 가장 큰 상처고. 녀석은 밀헤이븐의 그 여자아이에게 그랬던 것처럼 곧바로 그 부분에 파장을 맞춘 거야."

"그건 사람들 말이 그런 거겠지."

"그게 아니야! 사람들이 그렇게 말해서가 아니야! 그런 식으로 말장난 하지 마!"

아빠가 더스티에게 고함을 질렀다.

"말장난 아니야."

"아니긴 뭐가 아니야! 넌 이 일을 직시하고 싶지 않으니까 말장난으로 대충 얼버무리는 거잖아. 그 소년은 밀헤이븐의 여자아이한테도 똑같은 짓을 했어. 설사 그 자식이 이런… 이런… 끔찍한 성폭행을 자행했다는 걸 법적으로 증명할 길이 없다 해도 넌 그것이 사실일 수도 있다는 가능성을 인정해야 해. 그리고 만일 그것이 사실이라면, 너 역시 똑같은 위험에 처해 있는 거야."

아빠는 몸서리를 치며 숨을 내쉰 다음, 경찰관들을 흘긋 바라보았다.

"죄송합니다. 제가 좀 흥분을 해서."

"충분히 이해합니다, 선생님."

샤프 경위가 말했다.

"지금 같은 상황에서는 저희라도 선생님과 똑같이 말했을 겁니다. 브렛 경감님과 전 잠시 자리를 비우고 2층에 있는 경찰들의 조사 작업이 잘 진행되고 있는지 보고 오겠습니다."

두 경찰관이 방을 나갔다. 더스티는 아빠를 바라보았다. 아빠는 수척해 보였고, 표정은 거의 체념한 듯했다. 아빠가 충혈된 눈동자로 더스티를 빤히 바라보았다.

"근심 많은 짐승 같구나."

아빠가 무뚝뚝하게 말했다.

"그런 말 좀 이상해."

"네가 딱 그렇게 보이는걸."

지금 아빠의 목소리는 비통하게 들렸다.

"넌 점점 조쉬처럼 변해가고 있어. 너도 알고 있었니? 이따금 조쉬도 지금 너하고 똑같은 표정을 짓곤 했지. 한 마디 설명도 없이 며칠씩 집을 나갔다가 돌아왔을 때, 꼭 그런 표정이었어. 우리는 조쉬가 곤란한 처지에 놓였다는 걸 알아챘고, 그래서 무슨 일이냐고 묻곤 했어. 그러면 조쉬는 언제나 거짓말을 꾸며댔지. 한 번도 우리에게 사실대로 말한 적이 없었다. 언제나 거짓말로 둘러대기만 했어. 녀석이 거짓말을 하고 있다는 걸 우리도 알고 있었단다. 워낙 비밀이 많은 아이였으니까. 어쩌면 그래도 너한테는 조금은 사실을 말했을지 모르겠구나. 우리한테는 한 번도 그런 적이 없었지만. 우리가 제발 말 좀 해보라고 강요하면, 조쉬는 꼭 지금 너 같은 표정을 짓곤 했단다. 근심 많은 짐승 같은 표정 말이야."

"근심 많은 짐승들은 위험한데."

"그렇지."

두 사람은 아무 말 없이 계속해서 서로를 응시했다. 2층에서 발자국 소리와 낮은 목소리가 들렸다. 경찰들은 더스티의 방 안이 아닌 충계참에 있는 것 같았고, 조사를 모두 마친 듯했다. 아빠도 더스티와 같은 생각을 하고 있었다.

"경찰들이 내려오기 전에… 아빠한테 꼭 하고 싶은 말 없니?"

아빠가 몸을 앞으로 기울이며 말했다. 더스티는 골똘히 생각에 잠겼다. 어떤 말을 해야 하는지, 어떤 말을 해서는 안 되는지 도무지 파악하기가 어려웠다. 하지만 어쩌면….

"그 소년이 나한테 이런 말을 했어."

"어떤 말?"

아빠가 재빨리 물었다. 더스티는 소년이 병원에서 했던 말을 떠올렸다.

"그 아이는 조쉬 오빠의 존재를 느낄 수가 있대. 어딘가 아주 가까운 곳에 있다고 했어."

"언제 그런 말을 했는데?"

"조금 전…."

더스티는 하려던 말을 멈추고 얼른 고쳐 말했다.

"아니다, 전화로 통화했을 때."

"조금 전이라면서. 조금 전이라니, 그건 무슨 말이야?"

"전화통화를 조금 전에 한 줄 알고 헷갈렸어. 마지막으로 전화통화 했을 때 그런 말을 했어."

"정말이야?"

"응."

더스티가 아빠를 쏘아보며 말을 이었다.

"세상에, 아빠 내가 하는 말 한마디 한마디에 너무 많은 걸 생각하고 있어. 그 아이랑 전화통화 할 때 그 아이가 그렇게 말했어. 알겠어? 그 아이가 마지막으로 나한테 전화를 걸었을 때 그랬어. 자기는 조쉬 오빠의 존재를 느낄 수 있다고."

"아무래도 네가 그 말에 혹한 것 같아. 그 말을 곧이곧대로 받아들인 것 같단 말이야."

더스티는 아무런 대꾸도 하지 않았다. 아무리 설명을 해봤자 의미가 없을 것 같았다. 아빠가 고개를 흔들었다.

"넌 지금 굉장히 위태로운 상황에 처해 있어. 아빠는 네가 걱정돼 죽겠단 말이야. 너 때문에 우리 둘한테 어떤 일이 닥치게 될지 아무도 몰라."

"아빠한테 아무런 해도 끼치지 않을게. 아빠가 이 일에 관여하지 않도록 할게."

"아니, 그렇게 안 될 거야."

아빠가 더스티의 손을 덥석 잡는 바람에 더스티는 깜짝 놀랐다.

"아빠 말 잘 들어. 네가 아빠한테 말하려 하지 않는 것이 있다 해도 만에 하나 무슨 문제가 생길 경우 우리는 함께 싸워 나갈 거야. 아빠 말 알아듣겠니? 네 문제는 곧 아빠 문제이기도 하니까."

"아빠 문제 역시 내 문제야."

더스티는 아빠의 손이 자신의 손을 꽉 움켜쥐는 걸 느꼈다. 더스티도 아빠의 손을 꼭 쥐자 괴로워하던 아빠의 얼굴에 잠시 미소가 스쳤다. 그때 문이 열리고 브렛 경감과 샤프 경위가 다시 주방으로 들어왔다. 아빠는 여전히 더스티의 손을 잡은 채 그들을 올려다보았다.

"그래, 2층에서 뭘 좀 발견하셨습니까?"

"지금으로선 이렇다 할 게 없습니다."

브렛 경감이 말했다.

"단서가 될 만한 샘플 몇 가지를 채택하긴 했습니다만 크게 도움이 되리라고 말씀드리긴 어렵겠습니다."

그때 샤프 경위가 식탁 앞에 앉았다.

"제 생각에 지금 시점에서 가장 중요한 것은 향후 우리가 어떻게 할지 결정하는 게 아닐까 싶습니다. 아니, 좀 더 정확히 말씀드리면 두 분께서 어떻게 하실지 결정해야 한다고 할 수 있겠지요. 이 집에 계속 계실 생각이십니까?"

"물론이지요. 그럼 우리가 어떻게 할 거라고 생각하셨나요?"

아빠가 말했다.

"그냥 여쭤본 겁니다. 이곳에 계속 계시다가는 두 분이 크게 상처를 입을 게 분명하다는 생각이 들어서요. 특히나 벡데일 전역에서 무수한 사람들 입에 더스티의 이름이 오르내리는 상황에서는 말이지요. 더스티에게 불만을 품은 사람들이 곳곳에 있으리라는 건 의심할 여지가 없습니다. 그러니 어디 다른 지역에 사는 친척이나 친구 분이 있으시다면 그곳에 잠시 가 계시는 것도…"

"아니요! 그런 패거리들 때문에 내 집에서 쫓겨나는 일은 없을 겁니다!"

아빠가 말했다. 더스티는 깜짝 놀라서, 그리고 뜻밖에 가슴 깊이 차오르는 자부심에 아빠를 돌아보았다.

"우리는 한 발짝도 움직이지 않을 겁니다. 여기는 우리 집이에요. 게다가 우리는 요만큼도 잘못한 게 없습니다."

"무슨 잘못을 하셨다는 뜻이 아닙니다. 다만 두 분의 안전을 위해서 잠시만이라도 피해 계시는 게 어떨까 권해드린 겁니다. 조만간 상황이 무사히 끝날 수도 있으니까요. 소년이 이 지역을 떠날지도 모르고 또….."

"그 아이는 이곳을 떠나지 않을 거예요."

더스티가 말했다. 모두의 시선이 더스티를 향했다. 더스티는 자신이 느닷없이 불쑥 말을 뱉었다는 걸 깨닫고 침을 꿀꺽 삼켰다. 마음속에서 소년의 말이 메아리쳤다.

이번엔 쫓겨나지 않을 거야.

"그냥 예감이 그렇다는 거예요."

더스티가 재빨리 덧붙여 말했다. 샤프 경위가 다시 실눈을 떴다.

"예감을 굉장히 자신만만하게 말하는구나."

"그랬나요."

"그런 예감이 든 무슨 특별한 이유라도 있니?"

"예감에 이유가 어디 있어요. 그러니까 예감이라고 하는 것 아니겠어요?"

샤프 경위는 더 날카롭게 실눈을 뜨더니 이내 의자에서 벌떡 일어섰다.

"두 분 주위를 최대한 엄중하게 경계하겠습니다. 하지만 저희가 24시간 내내 지켜드릴 수는 없다는 점을 미리 말씀드려야겠군요. 외지인들까지 잔뜩 흥분한 상태로 들어와 있는 터라 사실상 경찰 인력이 그쪽으로 배치되어 있어서요. 물론 우리의 중점 업무는 소년을 찾는 일에 주력하는 것입니다."

"우리는 경찰이 보호해주길 기대하지 않습니다."

아빠가 말했다.

"그렇다 해도 두 분 모두 조심해야 할 필요가 있다는 건 두말할 나위가 없습니다. 무슨 일이 생기면 반드시 경찰에 전화를 해주십시오. 특히 널 염두에 두고 하는 말이다, 더스티."

샤프 경위가 말했다. 더스티는 아무 말 하지 않았다. 경찰이 어서 가주기만을 바랄 뿐이었다. 경찰이 가고 나면 방을 깨끗이 정리하고 싶었다. 생각도 정리하고 싶었다. 울고도 싶었다. 거실 밖에서는 경찰들이 움직이는 소리가 들렸다. 누군가 현관문을 열었다. 하지만 샤프 경위와 브렛 경감은 아직도 주방을 서성거리며 좀처럼 갈 생각을 하지 않았다.

"우리는 괜찮을 겁니다. 문제가 생기면 전화하겠습니다."

아빠가 말했다.

"두 분이 내일 뭘 하실지 물어봐도 되겠습니까?"

샤프 경위가 물었다.

"저는 새 직장에 출근하기로 되어 있습니다. 〈피리 부는 사나이〉에서 수석 요리사 일을 인계받았거든요. 더스티는 개학이라 학교에 가야 할 거고요. 더스티가 반드시 학교에 가야 하는지는 모르겠지만…."

"할 일은 해야지. 아빠는 〈피리 부는 사나이〉에 가고, 난 학교에 가고."

"알겠습니다."

샤프 경위가 두 사람을 차례로 번갈아 보면서 말했다.

"그럼 평소처럼 일을 보시겠군요. 그럼 일단 작별 인사를 하겠습니다."

이렇게 두 경찰이 주방을 나갔다. 아빠는 그들을 배웅한 다음 다시 주방으로 돌아왔다. 더스티는 그 자리에 서서 아빠를 바라보았고, 잠시 후 두 사람은 아무 말 없이 팔을 벌려 서로를 부둥켜안았다.

"괜찮니?"

"응. 아빠?"

"나야 괜찮지."

아빠는 더스티를 더 꼭 끌어안았다.

"오늘 밤 어디에서 잘 거니?"

"내 방에서."

"안 돼. 좋은 생각이 났다. 아빠 방에 야외용 침대를 설치하는 거야. 넌 아빠 침대에서 자면 되고 아빠는 야외용 침대에서 자는 거지."

"싫어. 난 엉망진창이 된 내 방을 청소하고 싶은걸."

"그러려면 몇 날 며칠이 걸릴지도 몰라. 내일 아침까지는 내버려두자."

"내일은 학교에 가야 하잖아. 아빠는 〈피리 부는 사나이〉에 가야 하고."

"아빠는 직장에 안 갈 거야. 너도 학교에 안 갈 거고. 아까 한 말은 그냥 경찰들한테 해본 말이었어."

더스티는 아빠의 얼굴을 올려다보았다.

"아빠, 있잖아… 직장에 가. 나도 학교에 갈게."

아빠는 한숨을 내쉬었다.

"글쎄, 생각해 보자. 하지만 방은 우리 둘이 같이 청소해야 한다. 그건 그렇고 일단 배 속에 뭘 좀 채워 넣자."

"토스트에 구운 콩. 뭐든 빨리 되는 걸로 먹어."

"좋지."

아빠와 더스티는 아무 말 없이 토스트에 구운 콩을 곁들여 먹은 다음 더스티의 방으로 향했다. 더스티는 혼자 힘으로 방을 치우고 싶었다. 혼자 남아 생각도 정리하고 싶었고 엉엉 울고도 싶었지만, 아빠가 같이 있는 자리에서는 눈물이 나올 것 같지 않았다. 하지만 둘 사이에 이렇게 긴장이 감도는데도 아빠가 곁에 있다는 사실이 행복했다. 마침내 눈물이 흘렀는데, 그것은 더스티가 아닌 아빠의 눈물이었다.

두 사람은 서로 꼭 끌어안은 다음 유리 조각이며 부서진 파편이며 오물을 치우고, 바닥에 떨어진 것들을 주워 올리고 흩어진 물건들을 제자리에 놓으면서 최대한 원래 방 모양대로 만들려 애썼다. 저녁이 끝날 무렵 창문에는 판자가 쳐졌고, 바닥이 말끔해졌으며, 카펫의 먼지는 청소기로 제거했다. 벽은 걸레로 깨끗하게 닦고 쓰레기를 버리고 침대를 새로 조립했다.

"너 정말 이 방에서 자고 싶어? 창문에 유리를 끼우기 전까지는 추울 텐데."

"여기에서 자고 싶어."

"추우면 아빠를 깨워. 아빠 방에 야외용 침대를 설치하면 되니까."

"알았어."

"그러겠다고 약속해."

"약속할게."

"내일 뭘 할지는 내일 결정하자."

"벌써 결정했잖아. 아빠는 새 직장에 가고 나는 학교에 가는 걸로."

더스티는 앞으로 몸을 구부려 아빠에게 입을 맞추었다.

"까다롭게 굴어서 미안해."

"그러게. 넌 정말 까다로워. 조쉬처럼. 하지만 넌 여전히 여기에 있잖아."

아빠도 더스티에게 입을 맞추었다.

"잘 자라, 더스티."

아빠는 더스티가 뜻대로 하게 해주었다. 더스티는 책상 앞에 앉아 칼자국으로 상처 난 책상 위를 한동안 물끄러미 바라보다가 얼굴 그림과 조쉬 오빠의 사진을 꺼냈다. 더스티는 잠시 두 개의 얼굴을 뚫어져라 바라보았다. 이상하게도 두 얼굴은 서로 닮아 보였지만, 조쉬 오빠의 사진은 차갑게 느껴지는 반면 얼굴 그림은 전과 다름없이 따뜻했고 그림 가장자리 주위로 붉은빛이 드러나기 시작했다. 더스티는 좀 더 가까이 들여다보려고 앞으로 바싹 몸을 기울였다.

정말 중요한 수수께끼는 오로지 혼자 힘으로 해결해야 해.

"왜 혼자 힘으로 해결해야 하는데? 왜 혼자서 해결해야 하냐고?"

더스티가 중얼거렸다. 마침내 눈물이 흐르기 시작했다. 굳이 눈물을 참으려 애쓰지 않았다. 눈물이 나오면 나오는 대로 그냥 내버려두었다. 마침내 눈물이 멎자 더스티는 눈물을 닦고 휴대전화를 꺼낸 다음, 무슨 소리가 들리지 않을까 하고 귀를 기울여보았다. 아빠 방에서는 아무런 소리도 들리지 않았다. 사방 어디에서도 찍 소리 하나 들리지 않았다. 밤은 고요했다.

"좋았어. 너를 위해 일을 어렵게 만들어주지. 아주 아주 어렵게 말이야. 그럼 모두들 네가 어떤 아이인지 알게 되겠지."

더스티는 문자메시지를 찍기 시작했다.

'큰일났어 집이 완전히 박살났어 어쩌면 폭행이 가해질지도 몰라 그럼 정말 최악이 될 거야'

더스티는 다시 눈물을 닦은 다음, 잊지 않고 늘 지니고 다니던

명함 한 장을 꺼냈다. 명함을 처음 받았을 때 했던 말을 되풀이하면서 뚫어져라 내려다보았다.

"이동 미용사? 엄마 언제부터 이동 미용사로 일했어?"

명함에 적힌 전화번호도 자신을 빤히 쳐다보는 것 같았다.

깜깜한 한밤중 무슨 소리가 나지는 않는지 다시 한 번 귀를 기울였다. 여전히 적막한 고요가 흘렀다. 더스티는 문자메시지의 마지막 말을 찍었다.

'괜찮으면 돌아와 줘'

그리고 곧바로 문자를 보냈다.

25

온 동네에 파다하게 떠도는 소문들이 학교버스에서는 한 마디도 흘러나오지 않았다. 벽데일로 향하는 길이 어쩌나 으스스하고 오싹한지 누구 하나 입도 벙긋하지 못했다. 평소 같으면 버스 안은 더스티를 중심으로 혼을 쏙 빼놓을 정도로 시끄러웠을 터였다. 하지만 오늘 아침은 평소와 달랐다. 학생들은 더스티를 피해 쭈뼛쭈뼛 버스 뒤쪽으로 물러났고, 심지어 자기들끼리도 말이 없었으며, 더스티를 경계하는 기색이 역력했다. 하지만 일단 더스티가 교문 안으로 들어서자 분위기는 180도로 달라졌다.

"네 남자친구는 어디 있냐, 더스트버킷(dustbucket, 쓰레기통이라는 의미 - 옮긴이)?"

더스티는 오른쪽으로 시선을 던져, 아담 브라이스와 그의 친구 세 명이 담장 주위를 어슬렁거리는 걸 보았다. 전부 덩치가 산 만한 녀석들이었고, 더스티보다 두 살 위였다. 더스티는 그들을 상대할 자신이 없었다. 간신히 험악한 표정을 지어보이긴 했다.

사방에서 자신을 바라보는 시선을 느꼈지만, 아랑곳하지 않고 앞으로 걸어갔다. 모두들 쉿 하고 입을 다무는 바람에 거의 아무런 소리도 들리지 않았다. 이건 정말 끔찍했다. 자신을 당혹하게 만드는 반응, 냉담한 시선, 건방진 태도, 생각지도 못한 모욕들이 쏟아질 거라 기대했는데, 이건 마치 왕따가 된 기분이었다. 더스티는 꿋꿋이 본관을 향해 걸음을 옮겼다. 이제야 사람들이 수군거리는 소리가 들리기 시작했다.

"쟤가 그 여자애야."

"저쪽에 걸어가는 애 말이야."

"가까이 가지 마."

이런 수군거림은 더스티를 모르는 낮은 학년 아이들에게서 나왔다. 더스티보다 나이 많은 학생들은 그보다 더 대담하게 떠들어 댔다.

"헤이, 더스티! 요즘에도 그 남자애 만나냐?"

더스티는 말한 사람이 누군지 찾아보려고 옆으로 시선을 돌렸지만 알아내기가 쉽지 않았다. 운동장 주변으로 삼삼오오 모여 있는 무리들이 한둘이 아니었다.

"이봐, 더스티!"

뒤편 어딘가에서 또 다른 목소리가 들려왔다.

"처음 만날 때부터 그 녀석이 변태라는 거 알고 있었지?"

더스티는 뒤를 홱 돌아보았다. 이번에도 역시 자신이 모르는, 자기보다 학년이 높은 아이들 가운데 한 명이라는 사실 외에는 말한 사람이 누군지 도무지 알 재간이 없었다. 우선 같은 학년 아이들 얼굴부터 찬찬히 살펴보았다. 아무도 자신과 시선을 마주치려 하지 않았다. 더스티는 그들을 한 명 한 명 노려보았고, 그때 교문 근처에서 어떤 움직임을 포착했다.

두 명의 사내가 거리 밖에서 학교 안을 자세히 들여다보고 있었다. 그 가운데 한 사람은 누군지 알 것 같았다. 광장에서 샤프 경위와 이야기하던 덩치가 크고 턱수염을 기른 남자였다. 그는 지금 총도 지니지 않았고 곁에 다른 패거리들도 없었지만, 두 사내 모두 더스티에게 뭔가 심상치 않은 관심을 갖고 있는 것만은 틀림없었다. 다시 본관으로 몸을 돌린 더스티는 빔이 입구에 서 있는 걸 보았다.

"그렇게만 해봐. 너도 날 무시하는지 두고 보겠어."

더스티가 빔을 주시하며 나지막한 목소리로 투덜거렸다. 빔은 더스티가 한 말을 들었는지, 거북한 듯 어깨를 으쓱해 보이며 건물 안으로 사라졌다.

"나쁜 자식."

더스티가 구시렁거렸다.

"더스티."

그때 누군가의 목소리가 들렸다.

"뭐야?"

더스티는 싸울 만반의 준비를 하고 뒤를 홱 돌아보았지만, 눈에 들어온 사람은 그 자리에 서 있는 안젤리카뿐이었다.

"나야."

더스티는 이 여자아이를 빤히 쳐다보았다. 안젤리카의 목소리를 전혀 알아채지 못하다니. 더스티는 또 다른 조롱에 맞받아칠 준비를 하느라 목소리의 주인이 누군지 알아볼 겨를이 없었다.

"나야, 더스티."

"나도 알아."

둘은 서로를 바라보았고, 그러는 동안 더스티는 운동장 분위기가 한층 격해져 있는 걸 느꼈다. 자신을 향한 악의는 여전했지만 지금은 그것 말고도 다른 자극적인 흥분이 더해졌다. 더스티는 주변을 둘러본 다음 다시 안젤리카를 돌아보았다.

"왜들 저래?"

"왕따 당하는 사람이 너만 있는 건 아니야."

"아이들이 널 싫어해?"

"별로 좋아하진 않지."

"아이들은 널 알지도 못할 거 아니야. 오늘은 네가 전학 온 첫날인데."

"다들 날 알고 있던걸. 적어도 안다고 생각하는 것 같아."

"도대체 무슨 소리야?"

"신경 쓰지 마."

안젤리카가 가까이 몸을 기울이며 말했다.

"안으로 들어가자. 이렇게 노려보는 시선들, 정말이지 견디기 힘들어."

"좋아. 하지만 저애들한테 한방 먹이기 전엔 절대로 못 들어가."

"어떻게 하려고?"

"이렇게."

곧이어 더스티는 천천히 뒤를 돌았다.

"계속 그렇게들 해보시지! 이제부터 모두 두 눈 똑바로 뜨고 보라고!"

더스티가 아이들을 향해 소리쳤다. 그러자 성을 내며 웅성거리는 소리들이 운동장 전체에 퍼지기 시작했다.

"너희들, 그따위로 놀지 마, 알겠어? 너희가 아무리 그래봤자 난 눈 하나 깜짝하지 않아! 자, 누구 나한테 덤빌 사람 없어?"

운동장은 또다시 성을 내는 목소리들로 들끓었지만 앞으로 나서는 사람은 아무도 없었다.

"아무도 없냐? 개미 새끼 한 마리 없는 거야?"

안젤리카가 더스티의 팔을 잡아끌었다.

"더스티, 넌 상황을 더 나쁘게 만들고 있어."

"야, 너희들 나하고 한판 붙어보지 않을래?"

더스티가 아담 브라이스와 그의 친구들을 향해 덤비는 시늉을 했다.

"다들 한 덩치 하는데 나처럼 콩알 만한 계집애를 무서워할 리는 없겠지, 안 그래?"

"더스티, 얼른 들어가자."

더스티는 안젤리카가 또다시 자기 팔을 끌어당기는 걸 느꼈다.

"알았어, 들어가면 되잖아. 이 팔 좀 놓지 그래."

안젤리카가 더스티의 팔을 놓았고, 더스티는 안젤리카를 따라 건물 안으로 들어갔다.

"넌 쓰레기야, 더스티!"

누군가가 소리쳤다.

"입 닥치지 못 해!"

더스티가 되받아 고함을 질렀다.

"그 소년은 성폭행범이라며!"

"네가 어떻게 알아?"

"더스티, 제발 그러지 마."

더스티는 안젤리카의 말을 무시하고 운동장을 향해 뒤를 돌았다.

"네가 어떻게 알아?"

더스티는 꼬집어 누구에게랄 것도 없이 크게 소리쳤다.

"엉? 네가 어떻게 아냐고?"

"더스티."

그때 뒤에서 누군가의 목소리가 들렸다. 뒤를 돌아보니 윌크스 선생님이 서 계셨다. 조금 전부터 더스티를 지켜보던 교장선생님은 이제 본관을 향해 고갯짓을 했다.

"내 방으로 와라."

교장선생님이 조용히 말했다. 더스티는 교장선생님을 따라 본관 안으로 들어갔다. 운동장에 안젤리카를 두고 오려니 이상하게 죄책감이 들었다. 이 여자아이가 왜 왕따가 됐는지는 알 도리가 없지만, 지금 그런 걸 생각할 여유가 없었다. 자기 문제만으로도 버거웠다.

복도는 수업 종이 울리기 전에 어슬렁거리며 수다를 떠는 아이들로 가득 차 있어서 운동장만큼이나 북적거렸다. 더스티가 다가오자 모두들 목소리를 낮추었다. 더스티는 기죽지 않기로 마음먹고 아이들을 노려보았다. 빔은 럭비팀 친구 두 명과 함께 연극실 밖에 서 있었다.

"이번에도 도망가 보시지 그래, 빔?"

더스티가 소리쳤다. 빔이 즉시 더스티를 향해 돌아서며 말했다.

"그건 옳지 않아."

빔이 웅얼웅얼 말했다.

"뭐가 옳지 않아?"

"더스티, 지금은 그러지 마라."

윌크스 선생님이 말했다. 하지만 빔이 다시 한 마디 덧붙였다.

"네가 하는 짓은 옳지 않아."

"내가 무슨 짓을 하고 있는데? 어?"

"그 소년하고 어울리는 거. 네가 그 아이를 보호하고 있다는 거, 모르는 사람 아무도 없어."

"다들 쥐뿔 아는 것도 없으면서!"

"더스티!"

윌크스 선생님이 불쑥 더스티의 말을 가로막았다.

"그만 해! 너도 그만 해라, 빔. 어서 교실로 돌아가. 수업 종 울릴 때 다 됐다."

빔은 쿵쿵거리며 친구들과 함께 자리를 떴다.

"이제부터 입 다물고 있어라, 더스티."

윌크스 선생님이 말했다. 하지만 그건 정말 어려운 일이었다. 사방에서 자신을 노려보는 시선이 느껴졌고, 웅성거리며 비난하는 소리가 들렸으며, 대부분의 같은 학년 아이들은 말할 것도 없고 바로 코앞에서 마주친 카말리카까지 눈길을 피했다.

"안녕, 카말리카!"

더스티가 재빨리 말을 걸었다.

"너도 빔처럼 나를 따돌리는 거니?"

"네가 잘못한 거야, 더스티. 너도 알잖니."

"뭘 잘못했다는 거야?"

카말리카는 그저 고개를 저으며 저쪽으로 걸어갈 뿐이었다. 그때 누군가가 어깨를 톡톡 두드리는 걸 느꼈다.

"네가 자꾸 이러니까 나도 슬슬 진력이 나는구나."

교장선생님이 말했다

"죄송합니다. 이제부터 정말로 얌전히 있을게요."

두 사람이 교장실에 도착했을 때 아침조회를 알리는 종소리가 울렸다. 윌크스 선생님은 더스티에게 책상 앞 의자에 앉으라고 손짓 했고, 선생님은 책상 뒤에 놓인 자신의 의자에 앉았다. 더스티는 교장실 주위를 휘 둘러보았다. 툭하면 아이들과 싸움을 벌이는 통에 전부터 수차례 들락거린 터라 꽤 익숙한 장소였다. 한참 동안 거북한 침묵이 흘렀지만, 월크스 선생님은 좀처럼 이 침묵을 깰 마음이 없는 것 같았다. 교장선생님은 그 자리에 가만히 앉아 가느다랗게 실눈을 뜨고 더스티를 유심히 살펴볼 뿐이었다.

"선인장이 안 보이네요?"

결국 더스티가 먼저 입을 열었다.

"죽었다."

월크스 선생님이 말했다.

"선인장은 절대로 안 죽는 줄 알았어요."

"선인장도 죽는단다."

"선생님 선인장은 영원히 살 줄 알았어요."

"나도 그럴 줄 알았다. 하지만 유감스럽게도 그 녀석이 죽고 말더구나."

더스티는 선인장이 있던 공간을 물끄러미 바라보았다. 지금 그곳에는 새로 들여놓은 커다란 서류 분쇄기가 떡하니 자리를 차지하고 있었다.

"네가 선인장의 안부를 궁금해하다니, 재미있구나."

"왜요?"

"조쉬도 늘 선인장에 대해 한마디씩 하곤 했거든… 뭐, 사실 별로 신통치 않은 말들이었지만."

"오빠가 그랬어요?"

"늘 그랬지."

"늘이요?"

"그래, 조쉬는 교장실에 굉장히 자주 드나들었거든. 너보다 훨씬 더 자주."

더스티는 얼굴을 찡그렸다. 지금 이게 꾸짖음인지 꾸짖음의 전조인지 파악이 되지 않았다. 교장선생님의 말투는 평소와 다름없이 무척 친절하게 들렸다. 더스티는 툭하면 말썽을 부렸지만 윌크스 선생님과 언제나 잘 지내왔다. 그래도 이렇게 조쉬 오빠에 대해 언급하시니 당황스러워 어쩔 줄 몰랐다. 더스티는 잠시 머뭇거리다 입을 열었다.

"오빠는 여기에 얼마나 자주 왔나요?"

"잘 모르겠구나. 횟수를 세어보지 않아서. 하지만 정말 자주 왔어."

"다른 사람들보다 자주요?"

"이 학교에 다니는 다른 사람들 말이니? 그러니까 다른 학생들을 말하는 거지?"

"네."

"아마 그랬을걸."

윌크스 선생님은 잠시 말을 멈추었다.

"그래, 아마 다른 학생들보다 훨씬 자주 왔을 거야. 조쉬는 늘 말썽을 부리고 다녔으니까."

두 사람은 서로를 바라보았다.

"무슨 생각을 하고 있니, 더스티?"

더스티는 아빠가 차 안에서 한 말과 소년이 병원에서 했던 말을 떠올렸다.

"혹시 오빠가… 그러니까… 무슨 범죄 행위 같은 걸 저지른 적도 있었나요?"

"그건 잘 모르겠다. 네 오빠와 내가 부딪친 건 학교 문제에 관해서였으니까. 조쉬가 법을 어긴 적이 있는지는 잘 모르겠어. 하지만 그랬을 가능성이 있을 거라고 생각하는지를 묻는 거라면, 그렇다고 대답할 수밖에 없겠구나."

더스티는 다시 얼굴을 찡그렸다. 어쩌다 이런 이야기를 계속하고 있는지 모르겠지만, 월크스 선생님이 조쉬 오빠에 대한 이야기나 하려고 자신을 교장실로 데리고 오지는 않았으리라는 건 확실했다. 하지만 왠지 이 이야기가 중요할 것 같다는 생각이 들었다. 더스티는 천천히 숨을 내쉬었다.

"월크스 선생님?"

"그래, 더스티."

잠시 침묵이 흘렀다. 이제 막 내리기 시작한 눈이 또닥또닥 창문에 부딪치는 소리가 들렸다.

"저, 선생님은… 선생님은 조쉬 오빠를 좋아하셨나요?"

더스티는 월크스 선생님의 눈동자를 가만히 들여다보았고, 그러는 동안 잠시 그 눈동자가 샤프 경위의 눈동자와 다르지 않다는 생각이 들었다.

"그럼, 난 네 오빠를 무척 좋아했단다."

더스티는 교장선생님의 말 속에 뭔가 숨겨진 의미가, 차마 말로 표현하지 못하는 무언가가 담겨 있다는 걸 알아채고 의자에서 몸을 움직였다. 그리고 다시 교장선생님의 눈동자를 들여다보았다.

"선생님은 오빠를 믿으셨나요?"

윌크스 선생님은 고개를 저었다.

"아니, 유감스럽지만 그러지는 않았어."

더스티는 바닥을 내려다보았다.

"괜찮아요."

두 사람은 잠시 아무 말 없이 앉아 있었다.

"난 그 소년도 믿지 않는다."

더스티는 재빨리 교장선생님을 올려다보았다.

"그래서 절 이리로 데리고 오신 건가요? 소년에 대해 심문하시려고요?"

"더스티…."

"안 그래도 벌써 경찰들한테 지겹도록 심문을 받았거든요."

"나한테 화내지 마라. 넌 나한테 조쉬에 대해 솔직하게 물어봤고, 나 역시 솔직하게 대답해줬잖니."

"제가 화가 나는 건 조쉬 오빠하고 전혀 상관없어요."

하지만 더스티는 자신이 거짓말을 하고 있다는 걸 알았다.

"내가 널 이리로 데리고 온 건… 네가 등교하는 길에 아이들한테 기습당하지 않도록 구해주기 위해서였어. 혹은 네가 먼저 아이들을 덮치지 않도록 미리 예방하거나. 어쩌면 둘 다일지도 모르지. 네가 오늘 학교에 오리라고는 전혀 생각하지 못했지만, 혹시 학교에 올 경우 아이들과 부딪칠 경우를 대비해서 맨 처음 학교버스가 도착할 때부터 줄곧 주의 깊게 너를 지켜보고 있었단다."

윌크스 선생님은 의자에 등을 기댄 다음 다시 말을 이었다.

"그간의 이야기들을 모두 들었다."

"안 그런 사람도 있던가요?"

"하긴 그렇구나. 그 이야기를 안 들은 사람도 있을까? 백데일 사람이라면 누구나 다 너와 그 소년에 대해 이야기를 하는 것 같던데."

"상관없어요. 제가 알아서 해결할 거예요."

"그래, 난 네가 그럴 거라고 확신한다."

윌크스 선생님은 더스티를 유심히 바라보았다.

"하지만 정작 내가 걱정하는 건 너무나 많은 말들이 오르내리고, 또 그 말들이 순식간에 퍼지고 있다는 거야. 지금 인터넷이 너에 대한 이야기로 도배가 되고 있다는 걸 너도 알고 있을 텐데?"

"제 컴퓨터가 어제 완전히 박살이 나서 그런 일이 있는지 전혀 몰랐는데요."

윌크스 선생님은 몇 초간 침묵을 지켰다.

"나하고까지 싸울 필요 없잖니. 난 널 돕고 싶어."

"죄송해요. 만나는 사람마다 저를 심문하려 드는 것 같아서 그랬어요. 제가 원하는 건 오로지…."

윌크스 선생님이 미소를 지으며 말했다.

"네가 원하는 건 오로지 조쉬에게 무슨 일이 있었는지 알고 싶은 것뿐이지.”

“그게 그렇게 잘못된 건가요?”

“아니, 오히려 그 반대야. 하지만 어쩐지 내 생각에 이 소년은 그런 네 바람이 이루어지도록 도와줄 수 있는 사람이 아닌 것 같구나.”

교장선생님은 얼굴을 찡그리며 계속해서 말을 이었다.

“인터넷에 너에 대한 글이 많이 돌아다니는 건 그렇다 쳐도 소년에 대한 글도 엄청나다는 건 믿기지 않을 거다. 이상하게 사진은 한 장도 없는데 소년을 그린 그림이나 소문은 어마어마하게 많아. 우리 애들이 인터넷 게시판이며 채팅방에서 발견한 걸 나한테 보여주기 전까지는 나도 그런 것들이 돌아다니고 있는 줄 미처 몰랐단다. 오늘 아침에는 학생들이 인터넷에서 발견한 자료들을 출력해서 내게 가져다주기도 하더구나. 그러니 아무래도 이 일에 대해 이야기하지 않는 사람이 아무도 없는 것 같아. 사람들은 너희 집이 침입을 당했고, 네 방에서 소년의 오카리나가 발견됐다는 사실까지 알고 있더구나.”

“설마요! 도대체 어떻게 그런 일까지….”

“나도 모르겠다. 누가 그런 정보를 흘리는지는 알 수 없지만, 너희 집을 침입한 사람들 중에 한 명이 그 일을 인터넷에 올렸거나 누군가 다른 사람을 시켜 올리도록 한 게 분명해. 네가 걱정되는 이유도 그래서야. 벡데일 전역에 너에 대한 나쁜 감정들이 퍼져 있고, 넌 그 한가운데에 꼼짝없이 갇혀 있으니 말이다.”

"인터넷에서는 소년에 대해 뭐라고 말하는데요?"

"별별 이야기를 다 하더구나."

"예를 들면요?"

"타락한 천사라고도 하고, 눈처럼 새하얀 괴물이라고도 하고, 로레타 맥과이어라는 열다섯 살 소녀를 유괴한 매력적인 외모의 악마라고도 해. 사람들 말로는 그가 사람의 생각을 읽을 수 있고, 사람의 마음을 제멋대로 움직이기도 한다는구나. 모습을 감출 수도 있고, 공중을 날 수도 있고, 사람을 향해 에너지를 분출해 기절시키기도 하고, 무언가에 형체를 부여하기도 했다가 없애기도 한단다."

"그게 무슨 뜻이에요?"

"물건을 나타나게도 했다가 사라지게도 하고, 물질의 성분을 바꾸기도 한다나봐. 가령 물을 와인이라든가 다른 여러 가지 물질로 바꾸는 거지. 나로서는 도저히 믿을 수 없는 얘기지만."

"선생님은 그 소년이 그런 일을 할 수 없을 거라고 생각하세요?"

"누구도 그런 일을 할 수 있는 사람은 없다고 생각하는데."

"그런데 그 소년은 어떻게 그런 일을 할 수 있다고 여겨지는 걸까요?"

"내 생각에 그 소년은 사기꾼이 아닐까 싶다. 아니면 요술쟁이거나. 그러니까 무슨 말이냐 하면, 어쩔 수 없이 그런 능력을 지니고 살아야 하는 사람들의 이야기를 가끔 읽은 적이 있는데…."

"어디에서요?"

더스티가 몸을 앞으로 기울이며 물었다.

"어디에서 그런 이야기를 읽으셨어요? 전 그런 재주를 부리는 사람이 있다는 얘기 한 번도 들어본 적이 없어요."

"책에 보면 그런 이야기들이 나온단다. 대부분의 종교적인 전설에는 기적을 행하는 누군가가 놀라운 일을 하는 이야기들이 나오지. 공중부양을 한다든지, 동시에 두 장소에 모습을 나타낸다든지, 감쪽같이 사라진다든지, 사람의 마음을 읽는다든지, 아픈 사람을 고쳐준다든지 하는, 여러 초자연적인 능력을 발휘하는 성인聖人들 이야기 말이야. 하지만 넌 관객들을 상대로 재주를 부리고, 자신들의 행위가 순전히 속임수를 바탕으로 이루어진다는 걸 보여주는 선량한 마술사나 요술사, 최면술사 같은 사람들만 봤을 거야. 심령술사나 신비주의자처럼 보이려고 그럴듯하게 옷을 차려 입고서 기발하고 독창적이고 설득력 있게 속임수를 펼치지만, 그래봤자 속임수는 속임수지."

그때 윌크스 선생님이 갑자기 하던 말을 멈추었다.

"그런데 저거 좀 이상하구나."

"뭐가요?"

교장선생님은 대답이 없었다. 선생님은 더스티의 어깨 뒤편 창문을 뚫어져라 바라보고 있었다. 더스티도 뒤를 돌아보았지만 창유리 위로 녹아내리는 눈 말고는 아무것도 보이지 않았다. 더스티는 다시 교장선생님을 바라보았다.

"창문에 눈이 달라붙어 있었단다. 마치 무슨 형체를 만들고 있는 것처럼. 그런데 지금 완전히 사라져버렸어. 유리에 흘러내리면서 말이야."

더스티는 자리에서 일어나 창문을 향해 다가갔다. 무슨 까닭인지 모르겠지만 주변에 따뜻한 기운이 감도는 걸 느낄 수 있었다. 그 온기는 지난번 병원에서 소년과 함께 있었던 때를 상기시켜 주었다. 더스티는 창문을 통해 밖을 내다보았다. 바깥의 창문턱 위로 눈이 야트막하게 쌓여 있었다. 눈은 마치 타다 남은 불씨처럼 희미하게 반짝였다. 더스티는 여전히 교문에 서 있는 두 남자를 바라보았다. 지금 그들은 우산 하나로 눈을 피하고 있었다. 더스티 뒤로 윌크스 선생님의 목소리가 들렸다.

"더스티, 오늘 아침 이사장님께서 우리 집으로 전화해서 이 일이 진행되는 동안은 네가 등교해서는 안 될 것 같다는 말씀을 하셨단다. 이사장님은 이번 일이 학생들에게, 그리고 너에게 부정적인 영향을 미치게 될까봐 걱정해서. 그리고 오늘 아침 네가 학교에 도착한 후 전체적인 분위기를 지켜본 결과, 나 역시 이사장님 의견에 동의한다는 말을 해야 할 것 같다."

선생님은 잠시 숨을 돌린 다음 다시 말을 이었다.

"더스티, 뒤돌아서 나를 마주 보고 이야기를 들어주겠니? 안 그러면 내가 이렇게 계속 네 등 뒤에서 이야기를 해야 할 것 같은데?"

더스티는 뒤를 돌았다.

"고맙다. 학교에 오지 못하게 강요하는 건 아니야. 넌 학교에 있을 권리가 있고 계속 학교에 있고 싶으면 얼마든지 그래도 좋아.

하지만 집에 가서 네 아버지와 함께 있고 싶다면…."

"아빠는 직장에 계세요. 새 직장을 잡았어요."

"아, 그래, 잘 됐구나. 그래도 내가 하려는 말은 달라지지 않는 단다. 네가 집에 가고 싶다거나, 아버지 직장에 가서 아버지와 함께 있고 싶다거나, 근처에 친구나 친척 집이 있어서 그들과 함께 있는 편이 더 안전하고 편안하게 느껴진다면, 기꺼이 내가 직접 그곳으로 너를 데려다주마."

더스티는 또다시 희미하게 반짝이는 창문턱의 눈을 응시했다.

정말 중요한 수수께끼는 오로지 혼자 힘으로 해결해야 해.

'혼자서.'

더스티가 중얼거렸다.

'혼자서.'

"뭐라고 했니? 무슨 말인지 못 알아들었는데."

"저는…."

더스티가 깊게 숨을 내쉰 후 다시 말을 이었다.

"저는 학교에 있고 싶다고 했어요."

"좋아. 하지만 절대 싸우지 않겠다는 걸 조건으로 하자. 누가 너한테 약을 올리더라도 입술 꽉 깨물고 절대 말려들어서는 안 돼. 필요하면 담임선생님을 찾거나 나한테 오렴."

더스티는 연신 창밖을 응시하고 있었다. 남자들은 아직도 그곳에 있었다. 눈도 여전히 그곳에 있었다. 수수께끼도 여전히 제자리 걸음이었다. 더스티는 창문 가까이로 몸을 기울였다.

"조쉬 오빠."

더스티는 낮게 속삭이며 자신의 입김 때문에 유리가 흐려지는 걸 지켜보았다. 그리고 이내 윌크스 선생님을 향해 돌아섰다.

"이제 그만 가볼게요."

26

하지만 어디로 가야할지 알 수가 없었다.

괴로움이 따르지 않는 장소가 과연 있기나 할지 도무지 알 수 없었다. 게다가 괴로움 외에 무언가 다른 것들도 함께 따라붙고 있었다. 뜨겁고 환한 무언가가 자신을 온통 칭칭 휘감고 있는 것 같았다. 수수께끼는 입을 크게 벌리고 하품을 하면서 창백한 입김을 토해놓고 있었다.

복도 한가운데 서서 주위를 둘러보았다. 어디든 가긴 가야 했다. 이렇게 하루 종일 여기에 서 있을 수는 없었다.

'영어 교실로 가자.'

더스티는 혼잣말을 했다.

복도를 따라 내려가는데, 이제는 뜨거운 열기가 자신의 주위를 소용돌이치고 있었다. 이 열기가 이번에도 소년을 상기시켰다. 더스티는 소년을 생각했다. 마술사, 사기꾼, 요술쟁이… 어쩌면 윌크스 선생님 말씀이 맞을지도 모른다. 아, 어떻게 생각해야 좋을지 정말 알 수가 없었다. 더스티는 12호실 밖에서 걸음을 멈추었다.

교실 밖으로 핀치 선생님의 목소리가 들렸다. 경쾌한 테너 음에 무척 밝은 목소리였다. 선생님이 이렇게 기분 좋은 목소리를 지녔는지 지금까지 한 번도, 단 한 번도 생각해본 적이 없었다. 더스티는 마음을 다잡고 교실 문을 열었다. 핀치 선생님이 더스티를 향해 돌아섰다.

"더스티, 오늘 널 보게 될 줄은 몰랐는걸."

더스티는 교실 안으로 들어갔다.

"윌크스 선생님을 뵙고 와야 했어요."

"그래, 앉아라."

더스티는 카말리카 옆 자기 자리에 앉았다. 카말리카는 난처한 표정으로 더스티를 흘긋 보기만 할 뿐 아무 말도 하지 않았다. 핀치 선생님은 다시 교실을 향해 몸을 돌렸다.

"자, 우리는 방금 대단히 뛰어난 셰익스피어의 마지막 작품《태풍The Tempest》에 대해 이야기하고 있었어요."

수업은 계속됐지만 더스티는 핀치 선생님이 무슨 말을 하는지 하나도 알아들을 수가 없었다. 지독하게 쓸쓸한 기분이 들었다. 반 친구들 모두가 자신을 무서워한다는 걸 알 수 있었다. 숨어서 흘 긋흘긋 바라보는 아이들이든, 애써 시선을 외면하는 아이들이든, 노골적으로 빤히 노려보는 아이들이든, 자신을 겁내는 건 모두가 마찬가지였다. 다만 한 사람, 교실 맨 앞에 혼자 앉아 있는 안젤리카만이 더스티에게 활짝 미소를 지어보였다.

핀치 선생님은 계속해서 《태풍》에 대해 이야기했다. 선생님의 이야기가 조금씩 얼핏얼핏 귀에 들어왔다. 배가 난파됐다는 이야기, 배신과 노예생활과 화해에 대한 이야기. 사랑에 빠진 아름다운 아가씨, 무시무시한 괴물, 신비한 정령, 마법의 힘을 가진 인물 등.

"결말 부분에서 그가 단념하는 것은…."

핀치 선생님이 말했다.

그때 안젤리카가 번쩍 손을 들었다. 핀치 선생님이 안젤리카를 바라보았다.

"오, 그래, 네 이름이…."

"안젤리카입니다."

"그래, 안젤리카?"

"단념한다는 것이 무슨 의미인지 모르겠습니다."

"포기한다는 뜻이지. 이 희곡의 결말 부분에서 그는 자신의 모든 능력을 놓아버린단다. 그리고 말하지. '이 가혹한 마법을 포기하기로 이 자리에서 맹세하노라'라고 말이야. 그에게는 더 이상 마법이 필요하지 않은 거야. 그래서 전지전능한 존재였음에도 결국 한 인간이 되는 것으로, 우리 모두가 괴로워하는 인간적인 나약함을 받아들이는 것으로 작품은 끝을 맺는단다."

핀치 선생님은 안젤리카를 보며 미소를 지었다.

"모르는 단어에 대해 질문해줘서 기쁘구나. 너희들도 이해되지 않은 부분을 그냥 넘겨서는 안 된다. 이 단어의 뜻을 이해하지 못한 학생들이 더 있겠지만, 대체로 선생님이 방해받지 않고 계속

떠들도록 내버려두는 경향이 있는 것 같아. 아, 물론 더스티는 언제나 서슴없이 설명을 요구하는 편이지만."

선생님은 더스티를 흘끔 바라보았다. 하지만 더스티는 선생님이 좀처럼 눈에 들어오지 않았다. 지금 더스티에게는 선생님 뒤편 창문 위로 눈이 쌓여 만들어진 형상, 더스티 앞에 그리고 모든 사람들 앞에 나타난 그 얼굴 외에는 아무것도 보이지 않았다. 더스티는 이번에도 소년을 떠올렸고, 그러느라 선생님의 말이 끝난 줄도 모른 채 나지막하게 중얼거렸다.

'모든 것으로부터 멀어져 모든 것의 일부로.'

더스티는 자기가 말해놓고도 그 말의 의미를 이해할 수가 없었다.

"더스티?"

핀치 선생님이 말했다.

"네?"

"뭐라고 중얼거린 것 같은데."

눈이 쌓여 만들어진 얼굴은 계속 그 모양을 만들어가고 있었다. 이제 누가 그 모양을 알아보는 건 순전히 시간문제인 것 같았다. 더스티는 주변이 점점 뜨거워지는 기분이 들었다. 그때 카말리카가 더스티를 돌아보았다.

"더스티, 괜찮니?"

핀치 선생님이 물었다.

더스티의 몸이 가벼워지고 있었다. 더스티는 책상 모서리를 꽉 움켜쥐었다. 책상이 바닥을 긁으며 움직였다. 더스티는 책상을 붙잡으며 어떻게든 이 자리에 꼼짝 않고 버티려고 애썼다. 아무것도 움직이는 건 없었지만, 저 위의 어떤 불가사의한 압력이 온몸을 뚫고 지나가는 걸 느낄 수 있었다. 책상을 더 꽉 움켜잡았다. 그 바람에 또다시 책상이 바닥을 긁었지만, 어쨌든 여전히 바닥에 붙어 있기는 했다. 더스티의 살갗 위로 열이 펄펄 끓어올랐다. 모두가 자신에게 시선을 고정시킨 채 의문의 눈길로 자신을 바라보는 걸 느꼈다.

잠시 후 주머니에서 휴대전화가 울렸다. 문자메시지였다. 익숙한 기계음이 어느 정도 긴장감을 날려버렸는지 이제야 교실 여기저기에서 낮게 웅얼거리는 소리가 들렸다. 이제 유리창의 눈은 녹아 흘러내렸고, 그 바람에 눈으로 만들어진 얼굴도 아래로 미끄러져 내려가고 있었다. 몸의 무게는 다시 원래대로 돌아온 느낌이었지만 피부의 열기는 그 어느 때보다 뜨거웠다. 더 이상 이런 상태를 견딜 수 없을 것 같았다. 더스티는 벌떡 일어나 교실 문을 향해 걸음을 옮기기 시작했다.

"더스티?"

핀치 선생님이 더스티를 불렀다. 더스티는 대답하지 않았다. 문을 열어 복도를 향했고 반 아이들의 시야에서 사라질 때까지 죽 걸어 내려갔다. 그런 다음 핀치 선생님이 오기를 기다렸다. 잠시 후 선생님의 모습이 나타났다. 선생님 뒤로 아이들이 웅성거리는 소리가 들렸다. 선생님은 문을 닫고 더스티를 향해 걸어왔다.

"무슨 일이니, 더스티?"

"화장실에 가려고요."

"아니, 그런 거 아니야. 다른 일이 있는 거야."

"맞아요, 화장실 가야 해요. 여학생으로서 해결해야 할 볼일이 있단 말이에요."

"그런 말로 선생님 속일 생각 마라. 대체 무슨 일이냐?"

"제가 원하면 언제든 가도 좋다고 월크스 선생님이 말씀하셨어요. 그리고 전 지금 가고 싶단 말이에요."

"교장선생님이 그렇게 말씀하셨다면 당연히 그래도 괜찮아. 하지만 그러기 전에 먼저 네가 어떻게 움직일지 교장선생님께 말씀드려야 하지 않겠니. 그래야 교장선생님이 아시지. 물론 네가 어디로 가려는지도 분명하게 말씀드려야 하고. 내가 같이 가주마."

"아니에요, 전…."

더스티는 뭐라고 말해야 할지, 뭘 해야 할지 확신이 서지 않아 먼 산만 보고 있었다. 핀치 선생님은 언제나 점잖고 친절한 분이었기에 선생님한테까지 톡 쏘듯 말하거나 경솔하게 굴고 싶지 않았다. 하지만 어쨌든 이곳을 벗어나야 했고, 그것도 지금 당장 나가야 했다. 어디로 갈지는 모른다. 그저 어디든 아무 곳이라도 가고 싶었다. 이곳에 일분일초라도 더 있다간 미쳐버릴 것 같았다. 애초에 학교에 온 것부터가 큰 실수였다.

"더스티, 내 말 들어라…."

"아니에요, 전…."

더스티는 자기 발을 내려다보았다. 지금으로서는 도저히 말이 나오지 않았다. 무슨 말을 해도 안심이 되지 않았고, 어떤 말을 해도 옳다는 느낌을 받지 못할 것 같았다. 그때 또다시 점점 열기가 뜨거워지고 몸이 가벼워지는 느낌이 들었다. 이 세상 것이 아닌 듯한 환한 빛이 다시 한 번 느껴졌다. 빛은 벽을 뚫고, 바닥과 천장을 뚫고, 핀치 선생님을 관통하고, 더스티를 관통하면서 점점 가까이 다가오고 있었다. 이제는 마치 자신을 보듯 그가 보였다. 얼굴 없는 눈동자, 형체 없는 눈동자가 보였다.

눈동자가 없는 눈도 보였다.

"더스티…."

"어서 가세요."

더스티가 중얼거렸다. 몸이 앞으로 떠밀리는 것 같은 기분이 들었다. 그 순간 무언가가 팔을 붙잡았다. 더스티는 그것이 핀치 선생님의 손이라는 걸 알아챘다. 손을 뿌리치고 무작정 앞으로 나갔다. 그러자 핀치 선생님의 손이 또다시 더스티를 붙잡았다. 더스티는 이번에도 손을 뿌리쳤고, 잠시 후 마치 빛을 뚫고 나갈 것처럼 앞을 향해 걷다가, 뛰다가, 날아오르고 있었다. 더스티는 이제 빛을 제외하곤 아무것도 보이지 않았다. 뜨겁고 불안정한 공기를 휘저으며 생각보다 빠른 속도로 빙글빙글 주위를 맴돌았다.

그러다가 무언가에 부딪쳐 잠시 주춤거렸다. 여전히 자신은 빛과 함께 빙글빙글 돌고 있었지만, 어두운 그림자들이 어슴푸레한 불꽃과 함께 뒤섞여 점점 가까이 다가오고 있었다. 어떻게 된 일인지 서로 얽히고설켜 있던 온갖 색깔들이 서서히 변하더니 운동 장으로 향하는 문의 색깔과 비슷해지기 시작했다. 더스티는 바닥에 드러누웠다. 머리가 울렸다. 문에 부딪친 게 틀림없었다. 뒤편 어딘가에서 큰소리로 자신의 이름을 부르는 소리가 들렸다.

"더스티!"

핀치 선생님의 목소리였다.

"더스티!"

"더스티!"

여러 사람의 목소리가 들렸다. 월크스 선생님과 다른 사람들이었다. 누군지 모르겠지만, 그런 걸 알아내기 위해 기다릴 생각은 조금도 없었다. 이 문을 열고 옆문으로 나가면 담장 사이를 가까스로 빠져 나갈 수 있을 테고, 그러면 정문 앞에 서 있는 남자들을 피할 수 있을 것이다.

더스티는 간신히 몸을 일으켜 문 밖으로 비틀비틀 걸어갔다. 당장 찬바람이 몰아쳤고 잠시 현기증이 일었지만, 다시 균형을 잡고 눈길을 가로질러 담장을 향해 달렸다. 어쩐지 담장이 생각보다 훨씬 빠른 속도로 자신을 향해 다가오는 것 같았다. 담장이 큰소리로 고함을 지르며 자신을 향해 점점 가까이 다가오는 모양이 보였는데, 어느 순간 살펴보니 별안간 자신이 담장을 넘어 거리에 서 있었다. 담장 사이를 빠져 나간 기억은 전혀 나지 않았다.

더스티는 마치 의지 같은 건 없는 사람처럼 다시 앞으로 앞으로 걸어갔다. 여전히 자신의 이름을 부르는 목소리가 들렸지만 거리는 한산했다. 목소리는 한참 뒤에서 들려왔고, 그 소리가 너무나 아득해서 마치 무수한 속삭임들이 소곤대는 것만 같았다. 더스티는 두 발이 가고 싶은 대로 가게 내버려두었다.

어느덧 정문에서 멀찌감치 걸어 나왔다. 머릿속은 잡다한 생각들로 시끄러웠고, 정신은 잔뜩 흐렸으며, 두 눈은 자신을 속이고 있었다. 거리며, 학교 담장이며, 운동장이며, 주차장 할 것 없이 무엇 하나 원래 모양대로 보이는 것이 없었고… 세상이 낯익은 것 같기도 하고 낯선 것 같기도 했다. 사방에 내려앉은 눈송이들은….

눈은 더스티를 두렵게 만들었다. 더스티도 이유를 알 수 없었다. 아마도 눈을 보면 어슴푸레 빛나는 불꽃이 생각나서거나, 눈 위를 걸으면 발자국을 뗄 때마다 쉿쉿하고 소리가 나기 때문인지 모른다. 그때 신비하고 뜨거운 존재가 또다시 자신의 주위를 맴도는 느낌이 들었다.

'조쉬 오빠.'

더스티가 중얼거렸다. 더스티는 주먹을 꼭 쥐었다. 이 와중에도 조쉬 오빠의 이름을 중얼거리다니 도대체 뭐 하는 짓이람? 오빠는 여기에 없는데. 아주 사라져버렸는데. 다시는 돌아오지도 않을 텐데. 그때 코트 깃을 세우고 앞으로 다가오는 한 남자가 보였다. 더스티는 그를 빤히 쳐다보았다. 그냥 외투를 입은 남자일 뿐 아는 사람은 아니었다. 남자가 더스티를 흘긋 바라보았다.

"그는 떠났어!"

남자는 한 마디 툭 내뱉으며 계속해서 걸음을 옮겼다. 더스티는 우뚝 멈춰 서서 뒤를 돌아보았다. 남자는 뒤도 돌아보지 않고 성큼성큼 걷고 있었다.

"뭐라고요?"

더스티가 외쳤다. 남자는 아무 말 없이 걷기만 했다.

"뭐라고 하셨어요?"

더스티가 소리를 질렀다. 역시 아무 대답이 없었다. 남자는 모퉁이를 돌아 자취를 감추었다. 더스티는 정신이 멍한 채 비틀거리며 거리를 걸었다. 뒤편 어딘가에서 더스티를 부르는 더 큰 외침들이 들려왔다. 더스티는 그 소리들을 무시하고 억지로 힘을 내거리를 걸었다.

'가자, 어디로든 가자.'

더스티는 중얼거렸다. 거리에서 한참 아래 어디쯤엔가 출입문하나가 보였다. 그곳에 가본 기억은 없지만 어떤 장소인지 알 수 있었다. 그곳은 퀘이커 교도 예배당의 외부 현관이었고, 더스티는그 문에 기대어 푹 쓰러졌다. 곧이어 보온용 운동복을 입은 한 여자가 조깅을 하며 지나갔다.

"그는 떠났어!"

여자가 더스티에게 소리쳤다. 더스티는 깜짝 놀라 일어나 앉았지만 조깅을 하던 여자는 이미 거리 아래로 사라지고 없었다. 더스티는 다시 문에 기대어 앉았다. 모든 것이 엉망진창이 되어가고 있었고, 이젠 지나가는 사람들이 툭 내뱉고 가는 이런 이상한 메시지가 무슨 소리인지조차 알아들을 수 없었다. 주머니에 손을 찔러 넣자 휴대전화가 잡혔다. 그제야 확인하지 않은 문자메시지가 있다는 사실이 떠올랐다. 아빠에게 온 메시지였다.

'괜찮니?'

지금 당장 아빠를 보고 싶고, 부둥켜안고 싶고, 입 맞추고 싶은 마음이 굴뚝같았다. 하지만 출근 첫날부터 아빠를 쓸모없는 사람으로 낙인찍히게 만드는 건 절대로 안 될 일이었다. 더스티는 답문자를 보냈다.

'아빤 괜찮아?'

아빠에게 즉시 답장이 왔다.

'난 아주 잘 하고 있어 문제가 생기면 전화하거나 문자 보내 사랑해'

"나도 사랑해 아빠. 나도 아빠 무지 많이 사랑해."

더스티가 말했다. 그러자 왈칵 눈물이 쏟아졌다. 또 다른 여자가 거리 저쪽에서 모습을 드러냈다. 엄마 나이쯤 되어 보였고, 아무렇게나 빗어 내린 긴 머리카락이 빛바랜 코트 위로 흘러내렸다. 여자는 현관 앞에 멈춰 서더니 더스티를 가만히 들여다보았다.

"대체 누구세요?"

더스티가 떽떽거리며 물었다. 여자가 천천히 앞으로 다가와 허리를 굽혔다.

"이리 와서 수프 좀 마시거라."

더스티는 소매로 얼굴을 닦았다. 이런 이상한 사람과 같이 어딜 가고 싶은 생각은 눈곱만큼도 없었다. 하지만 여자는 따라오라고 말하더니 거리 아래로 내려갔다. 더스티는 여자의 뒤를 빤히 바라보면서 현관 밖으로 걸음을 옮겼다. 여자는 학교 운동장 안쪽 끝을 향해 걸어가고 있었다. 그곳에서부터 골목까지 좁다란 길이 농구장 한쪽 모퉁이를 돌아 죽 이어졌다.

더스티는 이 여자의 동기만큼이나 자신의 행동을 혼란스러워하며 천천히 여자를 따라가기 시작했고, 그렇게 걸어가면서 입 밖으로는 연신 이름 하나를 읊조리고 있었다.

"조쉬, 조쉬."

"그는 떠났어."

여자가 대꾸했다. 여자는 걸음을 멈추어 뒤를 돌았다. 더스티 역시 걸음을 멈춘 다음 주위를 살폈다. 거리에는 그들 외에 아무도 없었다. 더스티는 앞으로 걸어가 낯선 여자 옆에 멈춰 섰다.

"내 이름은 베르나데트야. 네 이름은 뭐니?"

"알 것 없어요."

"교복 입은 걸 보니 땡땡이 쳤나보구나?"

"조퇴해도 좋다고 허락 받았거든요."

"그래서 남의 집 현관 앞에 그렇게 푹 주저앉아 있었니?"

더스티는 그대로 가버리려고 돌아섰지만 여자가 더스티의 팔을 잡았다.

"기다려. 너에 대해 아무것도 알고 싶은 거 없어. 그러니까 그냥 수프나 좀 마시고 가. 내가 원하는 건 그뿐이야."

여자가 미소를 지으며 말했다.

"왜요?"

"꼭 이유가 있어야 되니?"

"아줌마는 제가 누군지도 모르잖아요."

"와서 수프 좀 마셔."

여자는 다시 걸음을 옮겼다. 더스티는 여전히 여자를 경계하며 잠시 머뭇거리다가 이내 천천히 뒤따라 걸었다. 오래 걷지는 않았다. 학교 운동장 안쪽에 주변과의 경계를 위해 둘러친 벽을 돌아서 골목 아래로 죽 내려갔다. 오른쪽 굽이진 길을 지나 왼쪽 후미진 곳으로 들어서자 갑자기 오래된 이동주택 주차장이 눈앞에 드러났다.

눈이라도 와서 그나마 봐줄 만한 지금 같은 때조차 지저분하기 그지없는 부지였다. 도저히 사람이 살 수 있을 것 같지 않은 흉물스런 이동주택 한 채가 옆으로 뒤집어져 있을 뿐 원래 있던 이동주택은 하나도 없었다. 그렇다고 이 부지가 텅 비어 있는 건 결코 아니었다. 낡아서 거의 부서져 보이는, 최근에 도착한 이동주택 여러 채가 눈에 띄었고 나머지 공간에는 소형트럭이니 캠프용 자동차니 낡은 버스니 하는 주로 서민들이 이용하는 잡다한 부류의 차량들이 자리를 차지하고 있었다. 이제야 알 것 같았다.

이 여자는 여행객 가운데 한 명이었다.

27

더스티는 무엇보다 이들 차량 가운데 흰색 소형트럭이 있는지부터 확인했다. 하지만 흰색 소형트럭도, 포니테일로 머리를 묶은 남자와 그의 아들들도, 광장에서 보았던 패거리들 가운데 누구도 눈에 띄지 않았다. 사실상 주위에는 개미 새끼 한 마리 보이지 않았다.

어쩌면 모두들 이동주택 안에 들어가 있는지도 모른다. 이쪽으로는 그다지 자주 오는 편이 아니었기에 이 부지에 얼마나 많은 사람들이 살고 있는지, 심지어 이 특정한 집단이 이곳에서 얼마나 오랫동안 지내다 가는지 전혀 아는 바가 없었다. 여행객들이 종종 벡데일에 나타나지만 지역감정이 워낙 적대적이라 대개는 오래 머물지 못한다는 걸 더스티는 잘 알고 있었다. 하지만 이 집단은 이 구석에서 무던히 겨울을 보내고 있는 게 틀림없다.

"다들 어디에 있어요?"

"시내에 간 사람들도 있고, 안에서 자리를 지키는 사람들도 있고."

여자는 이동주택 가운데 가장 가깝지만 가장 낡고 더러운 곳으로 다가가 문을 열었다.

"들어와."

더스티는 여자를 따라 안으로 올라갔다. 생각보다 깔끔했고 따뜻하기도 했다. 안에는 아무도 없었지만 구석에 놓인 작은 난로에 불이 타오르고 있었다. 베르나데트라고 불리는 여자가 더스티 주위를 흘끔 보았다.

"문 닫고 편히 있어. 토마토 수프 괜찮니?"

"네, 뭐. 그러니까…."

뭐라고 말해야 할지 갈피를 잡을 수가 없었다. 여자는 친절하게 대했지만 여전히 불안감을 떨치기 힘들었다. 베르나데트가 깡통의 수프를 소스 냄비에 붓는 동안 더스티는 그녀를 유심히 관찰했다.

"아직도 이름을 알려주고 싶지 않니?"

"네."

"좋아."

한동안 두 사람 모두 입을 열지 않았고, 베르나데트가 수프를 데우는 동안 더스티는 그녀가 건넨 작고 찌그러진 의자에 등을 기대고 앉았다. 하지만 마음 편히 쉴 수가 없었다. 여자가 호의적인 태도를 보이는데도 어쩐지 가까운 곳에 위험이 도사리고 있다는 느낌을 떨칠 수가 없었다. 더스티의 직감이 맞았다. 수프가 준비되기도 전에 바깥에서 남자들 목소리가 들렸던 것이다.

"샅샅이 뒤져. 누구든 재수 없게 굴면 가만두지 마."

"그 여자애가 여기에 있을 리가 있나, 안 그래?"

"모르는 소리 하지 마. 여기 사람들이 워낙 인심이 좋아서 이 안에 피신해 있을 수도 있어."

"맞아."

"너희 둘은 버스하고 소형트럭을 맡아. 너희 셋은 저쪽 이동주택을 맡고. 난 이 집을 확인해볼게."

이동주택 내부의 커튼이 사방으로 쳐져 있었지만 더스티는 목소리의 주인이 누군지 당장 알아챌 수 있었다. 베르나데트가 어떤 식으로 반응을 보일지 알 수 없는 일이었다. 남자는 노골적인 경멸조로 '여기 사람들이 워낙 인심이 좋아서'라고 말했다.

더스티는 베르나데트에게 시선을 던졌지만, 여자는 그저 눈에 띄지 않는 곳에 조용히 있으라면서 계속 수프만 저었다. 더스티는 얼른 주변을 둘러보았다.

"화장실로 들어가서 문 닫고 있어. 조용히 움직여야 해."

더스티가 화장실 문을 닫기도 전에 이동주택 옆을 쾅쾅 치는 소리가 들렸다. 베르나데트는 다시 한 번 쾅쾅 치는 소리가 나길 기다린 다음 문을 열었다.

"무슨 일이지?"

"여자애 한 명 못 봤어?"

더스티는 퉁명스럽고 불손한 남자의 말투로 남자에 대한 궁금증이 모두 풀렸다. 남자가 누군지 단번에 알아차렸다. 그는 학교

정문에서 보았던 턱수염을 기른 촌뜨기, 그 패거리의 주모자였다.

"내가 본 여자애들이 어디 한둘인가. 여자애라면 당신도 봤을 거 아니야."

"건방지게 굴지 마. 여자애 봤어 안 봤어?"

"도대체 무슨 얘기를 하는지 모르겠네."

"이런 젠장할! 여자애 봤냐고 묻잖아! 당신 돌대가리야?"

베르나데트는 아무런 대꾸도 하지 않았다. 안쪽 탈의실에 숨은 더스티는 눈을 쿵쿵 짓밟고 있는 남자의 발소리를 들었다. 다른 남자들이 야영지 여기저기에서 아무것도 발견하지 못했다고 외치는 소리도 들었다. 다른 여행객들의 일행인 듯한 한 여자가 남자들에게 욕을 퍼붓는 소리도 들렸다.

"꺼져, 이 망할 놈들아!"

그밖에도 구시렁거리며 말대꾸하는 소리들이 들렸지만 무슨 말인지 알아들을 수는 없었다.

턱수염을 기른 남자는 아직도 문밖에 서서 쿵쿵거리며 눈을 짓밟았다. 별 볼일 없는 인간이라고 여긴 사람들에게 예의를 갖추고 대해야 하는데다 어떻게 해야 할지 결정하느라 몸부림쳐야 하는 상황이 죽기보다 싫은 기색이었다. 하지만 결국엔 아까보다 좀 더 알랑거리는 목소리로 다시 한 번 부탁을 시도했다.

"저기 있잖아, 여자애가 하나 있단 말이야. 교복을 입었어. 못생기고 쪼그마한 계집애야. 틀림없이 봤을 것 같은데. 열다섯 살이야. 지금 학교에 있을 시간이지만 땡땡이를 치고 나와서 이쪽으로 왔을지도 몰라, 알겠어? 그러니까 우린 그 여자애가 무슨 말썽이라도 일으킬까 봐 엄청 걱정하는 마음에 그 애를 찾으러 여기까지 온 거라고. 다시 요점을 말하면, 위험인물인 한 소년이 도망을 쳤어요. 당신도 그 소년 이야기 들었을 거야. 우리는 그 여자애가 절대로 소년하고 어울리는 일이 없길 바라는 거지. 그래서 말인데, 그 여자애 봤어 못 봤어?"

한참 동안 침묵이 흘렀다. 더스티는 숨을 죽이고 있었다. 잠시 후 베르나데트가 대답했다.

"못 봤어."

또다시 아까보다 긴 침묵이 흘렀다. 더스티는 이동주택을 향해 쿵쿵거리며 다가오는 여러 명의 발소리를 들었다. 침묵이 이어질수록 다른 남자들이 서서 이동주택을 올려다보는 모습이며, 베르나데트가 주춤거리는 모습이 머릿속에 그려졌다. 남자들이 강제로 쳐들어오기로 마음먹는다면 베르나데트로서도 그들을 저지할 방법이 없었고, 더스티도 이 탈의실에서 탈출한 재간이 없었다. 베르나데트가 반복해서 말했다.

"못 봤다니까."

또다시 무거운 침묵이 흘렀다. 마침내 다시 쿵쿵거리며 발 구르는 소리가 들렸고, 남자들은 차츰 이동주택에서 멀어졌다. 야영지 여기저기에서 다른 여행객들이 야유하는 소리가 들렸다.

"꺼져라!"

"이 불량배들!"

"여기서 나가버려!"

곧이어 베르나데트가 동료 여행객들에게 외치는 소리가 들렸다.

"그쯤 해둬! 그만하면 됐어!"

다시 한 번 침묵이 내려앉았다. 베르나데트는 문을 닫고 살며시 더스티를 불러냈다.

"이제 나와도 돼."

더스티는 밖으로 나와 작은 커튼 한쪽으로 주위를 엿보았다. 남자들의 흔적은 없었다.

"다들 갔어. 하지만 정신 바짝 차리는 게 좋을 거야. 느닷없이 쳐들어와서 우리가 자기들을 속였는지 밝혀내려 들지도 모르니까. 내가 지시를 내리면 얼른 다시 화장실로 뛰어 들어갈 수 있게 만반의 준비를 하고 있어. 어쨌든 지금은 수프부터 마시고."

여자는 다시 소스 냄비 위로 허리를 구부렸다.

"고맙습니다."

더스티가 자리에 앉으며 말했다.

"걱정하지 마. 여기에서 저런 파충류 같은 인간들 한두 번 상대한 게 아니니까. 네가 바로 저 인간들이 찾고 있는 아이인가 보지?"

베르나데트가 수프를 저으며 말했다.

"네. 그 못생기고 쪼그만 계집애가 저예요."

베르나데트가 머그컵에 수프를 따라 더스티에게 건네주었다.

"그럼 너도 네가 그렇게 생겼다고 생각하는 거니? 못생기고 쪼그만 계집애라고?"

"제가 어떻게 생겼든 별로 신경 안 써요."

더스티는 수프를 한 모금 마셨다. 너무 뜨거웠다. 더스티는 머그컵 가장자리 너머로 베르나데트를 빤히 쳐다보았다. 여자는 놀라울 만큼 침착해 보였다. 그녀도 분명 저런 남자들에 대한 분노나 두려움을 억누르기 힘들 텐데 말이다. 더스티는 수프를 후후 불어 한 모금 더 마셨다.

"그런데 왜 이러시는 거예요?"

"뭘 말이니?"

"절 도와주시는 거요."

"아까도 말했다시피 꼭 이유가 있어야 되나?"

베르나데트는 자신이 마실 수프를 따랐다.

"이유가 있어서 누굴 돕진 않아. 물론 네 경우에는 한 가지 이유가 있긴 하지만."

더스티가 여자를 올려다보았다.

"네?"

"한 가지 이유가 있지. 아까 그 멍청하고 털투성이인 재수대가리 남자가 그랬잖아. 자기 말이 다 사실이라고. 그래서 그런 거야."

"그게 무슨 말씀이세요?"

"이 지역 부근에 위험한 소년이 있다며."

더스티는 아무 말 하지 않았다.

"나도 소문 들었어. 이 지역에 사는 여자아이가 그 소년과 어울려 다닌다더라. 소년을 보호해준다나 어쩐다나. 그 여자아이가 너인 줄은 몰랐지….”

“전 아니에요.”

“하지만 소문이 사실이라면 경고하는데, 소년을 절대 피하는 게 좋겠어. 아무래도 가까이 할 사람이 아닌 것 같아.”

“전 아니라니까요.”

“그럼 다행이고.”

두 사람은 아무 말 없이 수프를 한 모금씩 마셨고, 그러는 동안에도 베르나데트는 수시로 커튼 사이로 주위를 구석구석 살폈다. 더스티는 수프를 다 마시고 머그컵을 내려놓았다. 둘 중 누구도 입을 열지 않은 채 두 사람은 서로를 바라보았다. 잠시 후 베르나데트가 미소를 지었다.

“몸조심해라, 더스티.”

“제 이름이 더스티라고 말한 적 없는데요.”

“맞아, 말한 적 없지. 아무튼 몸조심해.”

“아줌마도요.”

더스티는 일어서서 이동주택 문을 열고 밖으로 나와 눈길 위를 걸었다. 발아래에서 또다시 쉿쉿 하는 소리가 들렸다. 그때 환한 빛이 번쩍거리며 자신을 노려보았고, 그토록 포악한 광채가 또다시 몸속을 가득 채우는 느낌, 또다시 몸이 가벼워지는 느낌이 들었다. 더스티의 몸이 몇 초간 휘청거렸고, 곧이어 눈길 위를 걸어오는 베르나데트의 부츠 소리가 들렸다.

손 하나가 더스티의 팔을 끼고 균형을 잡아주었다. 더스티는 빛을 응시했다. 빛이 깊어지고 넓어지면서 자신의 몸을 두 동강이로 갈라놓을 것만 같았다. 또다시 자신의 몸이 지워지는 것만 같은 무시무시한 감각이 느껴졌다. 남쪽을 향해 고개를 드니 레이븐 산봉우리가 눈에 들어왔다. 산봉우리는 여전히 하얬다. 산봉우리 역시 차츰 희미해지더니 눈부시게 번쩍거렸다.

"무슨 일이 일어나고 있는 건가요?"

더스티가 나지막하게 중얼거렸다. 베르나데트는 아무 말 하지 않고 한 손으로 더스티의 팔을 꽉 붙잡았다.

"마치…"

더스티는 뭔가 생각을 해내려 애썼지만, 지금은 환한 광채 때문에 정신마저 두 동강이 나버려 눈곱만큼도 생각이 들어설 자리가 없었다. 곧이어 어렴풋이 한 가지를 생각해냈다. 더스티는 그 생각을 향해 다가가려 손을 뻗었고 마침내 그것을 꼭 쥐었다.

"마치… 더 이상 진짜는 없는 것 같아요. 모든 것이, 모든 것이… 나머지 모든 것의 일부와… 연결이 되어 있는 것 같아요… 그럼 안 되는데."

"어쩌면 그래도 될지 몰라."

두 사람은 한동안 아무 말 하지 않았다. 더스티는 줄곧 환한 광채를 들여다보며 여러 가지 형체들을 찾고 있었다.

"혹시…"

더스티가 입을 열었다. 더스티는 점점 낯설어지는 자기 모습이, 생판 처음 보는 사람에게 이런 말을 하는 자기 자신이 당황스럽고 혼란스러워 숨쉬기조차 괴로웠지만 다시 제정신이 돌아오자 하려던 말이 입 밖으로 튀어나왔다.

"혹시… 정말 사랑하는 사람을 잃어버린 적 있으세요?"

처음 보는 사람에게 이런 걸 물어보다니 도무지 믿기지 않았다. 여자는 아무 대답도 하지 않았지만, 잠자코 더스티의 손을 잡아주었다. 더스티는 여자의 손을 꽉 쥐었고, 잠시 동안 그렇게 꽉 쥐다가 다시 손을 놓고 앞으로 걸어갔다. 광채는 잦아들지 않았지만, 어쨌든 번쩍거리는 빛 덕분에 앞으로 향하는 길을 볼 수 있었다.

더스티는 이동주택 주차장 바깥의 골목을 향해 걸음을 옮긴 다음, 출입문 옆에 멈춰 서서 뒤를 돌아보았다. 베르나데트는 그녀의 이동주택 문간에 서 있었다. 주차장 부지 저 안쪽 주변으로 여러 사람의 얼굴이 보였다. 집안에서 내다보거나 집 밖에 서 있는 얼굴들이 보였다. 딱히 호의적이지도 악의적이지도 않은 그 얼굴들은 기이하고도 투명한 눈동자로 그저 더스티를 지켜볼 뿐이었다. 더스티는 다시 베르나데트를 바라보았다. 여자는 기괴한 빛에 싸여 소용돌이치고 있었다.

"고마워요."

더스티가 말했다. 베르나데트는 자신의 이동주택 안으로 사라졌다.

더스티는 다시 골목을 향해 몸을 돌려 억지로 걸음을 뗐다. 어디로부터 와서 어디를 향해 가는 건지 알 수 없었다. 어쩌면 더 이상 목적지 같은 건 없는지도 모른다. 사방이 온통 빛, 빛, 빛, 숨이 막힐 것만 같은 짙은 빛뿐이었다. 뜨거운 열기도 함께였다. 열기는 살갗을 찌르고, 척추를 에워싸고, 발이 땅에 닿을 때마다 하얀 눈 속에서 쉿쉿 소리를 내며 아까처럼 더스티의 온몸을 미끄러져 내려왔다. 마치 광포하게 타오르는 빛이 더스티의 이런 생각들을 펄펄 끓이느라 쉿쉿 김을 내뿜기라도 하는 것처럼. 앞이 보이지 않을 정도로 뿌연 연기가 사방으로 짙게 깔려 있었지만 그보다 눈부신 빛이, 그보다 뜨거운 열기가 타올라 더스티는 여전히 오빠의 이름을 낮게 읊조리면서 앞으로 앞으로 걸음을 옮길 수 있었고, 여전히 앞에 놓인 골목을 볼 수 있었다.

'집으로 가자.'

더스티가 중얼거렸다. 사람들, 경찰들, 남자들, 윌크스 선생님, 아빠, 어쩌면 그들 모두가 틀림없이 손 코티지에서 자신을 기다리고 있을 테지만, 어차피 다른 걸 해봐야 뾰족한 수가 없을 것 같았다. 언젠가 모두들 조쉬 오빠를 찾아 헤맸던 것처럼 이번에는 모두들 자신을 찾고 있을 게 분명했다. 하지만 아직 누군가의 눈에 띌 준비가 되지 않았다.

'학교 운동장 주변의 오솔길로 가자.'

그쪽 길을 택한 건 현명한 방법이었다. 아무래도 골목에는 이따금 자동차가 다니기도 하고, 자동차를 끄는 견인차도 다니니까. 남자들이 아직도 골목 근처를 어슬렁거리고 있을지 모를 일이니까. 오솔길은 학교와 가깝다는 단점이 있지만 몸을 숨기기 좋을뿐더러 보통 이 시간에는 사람이 거의 다니지 않는다. 하긴 시간조차 의미를 잃어버린 이 마당에 '이 시간'이 무슨 의미가 있겠냐마는. 도대체 왜, 어쩌다가, 이렇게 됐는지 알 수가 없었다. 다만 지금 분명하게 알 수 있는 것은, 얼마나 많은 걸음을 옮기든 자신은 그저 앞이 보이지 않는 적막함 속에서도 구체적으로 형성되어가는 이 순간순간을 차곡차곡 밟아가고 있다는 확고부동한 느낌뿐이었다.

발을 뗄 때마다 쉿, 쉿, 쉿 거품 이는 소리가 났고 이렇게 쉿 하는 소리가 날 때마다 자신의 몸이 현재라는 거품 속으로 점점 깊이 가라앉는 것만 같았다. 이곳은 어디이며 나는 어디로 향하려 했던 것일까? 어느덧 그럭저럭 학교 담으로 이어지는 길로 향했다. 학생들이 축구 경기장 주위를 뛰어다니며 고함을 지르는 소리가 담장 너머로 들려왔다. 더스티는 좀 더 안전하게 몸을 숨기기 위해 담장에 바싹 붙은 다음, 학교의 동쪽 가장자리를 따라 담장 주위를 돌아갔다.

다시 눈이 내렸지만 뜨거운 열기는 가실 줄 몰랐다. 아니, 심지어 눈송이까지 뜨겁게 느껴졌다. 환한 빛이 맹렬하게 들이닥치는 데다 눈까지 와서 모든 형체들이 더욱더 일그러져 보였다. 그래도 더스티는 계속해서 걸었다. 더스티의 몸은 불안할 정도로 가벼웠지만 두 발은 여전히 눈을 밟고 있었다. 학교 주변의 오솔길은 길고 구불구불했으며, 고학년 학생들이 숨어 다닐 때 주로 이용하는 관목들이 여기저기 늘어서 있었다. 지금 이곳에는 아무도 없다. 시간을 초월한 듯 온통 하얗게 뒤덮인 이 장소에서 어쨌든 더스티의 눈에 띄는 사람은 아무도 없었다.

더스티는 계속해서 걸었다. 걷고 있으려니 견디기 어려울 만큼 깊은 외로움이 찾아왔다. 하지만 이 외로움을 기쁘게 받아들일 수 있을 거라고 생각했다. 외로움이 언제까지나 지속되지는 않으리라는 걸 아니까. 10미터쯤 더 가면 오솔길이 끝날 테고, 이제 시내를 빠져 나가야 한다. 선택할 수 있는 조용한 골목은 꽤 여러 군데다. 그 가운데 한 곳을 정해 변두리를 돌아 벡데일 외곽의 큰길까지 간 다음 집으로 가는 버스를 타면 된다. 하지만 오늘은 어느 골목을 택하든 그리 조용하지만은 않을 것이다.

사람들이 온 사방에서 더스티를 찾고 있을 터였다. 그러니 이 외로움이 지속되는 동안은 그것을 음미할 수 있어야 했다. 하지만 도저히 그럴 수가 없었다. 외로움은 견딜 수 없을 만큼 고통스러웠고, 환한 빛이 짙어질수록 고통은 더욱더 커져만 갔다. 그때 휴대전화가 울렸다. 벨소리가 평소보다 더 크게 느껴져 귀에 거슬리고 불쾌했다. 주머니에서 전화기를 꺼내 액정을 빤히 쳐다보았다. 액정이 눈부시게 하얘 도무지 읽을 수가 없었다. 버튼을 더듬어 찾아 누르자 뭐라고 말을 하기도 전에 소년의 목소리가 들렸다.

"너 외로워하는구나."

"널 줄 알았어."

더스티는 쉿쉿거리는 발소리에 귀를 기울이며 계속해서 걸어갔다.

"빛 때문에 그런 거야."

"뭐가?"

"전부 다. 불도 그렇고."

"그 불은 누구 거야?"

"누구의 불도 아니야. 불은 불일 뿐이지."

뜨거운 눈송이가 계속해서 내렸다.

"내가 보고 느끼는 걸 너도 보고 느끼고 있어. 일부이긴 하지만 어쨌든 그래. 아마 결국엔 내가 보고 느끼는 모든 것들을 전부 다 느끼게 될 거야."

소년이 말했다.

"전혀 그러고 싶지 않은걸."

"나도 네가 그러길 바라지 않아. 하지만 넌 그걸 막을 수 없을 거야. 이제 너와 내가 떨어지는 일은 없어. 너를 위해서 너하고 떨어지지 않을 거야."

더스티는 온통 눈이 부셔 주변 경치가 제대로 보이지도 않고, 눈으로 볼 수 있는 외부 세상이 과연 있기는 할지 의심스러운 상황에서 더듬더듬 오솔길을 따라 계속해서 걸음을 옮겼다. 여전히 왼편에는 학교 운동장이 이어졌고, 오른편에는 드넓게 펼쳐진 들판이 하얀 베일 같은 순백의 눈에 점점 두껍게 뒤덮여 고요하고 적막했다.

"넌 제정신이 아니야. 너도 알지, 응?"

소년은 아무 말 하지 않았다.

더스티는 학교 운동장 끝에 다다라 갈림길에서 걸음을 멈추었다. 여전히 사람의 자취는 없었다. 왼쪽 길을 택해 공업단지를 지나서 죽 따라 내려가고 싶어졌다. 잘하면 사람들 눈에 띄지 않고 무사히 목적지에 도착할지도 모른다. 하지만 그쪽 길은 굉장히 위험하다. 반대쪽 길은 그보다 길지만 훨씬 인적이 드물었다. 더스티는 오른쪽 길을 택해 그쪽으로 걸음을 옮겼다.

"잘못된 길을 택했잖아."

소년이 말했다.

"네가 어떻게 알아?"

"몰라. 그냥 느낌이 그래. 돌아서 다른 길로 가."

"꺼져."

이 길이 싫었지만 소년은 더 싫었다. 소년이 원하는 건 뭐든 자신을 혼란스럽게 만드는 것 같았다. 더스티는 가늘게 실눈을 뜨고 빛 속을 들여다보며 자신이 어디로 가고 있는지 확인하면서 계속 걸어갔다. 가까스로 오솔길 주변을 알아볼 수 있었다. 길은 좁고 바람이 많이 불며 인적은 끊겼다. 길쭉한 정원에 나무가 베어 있는 왼편 집들은 유령이 나올 것처럼 창백했다. 오른쪽 들판은 눈에 덮여 반짝반짝 산뜻해 보였지만, 어딘지 모르게 으스스하고 차갑고 적의에 차 있는 것 같았다.

"네가 내 말을 듣지 않으면 난 널 도울 수가 없어."

"지금 듣고 있잖아."

"그렇다면 되돌아서 다른 쪽 길로 가."

"도대체 나한테 전화 왜 한 거니?"

"강해지라는 말을 하려고."

더스티는 전화기를 꼭 쥔 채 그 자리에 멈춰 섰다. 눈은 그쳤다. 여전히 온몸으로 뜨거운 열기가 흐르고 있었지만 차츰 잦아들었다. 빛도 마찬가지였다. 이제 좀 더 멀리, 더욱 또렷하게 앞을 볼 수 있었다. 하지만 고통은 그 어느 때보다 깊었다.

"어디에 있든 외로운 법이야, 안 그래?"

소년이 말했다.

"도대체 무슨 말을 하고 있는 거야?"

"별 말 아니야."

"나한테 왜 전화한 거야? 강해지라느니, 어딜 가나… 뭐가 어떻다느니 그런 말 같지도 않은 소릴 하려고 전화를 한 건 아닐 거 아냐."

더스티가 전화기를 꼭 쥐고 물었다.

"맞아. 그런 말 하려고 전화한 건 아니야."

"그럼 대체 왜 전화를 한 거야?"

"조쉬에 대해 이야기하고 싶었어. 조쉬에게 무슨 일이 있었는지 영상이 떠오르기 시작했거든. 이제 막 보이기 시작해서…."

소년이 갑자기 하던 말을 멈추었다.

"왜 그래?"

소년은 잠시 말이 없더니 전화기에 대고 소리를 질렀다.

"더스티, 뛰어!"

"하지만…."

"지금 당장 빨리 뛰란 말이야!"

"조쉬 오빠 이야기를 한다며?"

"일단 뛰어! 제발, 더스티. 무슨 소리가 들렸어."

이제는 더스티에게도 그 소리가 들렸다. 눈길 위를 돌진하는 발자국 소리, 거친 숨소리. 전에도 이런 숨소리를 들은 적이 있어서 그들이 누군지 단번에 알 수 있었다. 재빨리 뒤를 돌아보았다. 포니테일로 머리를 묶은 남자의 모습은 보이지 않았지만, 그의 아들들이 지난번 공원 정문에서부터 노을로 향하는 좁은 길을 따라 내려가며 더스티를 추격했던 것처럼 지금도 전속력을 다해 오솔길을 달려오고 있었다.

"뛰어!"

소년이 전화기에 대고 소리쳤다. 더스티는 벌써 달리고 있었다. 이번에는 절대로 잡히지 않으리라 마음먹었다. 적어도 50미터는 앞서 있기 때문에 잘하면 그들보다 훨씬 빨리 오솔길 끝에 도착해서 시내 중심가로 향하는 길 하나를 택해 내려간 다음 안전하게 모습을 감출 수 있을 터였다. 더스티는 여전히 휴대전화를 꼭 쥔채 전속력을 다해 뛰었다. 휴대전화를 통해 소년의 고함소리가 들렸다.

"뛰어! 뛰어! 뛰어!"

어깨너머로 뒤를 돌아보았다. 차이는 좁혀졌지만 이 정도 거리는 예상했기에 무사히 도착할 수 있으리라는 자신이 있었다. 더스티는 미끄러운 길 위를 얼음 지치듯 미끄러져 달리면서 비틀비틀 앞으로 향했다. 저 앞 오솔길 끄트머리에 울타리를 넘어가는 계단이 있고, 그 위로 도로가 나 있었다. 저 계단을 올라가서 왼쪽으로 돌아 도로를 따라 간 다음, 길 하나를 택해 죽 내려가기만 하면 100미터도 채 가기 전에 모습을 숨길 수 있다.

더스티는 다시 어깨너머로 흘끔 뒤를 돌아보았다. 차이는 아까보다 훨씬 좁혀졌지만 아직은 괜찮았다. 휴대전화에서 소년이 뭐라고 고함을 지르는 소리가 들렸다. 무슨 말인지 알아듣기 어려웠다. 전화기를 귀에 대고 뛰느라 속도가 느려지는 것 같다는 생각도 들었다. 더스티는 울타리를 넘는 계단을 향해 곧장 달려가 계단을 오르기 시작했다. 또다시 휴대전화에서 고함소리가 들렸다. 이번에는 무슨 소리인지 알아들을 수 있었다.

"울타리 계단을 넘어간 다음 오른쪽으로 돌아!"

더스티는 울타리 너머 바닥으로 풀쩍 뛰어 내렸다.

"이제 오른쪽으로 가!"

소년이 소리쳤다. 하지만 더스티는 왼쪽으로 돌았다. 소년이 무슨 생각을 하는지 모르겠지만, 개미 새끼 한 마리 다니지 않고 아무런 보호막도 찾을 수 없는 오른쪽 길로 간다는 건 바보 같은 짓이었다. 그 길로 가다가는 남자들에게 잡히기 십상이었고 누군가도와주리라는 건 전혀 기대할 수 없었다. 왼쪽 길로 가면 사람이 많은 번화가가 나온다. 더스티는 시내 중심가로 향하는 도로를 따라 달리다가 문득 공포에 질려 우뚝 걸음을 멈추었다.

흰색 소형트럭이 자신을 향해 달려오고 있었다.

더스티는 소형트럭을 응시하다가 어깨너머로 뒤를 바라보았다. 두 소년이 벌써 울타리를 넘는 계단을 오르고 있었다. 소형트럭은 큰소리를 내며 가까이 다가왔다. 자동차 앞유리를 통해 포니테일로 머리를 묶은 남자가 자신을 노려보는 모습이 보였다. 더스티는 어디 탈출할 만한 데가 없는지 찾기 위해 재빨리 주위를 둘러보았다.

아무 데도 없었다.

소형트럭이 미끄러지듯 정지했고 남자가 차에서 내렸다. 소년들이 가까이 달려오는 바람에 더스티 뒤로 거친 숨소리가 들렸다. 이제 할 수 있는 일이 아무것도 없었다. 더스티는 전화기에 대고 소리를 질렀다.

"도와줘! 도와줘!"

그때 손 하나가 더스티의 팔을 붙잡고 더스티의 손아귀에서 전화기를 빼냈다. 더스티는 포니테일로 머리를 묶은 남자의 눈을 뚫어져라 쳐다보았다. 남자 역시 더스티를 노려보면서 발로 휴대전화를 짓밟아 부숴버렸다. 두 소년이 가까이 다가왔다.

"나한테 손대지 마!"

아무도 대꾸하지 않았다. 그들은 그저 더스티를 들어 올려 소형트럭 뒤에 아무렇게나 던져놓고는 굉음을 내며 도로를 달릴 뿐이었다.

28

더스티는 두 아들에게서 떨어져 소형트럭 가장자리로 슬금슬금 다가갔다. 소형트럭이 도로를 지나면서 덜컹 하고 흔들릴 때조차 아들들은 자리에 풀썩 쓰러지면서도 꼼짝 않고 더스티를 감시했다. 두 아들 모두 아무 말이 없었다. 그들의 아버지 또한 투박한 두 손으로 핸들을 꼭 잡고 시선은 도로 앞에 고정시킨 채 입을 굳게 다물고 있었다.

온몸이 벌벌 떨렸다. 마음을 가라앉히려 애썼다. 겁먹은 것처럼 보이고 싶지 않았다. 앞으로 뭘 어떻게 할 심산인지 이 남자들은 입도 벙긋한 적 없지만, 더스티는 그들이 무슨 짓이라도 할 수 있는 사람들이라는 걸 잘 알고 있었다. 더스티는 가슴까지 무릎을 당겨 꼭 끌어안았다.

소형트럭 내부는 난장판이었다. 그들은 뭐 하나 차곡차곡 끈으로 묶거나 지퍼로 잠가놓거나 그릇에 담지 않은 채 모든 물건을 엉망으로 나뒹굴게 내버려두었다. 침낭이며, 담요며, 여행 가방들이 사방팔방 내동댕이쳐져 있었다. 눈을 두는 곳마다 음식을 포장해 담았던 빈 플라스틱 상자며 빳빳한 종이 상자, 사과 꽁다리들이 아무렇게나 널브러져 있었다. 맥주 깡통과 생수 병들도 바닥 여기저기에 굴러다녔다. 텐트 가방으로 보이는 것 밑에는 뭉그러진 휴대용 석유난로와 캠핑용 가스난로가 쑤셔 박혀 있었다.

이제 오르막길을 가고 있었다. 더스티는 앞유리로 밖을 내다보았다. 남자가 벡데일에서 벗어나 시내 동쪽의 높은 지대를 향해 호수와 황무지, 집으로 가는 길에서 떨어진 곳으로 데리고 가고 있다는 걸 알았다. 근육이 죄어오는 느낌이 들었다. 이제 약간 높은 지대로 올라왔고, 곧이어 들판이 이어졌으며, 잠시 후 한층 높은 지대인 삼림지 초입에 다다랐다. 더스티는 벌써 앞유리를 통해 제일 앞에 줄지어 선 나무들을 볼 수 있었다. 얼어붙은 대낮, 침엽수들이 앙상한 가지 끝에 흰 눈을 뒤덮은 채 꼼짝 않고 서 있었다.

다시 눈이 내렸다. 남자는 앞유리 와이퍼를 켜고 운전을 계속했다. 이제 사방은 나무 천지였다. 차량은 줄곧 오르막길을 오르더니 갑자기 속도를 늦추었다. 잠시 후 소형트럭이 갑자기 세게 흔들리자 남자는 기어를 한 단계 낮춘 다음 다시 엔진을 회전시켜 급히 우회전을 해 좁은 길로 향했다. 도로 상태가 아까보다 험한 것으로 보아 그들이 어디로 향하는지 대략 짐작이 됐다. 더스티의 마음은 온통 두려움으로 가득 찼다. 자신을 이렇게 으슥한 곳으로 데리고 가는 이유는 딱 한 가지뿐이었다. 다른 이유가 있으리라고는 생각할 수 없었다.

더스티는 무기가 될 만한 것을 찾으려고 재빨리 주위를 둘러보았다. 기회는 단 한 번뿐이다. 그들을 내려치고 냅다 달아나야 한다. 어쩌면 시간낭비에 불과한 실낱 같은 희망일지 모르지만 어쨌든 시도는 해봐야 했다. 이대로 이들 손에 죽어 쓰레기처럼 내던져질 수는 없다. 더스티는 소년들에게 자신의 의도가 들키지 않도록 애쓰면서 줄곧 사방을 살폈다.

그때 한쪽 구석에서 무슨 손잡이 같은 것이 낡은 코트에 덮여 있는 모양이 눈에 띄었다. 언뜻 삽으로 보이는 손잡이 두 개와… 총도 하나 있었다. 턱수염을 기른 남자가 가지고 있던 것과 똑같이 생긴 이연발식 엽총이었다. 하지만 두 자루의 삽과 엽총 모두 소형트럭 저 구석에 놓여 있었고, 더스티 옆에는 두 소년 가운데 덩치가 큰 소년이 앉아 있었다.

소형트럭이 끽 소리를 내며 멈춰 섰다. 남자는 시동을 끄고 의자에 앉아 옆으로 몸을 비틀더니 흉악한 눈빛으로 더스티를 돌아본 다음 두 소년을 흘긋 쳐다보았다.

"끌어내려."

남자가 명령했다. 더스티는 총이든 삽이든 손에 잡히는 것은 뭐든 잡으려고 구석으로 몸을 날렸다. 하지만 덩치 큰 소년이 더스티를 덮쳤다.

"멍청하게 굴지 마."

그가 더스티를 움직이지 못하게 붙잡으며 무섭게 소리를 질렀다. 다른 한 소년은 뒷문을 열고 더스티의 다리를 붙잡았으며, 곧이어 덩치 큰 소년과 함께 더스티의 두 팔을 잡아 소형트럭 밖으로 끌어 내렸다. 남자는 벌써 밖에서 기다리고 있었다.

"바닥에 내려놔."

남자가 말했다. 더스티는 순식간에 눈 속에 큰대자로 나자빠졌다. 세 남자가 더스티 옆에서 더스티를 내려다보며 서 있었다.

"일으켜."

더스티는 꼼짝도 하지 않았다. 절대로 움직이지 않으리라 마음 먹었다. 물론 그들이 무슨 짓을 하려고 든다면 막을 재간이 없다는 걸 잘 알지만, 그렇다고 고분고분 말을 들을 생각은 없었다. 절대로, 어떤 일이 있어도, 그렇게는 할 수 없었다. 남자가 두 소년을 쳐다보았다.

"똑바로 일으켜 세워."

그들은 더스티를 억지로 잡아 일으켜 똑바로 세우려 했다. 하지만 더스티는 다리를 축 늘어뜨리고 온몸에 힘을 뺐다.

"오호, 장난을 치시겠다?"

남자가 가까이 다가와 더스티의 얼굴을 바싹 들여다보았다.

"제대로 일어서시지. 안 그러면 이렇게 해주는 수가 있으니까."

남자가 더스티의 뺨을 찰싹 때렸다.

"안 그러면 이렇게 해주겠다고."

남자가 다시 또 더스티의 뺨을 쳤다.

"이렇게… 이렇게…."

더스티는 매번 몸을 움츠려 충격을 완화시켰다. 그러자 남자가 갑자기 동작을 멈추더니 더스티의 눈동자를 들여다보았다. 더스티는 남자를 증오하고, 남자의 아들들을 증오했으며, 무엇보다도 저항하기로 결심해놓고 사실상 그가 바라는 대로 똑바로 몸을 일으키고 서 있는 자기 자신을 증오하면서 남자를 노려보았다. 남자는 만족스러운 표정으로 더스티를 지켜보았다.

"훨씬 낫군. 세스, 그 애를 데리고 와. 사울, 넌 삽을 가지고 오고."

남자가 다시 소년들을 흘긋 바라보았다. 그들은 눈 쌓인 좁은 길로 더스티를 끌고 갔다. 더스티는 초조하게 주위를 살폈다. 이곳은 익히 잘 알고 있는 장소였다. 조쉬 오빠를 따라다니던 시절, 오빠와 함께 수도 없이 이곳에 왔었다. 이따금 오빠가 혼자 훌쩍 사라져버려 어디로 갔는지 아무도 찾지 못할 때면 더스티는 이곳에 와서 오빠를 찾곤 했다. 조쉬 오빠는 시내 위에 위치한 높은 지대를 거닐면서 시내 반대편에서부터 레이븐 산에 이르기까지 벡데일 전역을 내려다보는 걸 좋아했었다. 공작의 비밀 별장도 무척 좋아한 것 같았다.

오래된 이 폐허 역시 남자의 목적지가 틀림없었다. 더스티는 이제 좁은 길 저 끝에 놓인 폐허를, 지붕도 없이 둥근 외형만 덩그러니 남은 채 하얀 눈에 뒤덮인 이 잔해를 알아볼 수 있었다. 더스티는 바로 앞에 서 있는 세스의 손에 팔이 붙들린 채 비틀비틀 걸었고, 사울이라고 불리는 소년은 양 손에 한 자루씩 삽을 들고 몇 발자국 뒤에 따라왔다. 모두가 비밀 별장 밖에 멈춰 섰을 때 사울이 삽을 내던졌다. 남자가 더스티를 훑어보았다. 내리는 눈에 그의 까만 머리카락이 반짝거렸다.

"이 저택 알지?"

더스티는 아무 말 하지 않았다.

"100년 전 한 늙은 공작이 지은 저택이야. 이 저택의 유래를 아나?"

남자는 대답을 기다리지 않았다.

"벡데일 아래쪽에 백작이 살던 대저택이 있지. 지금은 유스호스텔로 바뀌었지만. 그에게는 아내가 있었어. 그런데 정부도 한 명 두었던 거야. 그래서 어디든 정부를 은밀히 데려다놓을 장소를 마련하기 위해 이 작은 저택을 지었지. 저택은 제 역할을 톡톡히 했어. 공작의 아내는 공작이 바람피우는 사실을 감쪽같이 몰랐으니까. 하지만 이 지역 사람들은 죄다 알았어. 그래서 결국 이 저택을 공작의 비밀 별장이라고 부르게 된 거야. 공작이 정부한테 아주 푹 빠졌거든. 정신 못 차릴 정도로 아주 미쳐 있었어."

더스티는 남자를 차갑게 노려보았다.

"150년이에요. 100년이 아니라 150년 됐다고요. 그리고 공작부인도 당연히 알고 있었거든요. 그래서 공작을 떠난 거예요. 벡데일에 사는 사람치고 공작의 비밀 별장을 모르는 사람이 어디 있어요?"

"그렇다면 네 비밀 별장에 대해 말해보시지. 너도 상당히 제 정신이 아니잖아."

남자가 가까이 다가와 말했다.

"이제부터 내가 하는 말 잘 들어. 이건 개인적인 이야기야. 내가 아주 아끼는 아이가 크게 다쳤어. 그런데 그 애를 다치게 한 사람이 바로 네가 보호해주고 싶어 하는 바로 그 놈이란 말이지. 나한테 이 문제는 아주 간단한 거야. 그 녀석만 찾으면 되거든."

남자의 눈빛이 냉혹해졌다.

"더구나 난 다른 사람들이 그 녀석을 찾기 전에 내 손으로 먼저 놈을 찾아야 해. 물론 다른 사람들도 나름대로 녀석에 대해 불만이 많고, 그것만으로도 네가 왜 그렇게 끝까지 입을 다물고 있는지 의심하고 있어. 하지만 나한텐 그 사람들까지 생각할 겨를이 없어."

남자가 잠시 숨을 돌린 다음 다시 말을 이었다.

"물론 너를 배려해줄 여유도 없어. 나는 무엇보다 먼저 녀석부터 찾고 봐야 해. 다른 사람들이 찾아내기 전에 말이지. 그렇기 때문에 너든 다른 사람이든 내 행동을 막게 가만두고 보지 않을 거야."

"난 그 소년이 어디에 있는지 몰라요. 설사 안다고 해도 아저씨한테는 절대로 말하지 않을 거예요."

"저 애한테 삽 한 자루 줘라, 사울."

사울이라고 하는 소년이 허리를 구부렸다.

"그런 수고 안 해도 돼. 내가 내 무덤을 파는 일은 절대로 없을 테니까."

더스티가 소년에게 말했다.

"삽 집어 들어라, 사울."

남자가 말했다. 사울이 삽 한 자루를 집어 들었다. 남자는 여전히 더스티의 얼굴을 노려보며 아들에게서 삽을 뺏어 들더니 놀랍게도 자신이 직접 땅을 파기 시작했다. 더스티는 뒷걸음질 쳤다. 그러자 세스의 손이 더스티의 팔을 꽉 붙들었다.

"이 손 치워! 달아날 생각은 없으니까!"

그건 거짓말이었고, 세스의 손힘이 오히려 더 세진 것으로 보아 그가 더스티의 말에 속지 않은 게 분명했다. 남자는 계속해서 땅을 팠다. 더스티는 그 모습을 지켜보며 우두커니 서 있었다. 남자는 금세 눈 쌓인 표층을 파내려 가더니 이내 땅 위로 올라왔다. 더스티는 구덩이를 자세히 들여다보고 그것이 꽤 넓고 깊다는 걸 알았다. 잠시 후, 남자가 더스티에게 무엇을 보여주고 싶어 하는지가 분명해졌다.

두 마리의 투견이 눈을 맞아 털이 축축하게 젖은 채 나란히 누워 있었다. 죽은 상태인데도 여전히 무시무시해 보였다. 이건 정상적인 죽음이 아니었다. 짐승들은 납작 엎드려 있었고, 얼굴이며 목에 무언가로 세게 얻어맞은 흔적이 보였다. 대체 무엇으로 얼마나 세게 내려쳤기에 이 정도로 엄청난 상처를 남길 수 있는 건지 도무지 상상이 되지 않았다. 망치로 힘껏 내려쳤거나 뭔가 크고 무거운 것으로 압사가 되도록 내리 눌렀거나 아무튼 굉장히 잔인하고 아주 비범한 힘으로 이 짐승들에게서 생명의 흔적을 모조리 앗아가 버렸다.

더스티는 자신의 눈앞을 깜깜하게 만들었던 암흑과 기관차고가 떠올랐다. 아무래도 그 당시 무언가가 소년의 행동을 억제시켜 이런 끔찍한 운명에서 자신을 구해준 게 틀림없었다. 무언가가 자신의 의식을 되찾아준 게 분명했다. 하지만 이제 이 짐승의 생명은 그 무엇으로도 되살아나지 못할 것이다.

"그 자식이 이 개들을 죽였어. 우리는 여기 위에서 비밀 별장까지 놈을 뒤쫓았지. 그러다가 놈이 저쪽 나무 사이에 앉아 불을 지피는 걸 발견했어. 개들이 녀석을 향해 달려갔는데 녀석이… 개들을 향해 무언가를 던지더군. 그게 뭔지는 보이지 않았어. 그런데 개들이 마치 미사일처럼 허공 위를 날아 되돌아오는 거야. 그리고 다시는 움직이지 않았어. 완전히 죽어버린 거지. 그 망할 자식은 달아났고."

남자가 더스티의 멱살을 잡으며 말을 이었다.

"개들한테 그런 짓을 할 정도면 사람한테 무슨 짓을 할지 생각해봐. 그 자식은 이미 성폭행을 저질렀어. 그거 말고도 무슨 짓을 저질렀는지 알게 뭐야. 대체 그 놈이 얼마나 많은 해를 입히고 돌아다녀야 우리한테 놈을 넘겨주겠어?"

"말했잖아요! 그 애가 어디에 있는지 저도 모른단 말이에요!"

"네 말을 어떻게 믿어! 처음에 그 놈을 뒤쫓다가 네 발자국을 발견했어. 그 다음엔 놈이 네게 전화를 걸었다는 말을 사람들한테 들었지. 그리고 얼마 후 녀석의 오카리나인지 뭔지 하는 게 네 방에 있다는 사실이 밝혀졌어. 어디 그뿐인 줄 알아. 우린 너에 대한 소문이 온 지역에 파다하게 퍼졌다는 사실도 알고 있어. 그러니 녀석이 어디에 있는지 모른다는 소리는 집어치워."

"정말로 그거 말고는 아저씨한테 더 할 말이 없단 말이에요."

더스티는 남자를 노려보았다. 지금은 달리 할 수 있는 게 아무것도 없었다. 달아날 수도 없고 싸울 수도 없다. 그나마 할 수 있는 것이라고는 저항뿐이었다. 남자는 더스티의 멱살을 숨이 막히도록 바싹 쥐었다.

"그렇다면 개들하고 같이 무덤에 처넣는 수밖에."

더스티는 남자의 손아귀에서 빠져나오려 발버둥쳤지만 그럴수록 남자는 더스티를 더욱 단단히 움켜쥐었다.

"이 애를 붙잡고 있어, 세스."

세스가 더스티를 꽉 붙잡았다. 남자는 더스티의 멱살을 풀어주고 다른 소년을 향해 소리쳤다.

"사울! 세스를 도와줘! 저 애를 단단히 붙잡아!"

더스티는 세스의 팔에서 발버둥치며 벗어나려 애썼다.

"사울! 네 형을 도우라니까!"

"아빠, 그런데요… 이래도 되는 건지 모르겠어요…."

"시키는 대로 해!"

사울이 더스티의 나머지 한쪽 팔을 붙잡았다. 더스티는 계속해서 발로 차고 몸부림을 쳤다.

"날 풀어줘!"

더스티가 날카롭게 외쳤다. 남자가 머리 위로 삽을 높이 쳐들었다.

"이번이 마지막 기회야!"

남자가 큰소리로 고함을 질렀다. 그런데 더스티가 뭐라고 대꾸하기도 전에, 남자가 삽을 아래로 내려치기도 전에, 무언가가 남자의 얼굴을 세게 후려쳤다. 남자는 고통스럽게 울부짖으며 눈 위로 삽을 떨어뜨렸다.

"젠장 뭐야 이거⋯."

남자가 낮게 구시렁거리며 한 손을 얼굴에 가져다 댔다. 뺨에서 피가 뚝뚝 떨어지고 있었다.

더스티는 눈 속에 묵직한 돌멩이 하나가 떨어져 있는 걸 발견했다. 더스티는 다시 두 소년을 향해 미친 듯이 발길질을 했다. 하지만 둘 다 더스티에게 딱 달라붙어 놓아줄 기미를 보이지 않았다. 바로 그 순간, 나무 사이에서 크고 뾰족한 돌멩이들이 날아와 그들 위로 후드득 떨어졌다. 하나는 사울이 맞았고, 또 하나는 남자가 맞았다. 세 번째 돌멩이는 더스티의 어깨 위에 맞았다.

"빌어먹을, 피가 나잖아!"

세스가 소리쳤다. 더스티는 다시 발버둥을 쳐 오른손을 비틀어 빼낸 다음 세스에게 주먹을 날렸다. 세스가 더스티에게 달려들었을 때 더스티의 주먹이 그의 눈을 정통으로 맞췄다. 세스는 비명을 지르고 휘청휘청 뒤로 물러났다. 더스티는 사울의 손을 뿌리치고 비밀 별장을 향해 눈길 위를 비틀거리며 걸어갔다.

숲에서 더 많은 돌멩이들이 날아왔다. 남자와 그의 아들들은 삽을 내팽개친 채 소형트럭을 향해 냅다 달아났다. 더스티는 가쁜

숨을 몰아쉬고 우두커니 서서 그들의 뒷모습을 바라보았다. 대체 어떤 사람들이 돌을 던진 건지 알 길이 없었다… 하지만 이내 그게 누구든 상관하지 않기로 했다.

더스티는 눈물을 펑펑 흘리며 땅바닥에 털썩 주저앉았다. 잠시 후 소형트럭이 엔진을 회전시켜 좁은 길을 후진해 나간 다음 굉음을 내며 벡테일로 돌아가는 소리가 들렸다. 곧이어 저 뒤편 눈길에서 발자국 소리가 들려 뒤를 돌아보았다.

데니와 게빈이었다.

그들이 비밀 별장에서 몇 발자국 떨어진 곳에 멈춰 서서 더스티를 내려다보고 있었다. 잠시 후 사라 문과 비키 스펜스도 숲 가장자리에서 모습을 드러냈다. 그들은 밖으로 걸어 나와 남자아이들과 합류했고, 그렇게 해서 네 사람 모두 앞으로 걸어 나왔다.

더스티는 움직이지 않았다. 그 자리에 앉아 엉엉 소리 내어 울고만 있었다. 남자와 그의 아들들에게는 온갖 방법을 동원해 반항하는 태도를 보였어도 이 네 명의 친구들 앞에서까지 굳이 용감한 척할 필요는 없을 것 같았다. 사라가 몸을 굽히고 물었다.

"너 괜찮니?"

더스티는 코를 훌쩍이며 대답했다.

"응."

"저 사람들 누구야?"

"얘기하자면 길어."

"그 이상한 소년과 관련 있는 거야? 네가 사귄다나 뭐라나 하는 그 남자애… 그러니까… 내 말을 오해하지는 말고…."

"얘기하자면 길어."

더스티가 소매 끝으로 얼굴을 닦고 자리에서 일어섰다.

"고마워. 너희들이 거기에 있어주다니, 정말 운이 좋았어."

"저들이 몹쓸 짓을 하려던 찰나에 달아나게 돼서 다행이야."

비키가 말했다.

"마침 우리도 돌멩이가 다 떨어져가고 있었거든. 원래 숲에 돌멩이가 별로 없잖니. 그런데 누군가가 최근에 불을 피우려고 돌멩이로 바닥을 다져놓았던가 봐. 덕분에 우리가 그 돌멩이를 던졌던 거지."

더스티는 또다시 눈물을 닦았다. 무슨 말을 해야 할지 알 수가 없었다.

"그런데 너희들 학교에 있어야 되는 거 아니야?"

마침내 더스티가 말을 꺼냈다.

"너도 마찬가지잖아?"

데니가 말했다. 더스티는 잠시 데니를 찬찬히 뜯어보았다. 카말리카를 비롯한 다른 친구들의 말이 옳았다. 데니의 얼굴과 두 뺨, 특히나 머리카락은 조쉬 오빠와 닮은 구석이 있었다. 물론 조쉬 오빠처럼 완전히 금발은 아니었고, 피부가 비단처럼 매끄럽지도 얼굴이 잘 생기지도 않았으며, 눈동자가 눈부시게 매력적이지도 않았다. 하지만 어딘가 모르게 닮은 구석이 있는 건 사실이다.

"지난번 광장에서 너한테 달려들었던 거 미안해."

더스티가 말했다. 데니는 어깨를 으쓱해 보였다.

"괜찮아."

"난 그저… 너희가… 눈뭉치 속에 돌맹이를 숨겨놓아서…"

"너한테 맞히려고 했던 거 아니었어."

"뭐?"

"너를 맞히려고 했던 거 아니라고. 새로 전학 온 여자애한테 맞히려고 했던 거야. 그 여자애 이름이 뭐더라?"

"안젤리카."

비키가 말했다. 더스티가 그들을 뚫어져라 처다보았다.

"그건 왜? 안젤레카가 너희한테 뭘 어쨌다고?"

"안젤리카는 그쪽 일당이잖아."

데니가 말했다.

"누구 일당?"

"그 여행객들 말이야. 안젤리카는 낡은 이동주택들이 모여 있는 곳에서 살아. 그 애가 그 사람들하고 같이 있는 걸 여러 번 봤어. 진짜 골치 아픈 인간들이야. 우리 집이 그 부지 바로 아래에 있잖아. 어떤 사람들은 그럭저럭 괜찮은데 대부분은 완전 구제불능이야. 그 사람들 때문에 돌아버리겠다니까. 정말이지 이 동네에 안 나타났으면 좋겠어. 그래서 우리는 이 지역은 당신들을 환영하지 않는다는 사실을 기회가 될 때마다 알려주려고 해. 이제 내 말 알겠니?"

그때 게빈이 팔꿈치로 데니를 슬쩍 찔렀다.

"우린 이제 그만 돌아가야겠다. 이 일을 경찰에 알려야겠어."

더스티는 두 마리의 개가 묻힌 곳으로 다가갔다. 개의 털은 이제 눈에 덮여 새하얗게 변했다. 다른 아이들도 더스티 곁으로 다가왔다.

"아유, 사납게 생겼다."

비키가 말했다. 더스티는 삽 한 자루를 집어 들고 개의 시체 위에 흙을 덮기 시작했다.

"그만 놔둬. 이제 남자애들한테 하라 그래."

사라가 말했다. 남자아이들은 머뭇거렸지만 사라가 한번 흘긋 쳐다보자 각자 삽을 들고 더스티가 하던 일을 맡아 했다. 더스티는 기진맥진한 몸으로 좁은 길을 향했다.

"경찰엔 내가 전화할게. 하지만 벡데일에서 전화하지는 않을 거야. 집에서 할 생각이야. 너희까지 이 일에 말려들 필요는 없잖아."

더스티가 말했다.

"하지만 우리도 관련이 있는걸. 목격자로 우리가 필요할 거야. 그 사람들이 널 죽이려고 했잖아."

사라가 말했다.

"그렇게 되면 너희는 학교 땡땡이 쳤다고 야단을 맞을 텐데."

"아무 말 하지 않으면 훨씬 더 큰 벌을 받을 걸."

더스티가 멍하니 사라를 바라보다가 고개를 저었다.

"역시 집으로 가는 게 좋겠어. 아무래도 집에 있어야 할 것 같아."

하지만 지금으로서는 다른 장소와 마찬가지로 집이라고 해서 안전할 것 같지 않았다.

29

더스티는 친구들을 두고 벡데일로 이어지는 좁은 길을 향해 걸음을 옮겼다. 눈은 다시 그쳤고 대기는 고요했다. 조금 전 더스티를 위협하던 눈부신 광채도 완전히 사라지고 없었다. 대신 그 자리에는 회색으로 물든 순백의 눈만 펼쳐져 있었다. 더스티는 언덕 아래 시내 중심가를 내려다보았다.

수많은 굴뚝에서 연기가 피어오르고 눈 덮인 석조건물들이 반짝반짝 빛나는 시내 중심가는 마치 한 장의 그림엽서처럼 영롱한 모습으로 아늑하게 자리 잡고 있었다. 여기 이 높은 곳에서 내려다보니 시내 저쪽 끝으로 머크웰 호수의 청록색 물빛이며 킬버리 무어 황무지 가장자리를 빙 돌아 펼쳐진 새하얀 호숫가가 선명하게 눈에 들어왔다. 킬버리 무어 황무지 위로 우뚝 솟아오른 레이븐 산의 웅장한 자태도 또렷하게 볼 수 있었다.

더스티는 혹시나 위험한 낌새가 있지는 않은지 확인하기 위해 좁은 길과 비탈길, 벡데일 거리를 연신 살피면서 걸었다. 이제 눈

감고도 갈 수 있을 만큼 익숙한 작은 시내가 눈앞에 펼쳐졌다. 하지만 어쩐지 모든 것이 달라보였다. 아니, 시내뿐 아니라 호수도, 황무지도, 산도… 그리고 자기 자신까지도 달라진 것 같았다.

어떻게 왜 달라졌는지는 알 수 없었다. 더스티는 익숙한 장소들을 내려다보며 시내 곳곳을 유심히 살폈다. 그러는 동안 자신이 사람들뿐 아니라 잃어버렸거나 부인해왔던 자신의 일부도 함께 찾고 있다는 사실을 깨달으며 깜짝 놀랐다. 다시 외로움이라는 감정이 찾아왔고, 이번에는 마음을 오싹하게 만드는 공포까지 한데 뒤엉켰다.

소형트럭이 내려가면서 만들어놓은 바퀴 자국을 따라 좁은 길을 내려갔다. 이제 소형트럭은 어디에도 보이지 않았다. 어쩌면 남자가 더 아래쪽에 잠복해 자신을 기다릴지도 모른다고 가정도 해보았지만 그렇지는 않을 것 같았다. 남자가 미친 듯이 도망친 모습을 생각하면 가정이 틀릴지도 모른다. 남자가 기겁을 하고 달아난 건 돌멩이 때문이 아니었다. 그건 자신이 누군가에게 발각되어 곧 경찰에 신고당할지 모른다는 두려움 때문이었다.

어쨌거나 분명한 사실은 남자와의 관계가 아직 완전히 끝나지 않았다는 것이다.

더스티는 마음이 잔뜩 움츠러든 채 터벅터벅 걸음을 옮겼고, 어딘지 모르는 길을 따라 걷는 지금의 자기 모습처럼 자신의 생각 또한 알지 못하는 내면 어딘가로 흘러 들어가고 있는 것만 같았다. 이 길 위에 서 있으려니 이상할 정도로 차분한, 바깥의 대기만큼이나 고요한 느낌이 들었지만 그 느낌이 무척이나 낯설고 당혹스러워 이마저도 조심스러웠다.

걷는 내내 계속해서 주위를 살피고 귀를 기울였다. 고요는 깊어졌고, 또다시 뜨거운 열기가 자신의 주위로 뭉게뭉게 피어오르는 느낌이 들었다. 더스티는 하얀 눈을 바라보았다. 눈은 이전에 보았던 눈부신 광채가 아닌 그보다 좀 더 엷은 빛에 타는 듯 빛나고 있었다. 저 아래 벡데일 거리에서 자동차 소리가 들려왔다.

그 소리가 마치 자신과 동떨어진 세계에 속한 것인 듯 스스로 소리로부터 단절되어버린 것만 같은 섬뜩한 기분이 들었지만, 이런 기분이 오래 지속되지는 않았다. 벡데일에 가까이 다가갈수록 점점 그와 정반대의 느낌, 자신도 저 안에 속해 있다는 느낌이 들기 시작했다. 하지만 그 느낌은 더스티를 더욱더 불안하게 만들었다.

어디에 있든 외로운 법이야.

더스티는 몸을 떨었다. 마치 자기 자신이 소리의 원천이기라도 한 듯 이제는 자동차 소음이 자신으로부터 뿜어져 나오는 것만 같았다. 갑자기 호흡이 빨라지는 느낌이 들었다. 고요는 완전히 끝났다. 더스티는 흰 눈과 낮은 언덕과 들판과 돌담과 관목 숲과 자신의 입김을 물끄러미 바라보면서, 아주 잠깐 자신이 누구이고 주변의 것들은 무엇인지 완전히 감각을 잃어버렸다.

'넌 미쳤어.'

더스티는 자기 자신을 향해 중얼거렸다. 그리고는 깜짝 놀랐다. 언젠가 똑같은 말을 소년에게 한 적이 있는데, 지금 자기 자신에게 그 말을 하고 있는 것이다. 더스티는 세상과 동떨어진 듯한 이 기묘하고도 이상한 비공간적인 곳에 서서 주위를 두리번거렸다. 자신의 내부에서, 자신이 바라보는 모든 것 안에서, 순백의 불길이 강렬하게 흔들리며 타오르는 걸 느꼈다. 더스티는 조쉬 오빠를 떠올리고, 조쉬 오빠의 영상에 매달렸다. 적어도 조쉬 오빠만은 한결같았다. 적어도 조쉬 오빠만은 실재하는 존재였다. 아니, 어쩌면 조쉬 오빠조차 기억에 불과할지 모른다. 하지만 최소한 이 모든 것들처럼 환영은 아니었다.

"나한테 돌아와 줘."

더스티가 소년에게 말했다. 더스티는 유령처럼 흐느적거리며 앞으로 나갔지만, 혼수상태에 빠진 사람처럼 언덕 아래를 내려가는 와중에도 마음 한편이 다시 움직였다. 자신은 집에 있어야 한다는 걸, 집으로 가는 길에 누구의 눈에도 띄어서는 안 된다는 걸 잘 알고 있었다. 목장 맨 위 보행자들이 다니는 오솔길로 가면 거기에서부터 벡데일 외곽의 큰 길까지 가로지를 수 있을 테고, 그러면 시내를 완전히 피해 갈 수 있다. 도중에 버스를 잡기도 훨씬 수월하다.

보행자들이 다니는 오솔길에 다다라 그 길로 죽 따라 내려갔다. 한참 에둘러가는 길이라 느릿느릿 산책을 즐기는 사람들이 무척 선호하는 코스였다. 이 길로 가면 족히 1.5킬로미터 이상은 더 걸어야하지만 그런 건 상관없었다. 조쉬 오빠와 이야기를 나누면서 하염없이 길을 내려갔다. 아무리 말을 건네도 돌아오는 말 한 마디 없이 오직 침묵뿐이었지만. 조쉬 오빠는 지금까지처럼 멀리 떨어져 있거나, 지금까지처럼 가까이 있었다.

"돌아와 줘."

더스티가 말했다. 큰길에 다다를 즈음 되자 날이 더욱 어두워졌다.

울타리 앞 계단을 올라가 도로 옆에 선 다음, 가지를 드리우며 즐비하게 늘어선 나무 아래에서 주위를 내다보았다. 지나가는 차는 없었다. 어둑어둑한 땅거미 속에서 온 사방이 고요했다. 오래된 돌담까지 길을 건넌 다음 호수 쪽으로 늘어선 너도밤나무를 지나 저 아래를 뚫어져라 내려다보았다. 지금 호수는 음울한 회색빛이었고 수면은 대기만큼이나 잔잔했다.

그때 자동차 한 대가 시내 쪽에서 다가오는 소리가 들렸다. 더스티는 울타리 가까이 다가가 자동차를 주시했다. 자동차가 재빨리 다가오면서 두 개의 헤드라이트를 드러냈다. 차종을 알아볼 새도 없이 빨리 앞을 지나갔다. 더스티는 다시 침묵이 찾아오길 기다렸다가 집을 향해 걸음을 옮겼다.

5킬로미터나 더 가야하는데 벌써 녹초가 됐다. 더스티는 버스가 어서 나타나기를 바라며, 아까처럼 조쉬 오빠를 상대로 중얼중얼 이야기를 하면서 터벅터벅 걸어갔다. 뒤쪽으로 많은 차들이 지나가는 소리가 들렸다. 더스티는 뛰어야 할 경우에 대비해 사람들 눈에 띄지 않도록 뒤로 물러났다. 자동차 여러 대가 지나갔다. 모두 멈추지 않고 곧장 달려갔다.

더스티는 걸음을 재촉해 마침내 길 끝에 있는 버스 정류장에 다다랐다. 날은 시시각각 어두워져갔지만, 다행히 백데일 방향에서 버스 한 대가 더스티를 향해 다가오고 있었다. 더스티는 버스 대합실 안쪽에 기대서서 버스가 정차하길 기다렸다. 마침내 버스가 멈춰 섰고 문이 열렸다.

운전기사는 처음 보는 뚱하게 생긴 남자였다. 더스티는 혹시나 위험인물이 있지는 않은지 살피려고 버스 안을 들여다보았는데, 승객은 맨 뒤에 앉은 중년의 아줌마 두 명이 전부였다. 더스티는 버스에 올라 운전기사에게 돈을 지불한 다음 중간쯤 자리를 잡고 앉았다. 문이 닫히고 버스가 출발했다. 더스티는 멍하니 자리에 앉아 그동안 일어난 일들을 파악해보려 애썼다. 그래봤자 별 의미는 없었다. 더스티는 달리 뭘 해야 할지 모른 채 낮은 목소리로 계속 조쉬 오빠와 이야기를 나누었다.

다음 정류장에서 두 아줌마가 내렸다. 그리고 아무도 버스에 오르지 않았다. 다시 문이 닫히고 버스는 계속해서 다음 정류장을 향해 달렸다. 더스티는 짙은 외로움을 느끼며 그 자리에 앉아 있었다. 칸막이 뒤로 반쯤 가려진 운전기사는 무척이나 아득해 보여 그가 실제로 이곳에 있다는 사실이 전혀 믿기지 않을 정도였다. 더스티는 깜깜한 자궁 밖을 살그머니 빠져나와 이상하고 투명한 몸체 안에 앉아 있는 것만 같은 느낌이 들었다.

그때 귓가에 들리는 목소리 하나가 이런 더스티의 생각을 확인시켜주었다.

"모든 것이 하나야."

목소리가 속삭였다. 더스티는 좌석 모서리를 꽉 붙잡았다. 틀림없는 소년의 목소리였다. 그가 이 자리에 있다니 있을 수 없는 일이었다. 소년은 버스에 탄 적이 없는데 어찌 된 일인지 지금 더스티 바로 뒤에 와 있었다. 더스티는 돌아보려 했다.

"그러지 마. 어차피 내가 보이지 않을 거야."

하지만 더스티는 소년을 느낄 수 있었다. 자신을 동요시키는 동시에 섬뜩하게 만드는 강렬하고 동물적인 열기를 느낄 수 있었다. 그가 가까이 와 있다는 걸, 거북할 정도로 지나치게 바싹 다가와 있다는 걸 알 수 있었다.

"네 생각이 옳아. 난 지금 네 곁에 바싹 다가와 있어."

이제 열기가 진정되는 느낌이 들었다.

"너 어디에 갔었어?"

더스티가 여전히 앞을 똑바로 바라보며 말했다.

"난 여기에 있어. 지금은 약간 뒤로 물러났어."

버스가 굉음을 내며 어둠 속으로 빨려 들어갔다. 더스티가 헤드라이트 불빛에 시선을 고정시키며 다시 입을 열었다.

"그런데 그건 무슨 소리야? 모든 것이 하나라니?"

"하나의 본질, 하나의 실재라는 뜻이지."

"무슨 말인지 모르겠어."

"나도 처음엔 그랬어. 하지만 이젠 이해가 돼."

"네가 무슨 말을 하는지 하나도 못 알아듣겠어."

"아니, 잘 알고 있는 걸, 뭐. 여기 오는 내내 이 문제를 생각했잖아."

"난 조쉬 오빠 생각만 했는걸."

"이 문제도 같이 생각하고 있었어."

더스티는 두 눈에 눈물이 가득 고이는 걸 느꼈다.

"넌 누구니? 제발 말해줘. 넌 누구야?"

"난 그냥 길을 떠나는 사람이야, 더스티. 너처럼."

더스티는 버스가 덜거덕거리며 달리는 동안 소매 끝으로 눈물을 닦았다.

"더 이상 견딜 수가 없어."

더스티가 말했다.

"나도 그래."

더 많은 눈물이 쏟아졌다. 하지만 개의치 않았다. 까닭은 알 수 없지만, 이 시간을 끝으로 다시는 소년과 이야기를 나눌 일이 없으리라는 걸 알았다.

"네 생각이 맞아. 우린 앞으로 이렇게 이야기를 나누지 못할 거야. 제대로 대화하기가 어려울 거야. 몇 마디 이상은 나누지 못할 거야. 지금 이 순간부터 상황이 굉장히 빨리 변할 테니까."

"너한테 무슨 일이라도 생기는 거야?"

"난 내가 죽을 수 있을 줄 알았는데 내 생각이 틀렸어. 그래서 상황을 바로잡기 위해 다른 방법을 찾아야 해."

버스가 우레와 같은 소리를 내며 깊은 밤 속으로 빠져 들어갔다. 왼편의 호수와 황무지, 눈 덮인 레이븐 산봉우리가 눈부시게 환하고 강렬한 빛에 활활 타오르고 있었다. 더스티는 그 모습을 뚫어져라 쳐다보았다.

"이게 다 뭘 의미하는 거야?"

더스티가 물었다. 아무 대답이 없었다. 소년의 경고에도 불구하고 몸을 돌렸는데, 보이는 것이라고는 텅 빈 좌석뿐이었다. 더스티는 벌떡 일어나 버스 뒤로 달려가서 두 손을 버스 뒤 차창에 가져다 댔다.

"조쉬 오빠. 아직 나한테 조쉬 오빠에 대해 아무 말도 안 해줬잖아."

더스티가 나지막하게 속삭였다. 버스가 크게 흔들리자 빛을 발하며 온몸이 작열하듯 타오르는 새하얀 눈송이를 닮은 키가 큰 형체가 차츰 시야에서 사라지더니 마침내 완전히 모습을 감추었다. 더스티는 버스 뒷좌석에 푹 쓰러져 앉아 멍하니 주변을 둘러보았다.

이제 빛은 사방에서 번지고 있었다. 왼쪽뿐 아니라 양쪽 모두에서 빛이 타올랐다. 하얀 눈 속에 타오르는 영묘한 불꽃이었다. 자신의 내면에서도 그 빛이 타오르는 걸 느낄 수 있었다. 더스티는 버스가 길 한쪽에 정차해 잠시 후 문이 열리는 걸 보았다. 아무도 버스에 오르지 않았다. 엔진이 공회전을 하며 대기하고 있었고, 곧이어 운전기사가 부루퉁한 표정으로 더스티 주위를 살펴보았다.

"여기가 네가 내릴 정류장이다. 아까 네가 버스에 탈 때 여기에서 내려달라고 했잖니."

더스티는 비틀비틀 자리에서 일어나 열린 출입문 쪽으로 흐느적흐느적 걸어갔다. 운전기사는 여전히 더스티를 지켜보고 있었다. 더스티는 강렬하게 타오르는 바깥 풍경을 두리번거리며 바라보았다.

"무슨 일이 있나요? 이게 다 뭐지요?"

더스티가 운전기사에게 물었다. 그러고는 반짝반짝 빛나는 흰 눈을 손짓으로 가리켰다.

"뭐가 다 뭐냐는 거야?"

운전기사가 맥없이 말했다. 더스티가 무표정한 그의 얼굴을 빤히 바라보았다.

"뭐가 다 뭐냐고?"

운전기사가 다시 물었다. 더스티는 침을 꿀꺽 삼켰다.

"아무것도 아니에요."

더스티는 중얼중얼 말한 다음 버스에서 내렸다. 출입문이 닫혔고, 버스는 덜거덕거리며 어둠 속으로 달려갔다. 주위를 둘러보았다. 하마터면 내릴 정류장을 놓칠 뻔한 것도 당연한 일이었다. 여기가 어디인지 도무지 알아보지 못할 정도였으니까. 어둠과는 대조적으로 흰 눈이 몹시도 환하고 무척이나 화려하게 빛나 마치 그림자 인형극이나 가면극, 가장무도회를 보는 것 같았다. 무엇 하나 낯익은 게 없었다. 하지만 바로 이곳 더스티 앞에는 집으로 향하는 골목이 이어졌다. 더스티는 손 코티지를 향해 걸음을 옮겼다.

다시 모든 것이 고요했다. 늘 그렇듯 마음을 불안하게 만드는 고요였다. 이 고요함 주위로 폭풍이 빙글빙글 소용돌이치면서 길 위에 놓인 모든 것들을 파괴할 것만 같은 기운을 느꼈다. 소년이 옳았다. 이제부터 상황은 아주 빨리 변할 것이며, 이렇게 터벅터벅 골목을 걸어가는 와중에도 그것이 확연하게 느껴졌다.

여러 가지 생각들이 빠르게 스쳐지나갔고, 온갖 감정들이 요동 쳤다. 빛은 냉광성冷光性 칼날로 어두운 밤을 난도질하며 질주했다. 다른 모든 것들은 타오르는 빛을 받침대 삼아 아득히 먼 데서부터 다가오는 분노와 증오의 그림자로 황급히 변모했다. 이 적막한 골목의 고독 속에서조차 집을 부서뜨리려고 찾아왔던 남자들의 존재를 어렴풋이 느낄 수 있었다.

더스티는 빛과 어둠과 자신을 둘러싼 무언의 공간들을 가만히 바라보면서 위험을 예고해줄 소리들을 기다리며 간신히 걸음을 옮겼다. 이제 아빠가 처음 더플코트를 입은 형체를 어렴풋이 알아 보았던 지점 바로 아래, 울타리를 오르는 계단까지 왔다. 지금은 아무런 형체도 없고 사람의 흔적 또한 전혀 찾아볼 수 없지만, 소년이 가까이 다가와 있다는 걸 감지할 수 있듯이 남자들이 가까이 다가와 있다는 사실 또한 느낄 수 있었다.

그리고 조쉬 오빠도… 어쩐지 조쉬 오빠도 가까이 다가오고 있는 것 같은 느낌이 들었다.

더스티는 계속해서 걸었다. 지친 다리로 감당할 수 있을 만큼 의 속도로 좀 더 빨리 걸음을 재촉했다. 걷는 동안 손 코티지임을 한눈에 알아볼 수 있는 흔적들을 어서 빨리 보고 싶어 깜깜한 밤 길을 유심히 들여다보았다. 손 코티지가 몹시도 보고 싶었고, 아빠가 보고 싶었으며, 다시 익숙한 환경 한가운데로 들어가고 싶어 견딜 수가 없었다. 드디어 저기 손 코티지가, 집의 외형이 눈에 들어왔다. 게다가 더더욱 반가운 사실은 집에 불이 켜져 있다는 것이었다.

아빠는 집에 있었다. 더스티는 아빠가 자기를 찾으러 나가는 바람에 자신이 돌아와도 집이 텅 비어 있을까 봐 걱정했었다. 더스티는 달리기 시작했다. 최대한 빨리 집에 도착해야 했고, 닥쳐올 위험들을 아빠에게 알려줘야 했다. 더스티는 그 어느 때보다 확연하게 위험을 느꼈다.

골목은 여전히 조용했고 밤은 여전히 차분했지만, 이 상태가 지속되지 않으리라는 걸 알았다. 더스티는 빨리, 더 빨리 속력을 더해 쏜살같이 골목을 내달렸다. 골목은 여전히 얼음처럼 차가운 불길에 타오르고 있었다. 점점 가까이 가까이 집을 향해 다가갔다. 이제 더욱 또렷하게 집을 볼 수 있었다. 2층과 아래층 모두 불이 환하게 켜져 있었다. 집을 향해 더 가까이 다가갔다. 집 밖에 아빠 차가 보였다.

그리고 차 한 대가 더 주차되어 있었다.

더스티는 걸음을 멈추고 낯선 차를 가만히 응시하다가 천천히 앞으로 걸어갔다. 이제 달아날 수는 없었다. 대체 어떤 위험들이 다가오고 있는 건지 차분히 생각을 모아야 했고, 정신을 바짝 차려야 했다. 더스티는 두 대의 자동차 앞에 도착해 다시 걸음을 멈추고 그것들을 훑어보았다. 아빠는 다음에 차를 쓸 때 곧바로 골목을 향해 달릴 수 있도록 여느 때처럼 차가 정면으로 향하게 돌려놓았다. 나머지 차는 도착했을 당시의 상태대로 주차되어 있었다. 자동차들은 보닛과 보닛이 마주보게 바투 붙어 있었다.

"아주 바싹 갖다 댔군. 아마 이렇게밖에 차를 델 수 없었나보지."

더스티는 현관으로 올라가 열쇠를 더듬어 찾았다. 하지만 그럴 필요가 없었다. 그 순간 문이 활짝 열렸고, 어느새 더스티의 눈앞에 엄마가 서 있었다.

30

"더스티! 더스티!"

엄마는 더스티를 집안으로 끌어당기고 문을 닫았다. 잠시 후 아빠가 나타났다.

"더스티!"

아빠가 말했다. 어느새 더스티는 두 사람 품에 안겨 있었다.

"어디에 있었니? 괜찮아?"

아빠는 더스티를 품에서 떼어놓고 더스티의 양 어깨에 손을 올려놓으며 더스티를 가만히 바라보았다. 엄마는 아직도 두 팔로 더스티를 감싸 안고 있었다.

"무슨 일이 있었던 거니?"

엄마가 물었다. 더스티는 무슨 말을 해야 할지 어떤 기분을 느껴야 할지 알지 못한 채 두 사람을 바라보았다. 이토록 짧디 짧은 순간에조차 두 사람의 태도 어딘가에서 두 사람이 다시 하나가 되었다는 걸 알 수 있었다.

"난 괜찮아. 그런데 내 말 잘 들어줘… 곧 괴로운 일들이 벌어질 거야."

"무슨 괴로운 일?"

아빠가 물었다.

"나도 잘 몰라. 그냥 그런 느낌이 들어."

"그나저나 도대체 무슨 일이 있었던 거니? 우리가 널 얼마나 걱정했는데. 모두가 널 찾고 있어. 도대체 어디에 있었어?"

엄마가 물었다. 더스티는 골목 아래쪽에서 무슨 소리가 들리지 않나 하고 귀를 기울였다. 아직은 사방이 조용했지만 이렇게 낭비할 시간이 없다는 걸 안다. 무슨 일이 닥칠지는 모르지만 조만간 그 일이 닥칠 터였다.

"무슨 일이 있었는지 말할게. 하지만 엄마부터 먼저 말해봐, 빨리."

"네 문자메시지를 받고 곧장 이리로 왔어."

"엄마가 집으로 오리라고는 생각도 못했어."

"아침 열 시에 집에 왔더니 아무도 없더구나. 넌 학교에 있을 거라는 걸 알았지만, 네 아빠가 어디에 있는지는 몰랐지. 아빠가 새 직장을 구한 사실을 몰랐으니까. 그래서 차에서 기다렸어. 차에 앉아 있으려니까 몸이 점점 얼어가더구나. 그래서 백데일로 차를 몰아 학교로 가야겠다고 생각하다가 어쩌면 널 당황하게 만들지 모르겠다 싶어 그러지 않기로 결정했지. 그래서 계속 기다렸어."

엄마는 주머니에서 담배 한 개비를 꺼내 입에 물었다.

"아참, 엄마가 담배 피워도….”

“괜찮아, 그냥 피워도 돼.”

“엄마가 좀 당황해서 그래. 모든 일들이 너무 순식간에 일어나다 보니….”

“그러니까 피우라니까.”

엄마는 담배에 불을 붙이고 한 모금 길게 빨아들였다.

“차에 앉아 있으려니 너무 추워서 온몸이 벌벌 떨리기 시작하더구나. 그래서 혹시나 네가 창문을 열어놓고 나가지는 않았나 보려고 집 뒤쪽을 돌아봤지. 그런데 세상에, 뒷문이 완전히 부서져 있는 거야. 나중에 네 아빠가 자초지종을 말해주더구나. 아무튼 그래서 부서진 문을 통해 안으로 들어왔단다.”

엄마가 아빠를 보고 말을 이었다.

“거기서부터는 당신이 얘기해줘.”

“아빠는 직장에 있었어. 모든 게 잘 돌아가고 있었지만 아무래도 네가 걱정되더구나. 잘 있다는 네 문자메시지를 도무지 믿을 수가 있어야 말이지. 보나마나 너한테 큰소리로 욕을 해대는 사람들이 있을 거라고 생각하니 학교 가는 길에 싸움에 말려드는 네 모습이 자꾸만 떠오르는 거야.”

“사실 그랬어.”

“그래서 별 일 없나 확인해보려고 열두 시쯤 학교에 전화를 해봤지. 월크스 선생님 직통 전화로 말이야. 그런데 네가 사라진 바람에 학교가 발칵 뒤집혔다고 하시지 뭐냐. 네가 다른 아이들과 문제가 있었고, 그래서 선생님이 너하고 대화를 나누었다는 이야기며 핀치 선생님 수업 시간에 벌어진 소동들에 대해서도 말씀해 주셨단다. 모두들 너를 찾으려고 온통 난리도 아니라고 하시더구나. 선생님들이 경찰에 연락을 해봤지만 아무도 네가 있는 곳을 알지 못했다면서 말이야."

그때 더스티는 온몸이 굳어졌다. 분명 골목 저 아래에서부터 자동차 소리가 들리는 것 같았다.

"무슨 소리지?"

아빠가 말했다. 더스티는 계속 귀를 기울였지만 사방이 다시 고요해졌다.

"아무 소리도 안 나는데. 계속해봐. 그래서 어떻게 됐는데?"

더스티가 말했다.

"네가 집에 왔는지 알아보려고 집으로 전화했더니 네 엄마가 전화를 받지 뭐니."

"정말 끔찍했단다. 학교에서 전화가 걸려와 네가 어디에 있는지 묻더구나. 수화기를 내려놓기가 무섭게 이번에는 경찰이 전화를 걸어 같은 걸 물었고, 바로 다음에 네 아빠한테서 전화가 온 거야."

엄마가 말했다.

"그래서 집으로 왔어?"

"그렇지."

"그럼 직장 일은 어떻게 하고?"

"사람들이 얼마나 이해를 잘 해주는지 몰라. 모두들 지금이 아주

203

위급한 때라는 걸 알고는 즉시 집에 보내줬단다. 그래서 집으로 돌아와 네 엄마가 와 있는 걸 보게 됐지."

"경찰도 왔어?"

아빠는 고개를 저었다.

"샤프 경위가 여러 차례 전화를 했어. 하지만 이쪽에도 저쪽에도 이렇다하게 보고할 일이 없었어. 누구도 어디에서도 널 찾을 수 없었으니까. 샤프 경위는 우리보고 그대로 집에 있으라고 하더구나. 네가 집에 나타날 경우 반드시 누군가 집에 있어야 한다고 생각한 거지. 그래서 우리는 아무 데도 가지 않고 집에 있었어. 네 휴대전화로 수차례 전화를 걸었는데 영 통화가 안 되더구나."

"전화기가 완전히 망가졌거든."

"그래, 무슨 일이 있었던 거야?"

아빠가 물었다. 더스티는 아빠 엄마에게 학교에서 있었던 일이며 베르나데트와의 일, 공작의 비밀 별장에서 벌어진 사건에 대해 이야기했다.

"빌어먹을! 당장 경찰에 전화해야겠어."

아빠가 말했다.

"할 얘기가 더 있어."

더스티가 말했다. 아빠 엄마가 더스티를 빤히 바라보았다.

"그 소년 말이야. 사람들이 다들 입에 올리는 그 아이."

더스티가 엄마를 쳐다보았다.

"그 아이가 신호등 앞에서 엄마한테 말을 걸었던 바로 그 아이야. 엄마한테 어마마마라고 했던 남자아이, 기억나?"

"당연히 기억나지."

"아빠는 아직 그 이야기 모를 거야."

"아니, 알아. 내가 말했어. 엄마 아빠는 여기에서 널 기다리면서 한참 동안 이야기를 나누었단다."

엄마가 담배를 비벼 껐다.

"계속해봐라. 소년에 대해 더 이야기해봐."

아빠가 말했다.

"사실 그동안 나, 그 아이를 만나고 있었어. 아빠한테 숨기고 말 안 했지만. 그 아이의 행동이나 말을 아빠가 믿을 것 같지 않거든. 물론 지금도 아빠가 내 말을 믿어줄 거라고 생각하지는 않지만."

"그 아이는 성폭행범으로 고소를 당했잖아. 아빠가 아는 바로는 그런데."

"내가 아는 바로는… 그 아이가 내 인생의 일부가 됐다는 거야. 그리고 그 아이가 조쉬 오빠에 대해 알고 있고, 곧 뭔가 끔찍한 일이 벌어질 거라는 거야."

더스티는 또다시 온몸이 딱딱하게 굳었다. 이번에는 확실히 골목 아래에서 무슨 소리가 들렸다.

"그들이 오고 있어."

더스티가 말했다. 엄마와 아빠도 온몸이 경직된 채 조용히 귀를 기울였다.

"엔진 소리가 들려."

아빠가 말했다.

"경찰일지도 몰라."

엄마가 말했다.

"경찰은 아니야. 예감이 그래."

더스티가 말했다. 더스티는 다시 귀를 기울였다. 차량은 한두 대가 아닌 게 분명했다. 여러 대의 자동차가 다가오는 소리가 들렸고, 그 가운데 몇 대는 대형 차량인 듯했다.

"나를 찾을 거야."

더스티가 말했다.

"2층으로 올라가. 곧장 아빠 서재로 올라가서 경찰에 전화해. 눈에 띄지 않게 조심하고."

아빠가 말했다.

"하지만 아빠 엄마만 그들을 상대하도록 두고 나 혼자 피할 수는 없어."

"아빠 말대로 확실하게 잘 할 수 있겠지. 어서 서둘러. 경찰이 한시 바삐 이리로 와야 하니까."

더스티는 쏜살같이 계단 위를 올라가 아빠의 서재로 들어갔다. 이미 불은 켜져 있었고 커튼은 젖혀졌다. 더스티는 서둘러 창가로 다가가 커튼을 친 다음 커튼 가장자리를 살짝 들어 올려 골목을 유심히 들여다보았다.

적어도 일곱에서 여덟 대의 차량들이 눈길 위에 헤드라이트 불빛을 비추면서 집을 향해 점점 가까이 다가오고 있었다. 더스티는 전화기에 손을 뻗었다. 바로 그 순간 전화벨이 울렸다. 더스티는 재빨리 수화기를 들었다.

"여보세요?"

"더스티, 나 안젤리카야."

"지금 너랑 얘기할 시간 없어."

"아니, 내 말 들어야 해!"

"그럴 시간 없대도. 난 경찰에 전화해야 돼. 아주 급한 일이란 말이야."

"더스티, 넌 지금 위험에 처해 있어. 아주 큰 위험에 처해있단 말이야. 우리 엄마가 오늘 널 봤다고 하더라. 너한테 수프를 주었대. 잘 들어. 아무래도 너한테 주의를 주어야겠어. 포니테일로 머리를 묶은 남자가 있어. 네가 뭘 하든, 더스티, 반드시…."

"그 남자 벌써 우리 집 앞에 와 있어."

커튼 사이로 흰색 소형트럭이 보였다. 턱수염을 기른 남자의 소형트럭과 그 뒤로 이어지는 여러 대의 자동차를 뒤따라오고 있었다. 골목의 폭이 넓어진 지점에서조차 이 차량들이 전부 들어설 공간은 없었다.

포니테일로 머리를 묶은 남자는 스톤웰 공원 입구까지 소형트럭을 몬 다음, 차를 돌려 집 맞은편에 세웠다. 세 대의 자동차도 같은 위치에 주차했다. 나머지 차들은 되는 대로 세웠다. 한 대씩 차츰 엔진 소리가 잠잠해지더니 곧이어 차 문이 열렸다.

열네 명의 남자와 네 명의 여자가 차에서 내렸고, 그 가운데 다섯 명의 남자는 엽총을 들고 있었다. 광장에서 익히 보았던 작은 패거리들 속에 턱수염을 기른 남자가 섞여 있었다. 포니테일로 머리를 묶은 남자는 그 패거리들과 떨어져 자신의 두 아들들과 함께 서 있었다.

안젤리카가 다시 입을 열었다.

"그 사람한테서 떨어져. 그 사람은 내 의붓아버지야. 엄마는 오래 전에 그와 헤어졌어. 굉장히 난폭한 사람이거든. 며칠 전 너한테 그에 대해 말했지만, 사실 우리도 그 사람이 자기 아들들과 함께 이 지역에 왔다는 사실을 안 지 얼마 안 됐어. 지금 그 사람은 나한테 일어난 일을 복수하려고 혈안이 되어 있어."

"뭐라고?"

"나도 성폭행을 당했어. 그래, 지난번에 너한테 말할 때 모든 사실을 이야기하지는 못했어. 그 이야기는 다음에 해야 할 것 같다. 지금은 일단 경찰에 전화부터 해. 지금 당장."

아래층에서는 현관을 향해 쿵쿵거리며 올라오는 발자국 소리가 났다. 더스티는 전화를 끊고 999에 전화를 걸었다.

"빨리 받아. 제발 빨리 좀 받아."

남자가 전화를 받았다.

"그들이 집 밖에 와 있어요! 급히 도움이 필요해요!"

더스티는 어떻게든 빨리 모든 사실을 이야기하려 애썼다. 현관에서 또다시 쿵쿵거리는 발자국 소리가 났다.

"이만 끊어야겠어요."

그때 현관문 열리는 소리가 들렸다.

"여자아이는 어디에 있어?"

목소리의 주인이 누구인지 대번에 알 수 있었다. 턱수염을 기른 남자였다.

"누가 어디에 있냐는 거요?"

아빠가 말했다.

"내 앞에서 잔머리 굴릴 생각 마. 당신 딸, 더스티 말이야."

"내 딸은 지금 여기 없소."

"당신 말을 어떻게 믿어."

"내 말을 믿든 말든 상관없소. 어쨌든 내 딸은 여기에 없고, 그 이상은 더 할 말이 없으니까."

더스티는 잔뜩 긴장하며 귀를 기울였다. 아빠가 이런 태도로, 이렇게 도전적인 말투로 말하는 걸 한 번도 들어본 적이 없었다. 엄마 역시 아빠와 마찬가지로 조금도 굽히지 않는 어조로 말했다.

"우린 경찰에 신고했어요. 당신들이 오는 걸 보자마자 곧바로 경찰에 신고했다고요. 당장 경찰이 도착할 거예요. 그러니 이제 당신들이 이곳에서 어슬렁거릴 이유가 없어요."

골목 밖에서 패거리들이 웅성대고 있었지만, 더스티는 턱수염을 기른 남자가 여전히 현관 앞 계단에 서 있다는 걸 알 수 있었다. 턱수염을 기른 남자가 여전히 무례한 목소리로 다시 입을 열었다.

"당신들, 로레타 맥과이어가 누군지 알아?"

"누군지도 모르고, 관심도 없소."

"그래, 그렇겠지. 그 애는 밀헤이븐에 사는 여자아이야. 고작 열다섯 살에 인생이 완전히 망가졌지. 어쩌다 그랬는지 알아?"

"알고 싶지 않다니까."

"그놈의 변태 자식한테 성폭행을 당했어. 한두 번도 아닌 수차례나. 당신 딸 더스티한테 그런 일이 일어났다면 당신은 어땠겠어? 어? 경찰들이 손도 쓰지 못하고 그 자식을 도망치게 내버려뒀다면 당신 기분이 어땠겠냐고? 로레타의 아버지는 휠체어 신세를 지고 있어. 그러니 그 사람이 뭘 할 수 있겠어? 다행히 그 아버지와 로레타의 사정을 딱하게 여기는 사람들이 있었지. 그래서 몇몇 사람들이 모여 일을 제대로 처리하기로 결심했단 말이야."

더스티는 얼굴을 찡그렸다. 소년도 이 비슷한 말을 한 적이 있었다.

상황을 바로잡기 위해 다른 방법을 찾아야 해.

이런 상황에서 남자가 어떤 식으로 행동하려 들지 더스티는 도무지 감을 잡을 수가 없었다.

"하지만 이건 방법이 잘못됐소. 당신들은 자경단원들이고, 그건 법에 저촉되는 행동이오."

"아무 짝에도 쓸모없는 법이라면 그놈의 법, 위반하는 수밖에 더 있겠어."

그 말이 떨어지자 문 밖에 서 있던 패거리들이 와자하게 고함을 질렀다.

"그래도 그건 잘못이오."

"진짜 잘못을 저지르는 쪽은… 그 성폭행범을 보호하는 당신 딸이야."

"내 딸은 그 소년을 보호하지 않소. 내 딸은 소년이 어디에 있는지도 모른단 말이오."

"그렇다면 그 자식이 무슨 수로 댁의 딸한테 전화를 걸었겠어? 그리고 이 오카리나가 어째서 당신 딸 방에서 나온 거지?"

"그런 걸 섣불리 증거로 삼을 생각 마세요. 더스티가 길에서 떨어진 걸 발견했는지도 모르잖아요. 그보다 한 가지 확실하게 해둘게 있는데요, 뻔뻔스럽게도 당신네들은 우리 집을 닥치는 대로 부수고도 모자라 온 사방에 역겨운 오물까지 뿌려놓았더군요."

엄마가 대답했다. 남자가 큰소리로 웃었다.

"당신이야말로 그게 우리라는 증거를 댈 수 없을 텐데. 우리가 다른 사람들한테, 그러니까 당신 집을 마구 부서뜨린 사람들한테 그 오카리나를 받았을지 모를 일이니까. 하지만 우리나 당신네나 당신 집을 부순 사람이 누군지 잘 알잖아. 더스티가 오카리나를 어떻게 얻었는지 양쪽 모두 잘 아는 것처럼 말이야."

"우리는 그런 일에 대해 전혀 아는 바가 없어요. 그러니 썩 꺼지는 게 좋을 거예요. 그 빌어먹을 오카리나인지 뭔지 가지고…."

엄마가 말했다. 그때 계단 위에서 드잡이판이 벌어지는 소리가 났다. 더스티가 귀를 기울여보니, 현관 밖에서는 그대로 자리를 지키자는 사람들과 곧 경찰이 올 테니 얼른 피하자는 사람들 사이에서 갈등이 일고 있는 것 같았다. 그때 갑자기 남자가 고함을 질렀다.

"거기 두 여자!"

그러자 골목 안쪽에서 큰 소리가 들렸다. 더스티는 다시 커튼 사이로 주위를 유심히 내다보았다. 골목 저 끝에서 두 여자가 눈 위로 허리를 굽히고 서 있었다. 눈 속에는 작고 하얀 물체가 박혀 있었다. 엄마가 남자의 손아귀에서 눈송이 피리를 완전히 낚아채 골목 저쪽으로 내던졌던 것이다. 두 여자는 잠시 그것을 자세히 들여다보다가 떨어진 자리에 그대로 두고 다시 집을 향해 돌아왔다.

패거리들의 목소리가 점점 분노에 차올랐다. 더스티는 계속해서 커튼 사이로 주위를 살폈다. 사람들은 돌아갈 의사가 전혀 없는 게 분명했다. 더스티는 경찰을 떠올렸다. 경찰이 도착하려면 좀 더 시간이 걸릴 터였다. 평상시에도 벡데일에서 이곳까지 오려면 어느 정도 시간이 걸렸다. 하물며 이렇게 눈이 퍼붓고 있으니 평소보다 훨씬 시간이 지체되는 건 말할 것도 없다.

더스티는 창가에서 뒤로 물러났다. 이제 뭘 해야 좋을지 알 수가 없었다. 그때 현관에서 새로운 목소리가 들렸다.

"내가 누군지 알아?"

더스티는 온몸을 벌벌 떨었다. 그는 안젤리카의 의붓아버지였다.

"당신이 누군지 알고 있소. 당신은 공작의 비밀 별장에서 내 딸을 죽이려 했던 남자요. 내 딸이 당신의 외모에 대해 말해줬고, 나도 경찰에 당신의 인상착의를 설명했소. 그러니 내 집에서 조용히 나가주는 편이 현명할 거요."

아빠가 차갑게 말했다.

"그렇다면 당신 주둥이나 닥치시는 편이 현명할 걸. 당신이나 경찰 따위한테 겁낼 내가 아니니까. 내 이름은 하인즈야. 알아들어? 제드로 하인즈. 기억 못하겠으면 받아 적어. 내 의붓딸도 금발의 그 재수 없는 자식한테 성폭행을 당했지. 당신 딸은 우리가 어딜 가야 그 자식을 찾을 수 있는지 알고 있어. 그러니 당신이 잽싸게 2층으로 올라가 당신 딸을 데리고 내려와 줘야겠어. 미안하지만 당신 딸이 2층 방에 있는 걸 알아버렸거든. 커튼 사이로 밖을 내다보는 게 보이더라고."

골목에서 패거리들이 또다시 고함을 질러댔다.

"난 꼼짝도 하지 않을 거요."

"빌어먹을, 그럼 할 수 없지. 다들 들어와!"

턱수염을 기른 남자가 말했다. 그러자 엄마가 비명을 지르는 소리, 아빠가 고함치는 소리가 들렸고 곧이어 으르렁대는 소리, 분노에 차서 외치는 소리들이 어지럽게 뒤엉켰다.

"내 딸은 건드리지 마! 감히 내 딸한테 손가락 하나 건드리기만 해봐!"

엄마가 소리를 질렀다. 거실로 들어오는 발소리, 그들을 몰아내려 몸부림치는 소리가 이어졌다.

"나가! 여기서 썩 나가라고!"

아빠가 고함을 쳤다. 또다시 쿵쿵대는 발소리, 아빠의 신음소리가 들렸다.

"아빠!"

더스티가 비명을 질렀다.

"여자애 목소리다!"

누군가 소리쳤다. 거실에서, 곧이어 2층으로 올라오는 계단에서 더 많은 발소리들이 들렸다. 더스티는 서둘러 층계참으로 나왔다. 아래층 현관 근처 바닥에서 일어나려 몸부림치느라 허우적거리는 아빠의 모습이 보였다. 아빠의 코에서 피가 났다. 엄마는 골목에서 집안으로 몰려드는 사람들을 밀어내려 애쓰면서 소리를 지르고 있었다.

하지만 그래봐야 아무런 소용이 없었고, 아무리 애써봤자 절박한 위험은 더욱 가까이 다가오고 있었다. 모두들 집안으로 들이닥치고 있었다. 하인즈와 턱수염을 기른 남자는 계단을 올라오는 중이었고, 뒤를 이어 두 명의 남자와 세 명의 여자, 그리고 하인즈의 두 아들들이 따라 올라왔다. 하인즈가 계단 맨 위에 가까이 다가와 더스티를 찾아냈다.

"날 기억하겠지?"

그가 조롱하듯 말했다.

"날 내버려두세요!"

더스티가 날카롭게 소리를 지르며 되받아쳤다.

"남자아이가 어디에 있는지나 말해!"

그때 엄마가 계단을 올라오면서 소리쳤다.

"더스티! 얼른 욕실에 들어가 문 잠그고 있어!"

더스티는 뒤돌아서 황급히 방으로 들어갔다. 그리고 욕실 문 앞으로 다가가 문을 열었다. 하지만 벌써 층계참 반대편 끝에서 쿵쾅거리는 발소리가 들려왔다.

"좋은 생각 같지 않은데, 아가씨."

수염을 기른 남자가 말했다. 더스티는 재빨리 문을 쾅 닫아걸었다. 그와 동시에 쾅쾅 문 두드리는 소리가 났고, 잠시 후 또 한 번 쾅쾅 소리가 들렸다. 나무로 된 욕실 문이 흔들리고 부서지는 것이 보였다. 마지막으로 한 번 더 쾅 하는 소리가 들리더니 마침내 문이 완전히 산산조각 나버렸다. 방 안으로 들이닥친 하인즈와 수염 기른 남자가 더스티를 부서진 욕실 문 아래로 밀어 넣고 꼼짝 못하게 했다. 곧이어 벌떡 일어나 문을 옆으로 치우더니 더스티의 손목을 잡고 홱 잡아당겨 더스티를 일으켜 세웠다.

"그 자식이 있는 곳을 우리한테 불기 전까지는 아무 데도 도망 못 갈 줄 알아!"

"더스티!"

아빠가 계단 어딘가에서 외치는 소리가 들렸다.

"아빠!"

그때 뻥 뚫린 욕실 입구를 통해 문득 아빠의 모습이 보였다. 아빠는 계단 위까지 안간힘을 쓰며 올라오고 있었고, 엄마도 아빠 곁으로 가까이 다가오고 있었다. 층계참을 가득 메운 성난 사람들 사이를 밀치느라 두 사람 모두 애를 먹고 있었다. 하지만 사람들을 뚫고 나올 가능성은 전혀 보이지 않았다. 골목에 있던 패거리들 전부가 억지로 층계참까지 밀고 들어와 버린 것 같았다. 그때 한 여자가 말했다.

"우리는 널 해칠 마음이 없단다, 애야. 네 엄마와 아빠도 해치고 싶지 않아. 우린 그저 원하는 목적만 얻고 가면 그뿐이야. 우리는 보복을 하려고 해. 여기 있는 사람들은 대부분 로레타의 친구들이란다. 우린 그 애 가족을 잘 알지. 로레타는 정말 착한 아이란다. 그 아이를 위해서라면 우린 이보다 더한 일도 할 수 있어. 그러니 네가 우리를 좀 도와주렴. 올바른 일을 해줘. 그 소년이 어디에 있는지 우리한테 말해줘. 그럼 더 이상 널 못살게 굴지 않을게."

그러자 패거리들에게서 동의의 함성이, 거칠고 격렬한 고함소리가 울렸다. 그 소리는 점점 세게 높이 높이 울려 퍼졌다. 더스티는 자기 앞에 서 있는 사람들의 얼굴, 격노에 휩싸인 그들의 눈동자를 찬찬히 들여다보았다. 고함소리는 차츰 잦아들어 이내 정적이 이어지더니 곧이어 무언가 다른 소리가 들렸다.

부드럽고도 또렷한 소리가 대기를 울리고 있었다.

31

그 소리는 골목 끝에서 들려왔다. 남자 둘이 아빠의 서재 유리 창으로 급히 달려가 커튼을 젖혔다.

"저기 그 자식이 있어. 그 악기를 불고 있는데."

"다들 따라와!"

턱수염을 기른 남자가 소리치자 패거리들은 더스티나 엄마 아 빠에게 눈길도 주지 않고 성큼성큼 계단을 따라 내려갔다. 아빠는 엄마를 끌어당기고는 계단 난간을 꼭 쥐었다.

"더스티!"

아빠가 더스티를 불렀다. 하지만 엄마가 먼저 더스티에게 다가 갔다. 엄마는 더스티를 폭 감싸 안았다. 잠시 후 아빠가 다가와 두 팔로 더스티와 엄마를 한꺼번에 껴안았다. 하지만 더스티는 벌써 부터 엄마 아빠의 품에서 벗어나려고 몸부림치고 있었다.

"우리가 사람들을 말려야 해. 그들이 소년을 못살게 굴 거야."

더스티가 말했다.

"안 돼."

아빠가 얼굴에 묻은 피를 손수건으로 닦으며 말했다.

"그건 우리 소관이 아니야. 경찰이 알아서 해결하도록 내버려 둬."

"하지만 지금은 경찰이 없잖아!"

"경찰에 전화했어?"

"응. 하지만 눈이 와서 도착이 늦어질 거야. 그러니까 우리가 어떻게든 손을 써야 한단 말이야."

"넌 밖에 나가면 안 돼."

더스티는 아빠의 말을 무시하고 계단을 달려 내려갔다. 현관문은 열려진 채 그대로여서 골목 안쪽으로 의기양양하게 밀고 나가는 폭도들의 뒷모습을 열린 문을 통해 볼 수 있었다. 더스티의 시선은 재빨리 그들을 지나 소년에게로 향했다.

소년은 하인즈의 소형트럭을 등지고 골목 맨 끝에 서서 폭도들을 물끄러미 바라보고 있었다. 눈송이 피리가 그의 손 안에서 붉게 빛났다. 깜깜한 밤에도 소년의 머리카락과 피부는 반쯤 투명하게 보였다. 소년은 예의 더플코트에 늘 입던 얇은 색 셔츠와 바지를 입고, 늘 신던 꾀죄죄한 부츠를 신고 있었다. 하지만 그것들까지도 소년을 변형시킨 불꽃과 더불어 타들어가는 것 같았다.

함박눈이 펑펑 쏟아졌다. 눈송이가 어찌나 천천히 내려오는지 마치 아무런 움직임 없이 공기 중에 정지해 있는 것처럼 보였다.

"그냥 여기 있어."

등 뒤에서 나지막이 속삭이는 아빠의 목소리가 들렸다. 자신의 팔을 붙잡는 아빠의 손을 느꼈지만, 더스티는 아빠의 손을 억지로 뿌리치고 골목 안쪽을 향해 달려 패거리들을 밀치고 나갔다.

눈은 계속해서 내렸다. 얼굴 위로 떨어지는 눈송이가 뜨겁게 느껴졌다. 더스티는 눈송이가 땅에 내려앉는 걸 가만히 지켜보았고, 땅에 닿을 때 쉿쉿 하는 소리를 들었다. 패거리들의 얼굴을 죽 둘러보았다. 아무도 눈이 오는 걸 느끼지 못하는 것 같았다. 그들의 시선은 오직 소년에게만 고정되어 있었다.

소년은 아무 말도, 아무런 행동도 하지 않았다. 그저 그 자리에 우뚝 서서 눈 하나 깜짝하지 않은 채 패거리들을 지켜보고 있었다. 눈송이 피리는 깜깜한 어둠과 대조적으로 여전히 붉게 빛났다. 소년은 잠시 그것을 흘끔 내려다보더니 조용히 더플코트 주머니에 집어넣고 다시 고개를 들어 사람들을 쳐다보았다.

아무도 움직이지 않았다.

더스티는 주먹을 꼭 쥐었다. 소년의 침착한 태도는 확실히 그들을 당황하게 만들었다. 패거리들이 초조해한다는 걸 느낄 수 있었지만 이 상태가 오래가지 않으리라는 걸 알았다. 아니나 다를까, 이내 하인즈가 격분해서 행동을 개시했다.

"좋아, 난 더 이상 기다리지 않겠어. 난 녀석한테 갚아줘야 할 빚이 있으니까."

하인즈가 성큼성큼 앞으로 걸어갔다. 소년은 마치 무언가를 던질 것처럼 한 팔을 뒤로 젖혔다. 소년의 팔은 아무것도 건드리지 않았지만, 허공을 가르며 획 하고 팔을 뒤로 들어 올리자 소년의 뒤에 있던 소형트럭이 격렬하게 흔들렸다. 골목 중앙 쪽 바퀴 두 개가 땅에서 번쩍 들리더니 쾅 소리를 내며 다시 눈 속으로 떨어졌다. 하인즈는 그 자리에 멈춰 섰고 소년은 다시 팔을 옆으로 내려놓았다.

패거리들은 구시렁거리며 뒤로 물러났다.

"빌어먹을!"

"말도 안 돼."

"저 녀석한테 가까이 가지 마."

하지만 하인즈는 고집을 꺾지 않고 잠시 후 턱수염을 기른 남자 곁으로 다가갔다.

"난 너 따위에 겁나지 않아! 네 녀석이 무슨 수법으로 내 눈을 속이든 나를 위협해 몰아내지는 못해!"

턱수염을 기른 남자가 소년을 비웃으며 말했다.

"누가 내 엽총 가지고 있지?"

"여기!"

남자 하나가 엽총을 던졌다. 턱수염을 기른 남자가 그것을 받아 소년을 향해 보란 듯이 휘둘러댔다.

"자, 이제 긴장 좀 되나?"

소년은 여전히 눈 하나 깜짝하지 않고 그를 바라보았다.

"정말로 날 죽일 수 있다고 생각하세요?"

소년이 차분한 목소리로 말했다.

"그거야 당연하지."

남자가 바삐 총을 장전하며 말했다. 더스티가 앞으로 나가 남자의 팔을 붙잡았다.

"저 아이를 내버려두세요. 저 아이가 무슨 짓을 저질렀다고 생각하시든 살인을 당할 정도는 아니에요."

"계집애는 이 일에 상관 마."

"하지만…."

"상관 말라고 했지!"

남자가 더스티를 밀쳤다. 더스티는 눈 위에 쓰러졌다. 그리고 가까스로 몸을 일으켰다. 엄마 아빠가 더스티를 말리려 애썼지만, 더스티는 다시 서둘러 앞으로 나갔다. 소년과 폭도들 모두에게 어떤 변화가 일고 있다는 걸 느낄 수 있었다. 더스티는 소년의 얼굴을 뚫어져라 쳐다보았고, 그의 눈빛에서 답을 읽을 수 있었다. 소년의 다음 행동을 예측하자 몸서리가 쳐졌다.

소년은 폭도들과 싸우거나 달아나지 않을 터였다. 그는 패거리들 손에 잡힐 생각이었다.

"그러면 안 돼. 그들은 널 해칠 자격이 없는 사람들이야."

더스티가 소년에게 속삭였다. 더스티는 폭도들의 힘과 자신감, 의지가 한데 모여드는 걸 느꼈다. 그들이 서서히 앞으로 다가왔다. 더스티는 골목을 흘긋 내려다보았다. 여전히 경찰은 나타날 기미가 보이지 않았다. 더스티는 몹시 당황하며 소년을 돌아보았다. 적대자들이 자신을 향해 서서히 다가오는 모습을 지켜보는 소년의 표정은 이제 거의 체념한 듯 보였다. 하지만 소년은 여전히 침착한 눈빛으로 턱수염을 기른 남자를 응시하고 있었다.

"난 아무 잘못 없어요."

소년이 예의 조용한 목소리로 말했다. 남자는 도끼눈으로 소년을 쳐다보았다.

"우리 로레타는 그렇게 말하지 않던걸. 그리고 로레타는 거짓말이라곤 하지 않는 아이야. 난 그 애가 갓난아기였을 때부터 봐왔어. 우리들 대부분이 그래. 로레타는 정직한 아이라고."

"그 아이는 환상에 사로잡혀 있는 거예요."

"거짓말 마!"

"그 아이는 저에 대한 생각에 사로잡혀 있어요. 수많은 사람들이 그렇듯이 말이에요. 당신을 포함해서요."

"새빨간 거짓말이야!"

"그 아이는 지금까지 살면서 한 번도 자신이 원하는 걸 거부당해본 적이 없기 때문에 제가 그 아이를 거부하자 그걸 정당화시키기 위해 환상을 만들어내야 했던 거예요."

"로레타는 환상에 사로잡힌 게 아니야!"

남자가 소년에게 총을 들이대며 고함을 질렀다.

"얼마나 정직한 아인데! 네가 그 아이의 인생을 망쳐버렸어!"

소년은 무심히 하인즈를 향해 돌아섰다.

"난 로레타의 인생을 망치지 않았고, 마찬가지로 안젤리카의 인생도 망치지 않았어요."

"이 구역질나는 변태 자식."

하인즈가 말했다.

"아내와 의붓딸을 결코 되찾지 못하리라는 걸 아직도 깨닫지 못하셨나요?"

"입 닥치지 못해!"

"무슨 방법을 동원한다 해도 그들을 되찾을 수는 없을 거예요. 그들은 더 이상 자신들의 삶에 당신이 끼어들길 원하지 않으니까요."

"입 닥치라고 말했을 텐데!"

그때 소년이 갑자기 더스티를 향해 돌아섰다. 더스티는 깜짝 놀랐다.

"이 일은 성폭행하고 관계없어, 더스티. 기억해줘. 지금 여기에서 무슨 일이 벌어지든 성폭행하고는 관련이 없다는 걸 말이야."

"성폭행이 아니긴 뭐가 아니야! 성폭행범들한테 어떻게 해야 하는지 보여주겠어."

하인즈가 크게 고함을 질렀다. 그리고는 나이프를 꺼내 들었다. 하인즈가 성큼성큼 앞으로 걸어갔다. 더스티는 소년을 향해 비명을 질렀다.

"저 사람을 때려눕혀! 네 마음껏 두들겨 패주라고! 본때를 보여주란 말이야!"

하지만 소년은 소형트럭을 등진 채 그 자리에 우두커니 서서 하인즈가 가까이 다가오는 걸 가만히 지켜보고만 있었다. 그때 백데일 거리에서 경찰 사이렌 소리가 울리기 시작했다. 하지만 그 소리는 오히려 폭도들을 더욱 자극할 뿐이었다. 턱수염을 기른 남자를 비롯해 다섯 명의 남자들이 앞으로 돌진했다. 하인즈가 제일 앞장서서 소년에게 다가가 팔로 소년의 목덜미를 세게 밀치더니 소형 트럭으로 소년을 몰아붙였다. 더스티가 또다시 비명을 질렀다.

"그 사람들을 막아! 그들이 널 해치지 못하게 하란 말이야!"

소년은 아무런 행동도, 아무런 말도 하지 않았다. 경찰 사이렌 소리가 점점 커졌고, 더스티는 골목을 따라 헤드라이트 불빛이 번쩍거리는 걸 볼 수 있었다. 순식간에 패거리들이 두 부류로 갈라지는 것 같았다. 몇몇은 소년을 둘러싼 남자들 무리에 합류하기 위해 앞으로 돌진했고, 나머지 사람들은 그들을 향해 다가오는 여러 대의 경찰차에 시선을 고정시킨 채 슬금슬금 뒤로 물러났다.

더스티는 소년을 중심으로 모여든 폭도들을 향해 서둘러 달렸다. 그들은 잔뜩 성을 내며 있는 대로 고함을 지르고 툴툴대고 으르렁거렸다. 더스티는 하인즈의 손에 들린 나이프가 이리저리 휙휙 움직이는 것을 볼 수 있었지만, 남자들 덩치에 시야가 가려 그 안에서 무슨 일이 벌어지고 있는지는 알 수 없었다. 소년에게서 아무런 말소리도, 비명소리도, 신음소리도 들리지 않았다. 잠시 후 갑자기 남자들이 낮은 소리로 구시렁거리며 뒤로 물러났다….

"도대체 이게…."

더스티가 사람들을 밀치고 앞으로 다가갔을 때 마침 헤드라이트 불빛 하나가 소년 위를 비추어 남자들이 목격한 것을 볼 수 있었다.

소년은 아직 숨이 붙어 있는 채로 여전히 그 자리에 서서 팔다리를 벌리고 소형트럭에 기대어 있었다. 더플코트는 벗겨졌고, 하인즈의 칼에 셔츠며 바지며 속옷까지 갈가리 찢기고 내동댕이쳐졌다. 하지만 옷만 찢겨졌을 뿐이었다. 몸에는 단 한 군데도 상처가 없었다. 소년의 피부는 눈처럼 새하얗고 섬세했다.

그리고 여자의 것이든 남자의 것이든 생식기가 보이지 않았다.

턱수염을 기른 남자가 간신히 입 밖으로 소리를 내어 말했다.

"도, 도대체 네 정체가 뭐야?"

그가 한숨 돌린 후 다시 말을 이었다.

"남자아이야? 아니면 여자아이냐?"

그러나 대답을 들을 사이도 없이 경찰이 들이닥쳤다. 더스티는 주위를 둘러보았다. 이제 패거리들은 확실하게 두 부류로 나뉘어졌다. 일부는 자기 차를 향해 냅다 달리고 있었고, 일부는 삼삼오오 모여들고 있었다. 하인즈와 그의 두 아들들은 골목 끝으로 물러나 스톤웰 공원의 출입문 옆 깜깜한 어둠 속을 찾아 들어갔다. 더스티는 엄마와 아빠가 또다시 자신의 팔을 잡아당기는 걸 느꼈다.

"싫어. 제발… 잠깐만…."

더스티는 엄마 아빠의 손을 뿌리치고 소형트럭으로 향했다. 소년은(더스티는 여전히 그를 소년이라고 생각했다) 조금도 움직임이 없었다. 그는 여전히 팔다리를 벌린 채 소형트럭에 기대어 서 있었고, 찢어진 옷가지들은 눈길 여기저기에 흐트러져 있었다. 심지어 부츠까지 찢겨진 채 바닥에 널브러졌다.

더스티는 다시 어깨너머로 뒤를 흘끔 바라보았다. 경찰은 뒤늦

게 나타났지만 어쨌든 이제라도 공권력을 행사했다. 경찰 차량들이 골목 아래쪽 출구가 될 만한 곳을 전부 차단해 그쪽으로는 폭도들이 도망갈 길이 없었다. 더스티가 소년을 향해 서서히 다가갔다.

"그 아이 가까이에 가지 마."

아빠가 말했다. 더스티는 아랑곳하지 않고 계속해서 걸음을 옮겼다. 소년과 이야기를 해야 했고, 그것도 지금 당장이어야 했다. 더스티는 엄마 아빠가 급히 자신을 쫓아오고 있다는 걸 느껴 뒤를 돌아보았다.

"날 따라오지 마. 부탁이야. 소년은 날 해치지 않을 거라고 장담할 수 있어."

엄마와 아빠는 도저히 내켜하지 않으며 걸음을 멈추었다. 하지만 더스티에게서 눈을 떼지 않고 더스티 주위를 경계했다. 더스티는 소년에게 다가갔다. 그의 더플코트가 눈 위에 널브러져 있었다. 더스티가 더플코트를 집어 들어 소년에게 내밀었다. 소년은 고개를 가로저으며, 다시 바닥에 내려놓으라고 몸짓으로 말했다. 더스티는 다시 눈 위에 코트를 떨어뜨렸다.

"왜 그랬어? 네가 성폭행을 저지를 수 있는 처지가 아니라고 왜 진작 사람들한테 말하지 않았어?"

소년은 눈처럼 창백한 눈빛으로 더스티를 바라보았다.

"내가 말했잖아. 이 일은 성폭행과 관련이 없다고. 결코 그런 일은 없었다고."

더스티는 다시 어깨너머로 여전히 그 자리에 서서 자신을 주시하고 있는 엄마 아빠의 모습을 보았다. 샤프 경위와 브렛 경감이 이쪽으로 다가오고 있었다. 더스티는 재빨리 소년을 향해 돌아섰다.

"그럼 무엇과 관련이 있는 거야?"

"두려움."

소년은 더스티의 눈동자를 좀 더 오래 들여다본 다음, 서서히 다가오는 경찰들을 곁눈으로 보았다.

"이제 이 꿈도 깰 때가 다 됐구나."

소년은 이렇게 말하더니 아무런 예고도 없이 하인즈의 소형트럭 문을 활짝 열어젖히고 차 안으로 뛰어들어 시동을 걸었다. 더스티는 깜짝 놀라 얼른 뒷걸음 쳤다. 어깨너머 저 뒤에서 미친 듯이 고함을 지르는 소리가 들렸다.

"내 소형트럭!"

"빨리 달려!"

"저 또라이 자식!"

소년은 운전석 문을 탕 닫고 엔진의 회전속도를 높였다. 더스티는 충동적으로 조수석을 향해 정신없이 내달렸다. 소형트럭은 눈 속에 바퀴를 회전시키며 벌써 이동하고 있었지만, 아직은 더스티가 충분히 따라잡을 수 있을 정도로 천천히 달리고 있었다.

엄마 아빠는 물론 경찰들까지 비틀거리며 달려오는 모습이 보였다. 더스티는 조수석 문을 향해 있는 힘을 다해 돌진해 마침내 문을 비틀어 열었다.

"이렇게 달아나지 않아도 되잖아! 이젠 네가 결백하다는 걸 모두가 알게 됐는데!"

소년은 험악한 표정으로 더스티를 돌아보았다.

"이 세상에서는 결코 결백해질 수 없을 거야. 이제 그만 문에서 손을 놓고 날 가게 해줘."

더스티는 차 안으로 뛰어 들어가 문을 닫았다.

"억지로 날 막으려고 애쓰지 마!"

더스티가 말했다. 소년은 무작정 앞으로 차를 몰았다. 더스티는 도무지 소년의 의도를 알 수가 없었다. 골목 아래로는 달아날 만한 길이 없다. 더구나 지금은 골목에 꽉 들어 찬 차량이며 사람들 때문에 사실상 차를 돌릴 만한 공간이 전혀 없다. 더스티는 소년이 운전석 문을 잠그는 걸 보았다.

"그쪽 문도 잠가."

소년이 날카롭게 말했다. 더스티는 아무런 토를 달지 않고 문을 잠갔다.

"여기에서 빠져나가는 건 불가능해."

소년은 아랑곳하지 않고 핸들 위로 몸을 굽혔다. 일고여덟 명의 경찰들이 앞에서 길을 막아섰다. 엄마 아빠는 더스티에게 어서 차에서 내리라고 큰소리로 외치기는 했지만, 다행히도 두 사람 모두 길 옆에 비켜 서 있었다. 이제 눈이 하얀 돌멩이처럼 내리고 있었다.

"꽉 잡아."

소년은 이렇게 말하더니 액셀러레이터를 밟았다. 소형트럭은 눈길에도 불구하고 속력이 빨라졌다. 경찰들은 길 옆으로 재빨리 뛰어 올랐고 소형트럭은 더스티의 집을 향해 돌진했다. 앞마당이 불쑥 가까이 다가오는 바람에 더스티는 좌석을 꽉 붙잡았다. 소년은 별안간 엄마의 차 뒤쪽에서 커브를 돌더니 두 대의 경찰 차량 사이로 쏜살같이 차를 몰아 골목이 넓어지는 부근 울타리로 향했다.

"자, 마음 단단히 먹어!"

소년이 말했다. 두 사람이 탄 차는 요란한 소리를 내며 울타리를 뚫고 나가 울타리 너머 들판으로 미끄러졌다. 그들은 미끄러운 길 위로 쿵 하고 떨어졌다. 그런데도 어찌 된 일인지 소년은 여전히 침착함을 잃지 않았다. 자동차 앞유리는 눈에 덮여 이제 거의 하얗게 변했다. 더스티는 앞으로 손을 뻗어 와이퍼 작동 버튼을 찾아 스위치를 켰다.

"달아나는 건 절대 불가능해."

더스티가 말했다. 소년은 아무런 대꾸도 하지 않았다. 그는 유령처럼 희미하게 반짝이는 몸을 앞으로 기대고 있었다. 이렇게 그가 핸들과 기어를 잡고 씨름하고 있는데도 실오라기 하나 걸친 것 없이 눈처럼 새하얀 그의 모습을 보고 있노라니 도저히 육체를 지닌 사람이라는 생각이 들지 않았다. 소년은 분명히 운전을 할 줄 알았지만, 이런 상황에서 그건 별 의미가 없는 것 같았다. 들판에 갇혀 꼼짝 못하는 신세는 아니더라도 어차피 골목에서 경찰이 합류하는 순간 경찰에 붙잡힐 게 뻔했다.

가파른 비탈길에 이르자 소형트럭은 심하게 진동을 하며 내달렸고, 잠시 후 들판 저 아래쪽에 울타리가 보였다. 울타리 위로 노울이나 벡데일 거리로 향하는 오솔길이 있었다. 소년은 액셀러레이터를 밟고 울타리를 향해 다시 곧장 내달렸다.

"우회전해서 노울로 빠져나가. 승마길 옆에 소형트럭을 버려두고 황무지로 달아나면 될 거야."

더스티가 말했다. 그러나 소년은 벡데일 거리를 향해 좌회전을 했다. 더스티는 어안이 벙벙했다. 이건 미친 짓이었다. 경찰이 교차로에서 그들을 기다리고 있을 게 불 보듯 뻔했다. 하지만 소년은 계속해서 차를 몰았다. 깜깜한 밤을 배경으로 그의 옆모습이 선명하게 새겨졌다. 더스티는 소년의 모습을 물끄러미 바라보았다. 이렇게 정신없이 일이 벌어지는 와중에도 소년에게서 드러나는 상반된 모습, 여성적이면서 남성적이고 현세적이면서 내세적인, 뜨겁고 격정적인가 하면 동시에 차갑고 청정한 그 힘에 자기도 모르게 넋이 빠졌다.

소형트럭은 덜거덕 거리며 굴러갔고, 여전히 눈은 펑펑 쏟아졌다. 마침내 벡데일 거리와 만나는 교차로에 다다랐다. 아직 경찰차는 한 대도 보이지 않았다. 하지만 더스티는 조만간 이곳에 경찰 차량이 좍 깔릴 거라는 걸 알고 있었다.

"어느 방향으로 갈 거야?"

더스티가 물었다. 소년은 벡데일을 향해 우회전해 계속해서 차를 몰았다. 하지만 거의 동시에 뒤에서 비치는 헤드라이트 불빛에

포위되고 말았다. 더스티가 백미러로 확인해보았다. 세 대의 경찰차가 뒤를 쫓고 있었고, 아마도 그 뒤로 더 많은 차량들이 따라오는 것 같았다.

"경찰을 따돌리기는 어려워. 어차피 차를 세워야 할 거야."

하지만 소년은 오히려 속도를 더해 길 한가운데로 방향을 돌릴 뿐이었다. 뒤에서 사이렌이 울리기 시작했다. 더스티가 다시 소년을 물끄러미 바라보았다. 이제 소년은 도저히 이 세상 사람으로 보기 어려울 만큼 영묘해 보였다. 물론 여전히 그에게서 동물적인 열기가 흘러나오는 걸 느낄 수 있었지만, 그 열기도 차츰 잦아들었다. 이제 소년의 시선은 길 위를, 그리고 무언가 다른 것 위를 향해 있었고, 그것이 무엇인지는 느낌으로만 알 수 있었다. 더스티가 눈을 내려 깔고 말했다.

"아직 한 번도 조쉬 오빠에 대해 말해주지 않았어."

소년은 대답하지 않았다.

"조쉬 오빠의 영상이 보인다고 했잖아. 어떤 걸 봤어?"

소년은 여전히 아무런 대꾸도 하지 않았다.

"왜 나한테 말하려고 하지 않는 거야?"

"너 스스로 알아낼 테니까."

"무슨 수로?"

"지금은 그런 말 할 시간이 없어."

"하지만…."

경찰 차량들은 소형트럭을 따라잡지 못한 채 뒤에서 요란하게 사이렌을 울려댔다. 마침내 백데일 외곽에 도착했다. 소년은 시내 안쪽 끝을 향해 차를 몰았다. 더스티는 창밖을 내다보았다.

이제 소년은 학교 방향으로 향했다. 더스티는 학교가 점점 가까워오는 걸 지켜보았다. 정문이 보였다. 오른쪽으로 머크웰 호수를 향해 내려가는 도로와 황무지를 가로질러 레이븐 산으로 향하는 오솔길이 있었다.

소년은 도로 안쪽으로 돌아 쏜살같이 내달렸다. 소형트럭이 굉음을 내며 도로 끝을 향해 달리는 동안 더스티는 계기반을 꽉 붙들고 매달렸다. 마침내 소년이 주차장 입구에 차를 세우고 옆으로 돌아서서 더스티를 마주보았다.

"이제 내려, 더스티. 시간이 다 됐어."

"하지만…."

"내려, 지금 당장. 더 이상은 너하고 같이 갈 수가 없어."

바로 뒤에서 번쩍번쩍 불빛이 비쳤고 사이렌 소리가 요란하게 울렸다.

"어디로 갈 거야?"

소년은 더스티를 지그시 응시했다.

"네가 따라올 수 없는 곳으로 갈 거야."

사이렌 소리는 점점 커졌고 불빛은 점점 환해졌다. 더스티는 소년의 얼굴을 뚫어지게 바라보면서 이렇게 그를 보는 것도 지금이 마지막이라는 걸 직감했다. 더스티는 소형트럭에서 내려 펑펑 쏟아지는 눈을 맞으며 그 자리에 서 있었다. 소년은 옆으로 몸을 기울여 조수석 문을 닫은 다음 다시 문을 잠갔다. 그리고는 창문 가까이 얼굴을 갖다 대고 더스티에게 크게 외쳤다.

"나한테 화내지 마, 더스티."

"조쉬 오빠에 대해 말해줘!"

소년은 더스티에게 미소를 지었다.

"미안해, 꼬마 더스티. 잘 있어, 꼬마 더스티."

그리고 더 이상 아무 말 없이 엔진 회전 속도를 높여 앞으로 돌진했다. 더스티는 숨이 멎을 것만 같았다. 소년이 주차장으로 진입해 소형트럭을 버리고 황무지로 달아날 줄 알았는데, 예상과 달리 돌제를 향해 내달리고 있었다. 경찰차 한 대가 날카롭게 사이렌을 울리며 획 하고 더스티 앞을 지나갔다. 또 다른 차가 그 뒤를 따랐다. 세 번째 경찰차가 바짝 따라붙었다.

더스티는 두 눈을 동그랗게 뜨고 소형트럭을 뚫어져라 바라보았다. 소형트럭은 돌제를 향해 질주했고, 추적하던 경찰차들이 이제 그 뒤를 바짝 쫓아갔다. 경찰차 한 대는 멈춰 섰지만, 나머지 한 대는 소형트럭과 꾸준히 거리를 좁혀가며 계속해서 달렸고 돌제 앞에 이르자 내처 그 아래로 돌진했다. 경찰차는 급히 브레이크를 건 채 제 속도에 못 이겨 미끄러졌지만 어쨌든 돌제 끄트머리에 닿기 전에 끽 소리를 내며 아슬아슬하게 멈춰 섰다. 그리고 소형트럭은….

소형트럭은 이제 제 할 일을 모두 마쳤다. 그것은 소년의 모습만큼이나 새하얀 구름이 되어, 기이하고 가벼운 형체가 되어, 밤

하늘 위를 붕 떠오르더니 곧이어 수면 위를 날아오르는 한 마리의 신비하고 영묘한 새로 변했다. 더스티는 그 새가 훨훨 날아 다시는 이곳으로 내려오지 않길 바라며 오랫동안 그것을 지켜보았다. 이내 그것은 커다랗고 하얀 바위가 되어 호수 속으로 첨벙 뛰어들더니 영원히 시야에서 사라져버리고 말았다.

32

다음날 아침, 주위는 추위와 적막감이 감돌았다.

더스티는 집안 온실에 앉아 흔히들 태양이라고 일컫는 창백한 원반을 물끄러미 바라보고 있었다. 열한 시가 되었지만 그것은 산 언저리까지도 올라오지 않았다. 어쨌든 눈은 그쳤다.

쏟아지던 질문들도 그쳤다. 더스티는 그 사실이 무척 다행스러웠다. 어제 저녁 이후 무슨 일이 있었는지 거의 기억이 나지 않는다. 이 사람에게는 대답을 해주고, 저 사람에게는 사인을 해주었다. 더스티 스스로도 많은 질문을 안고 있으리라고는 아무도 생각하지 못하는 것 같았다. 경찰은 우선 더스티를 혼자 있게 해주었다.

속에서 분노가 끓어올랐다. 소년은 성폭행을 저지르지 않았고, 모두들 그 증거를 똑똑히 보았다. 그럼에도 여전히 소년은 도망가야 할 절박한 필요성을 느껴야 했다.

이 세상에서는 결코 결백할 수 없을 거야.

더스티는 얼굴을 찡그렸다. 정의가 없는 세상에 결백함이 있을

리 없다. 소년은 자신에게 비난을 일삼는 사람들은 물론이려니와 그들의 말을 믿는 사람들에게까지 배신당했다. 이제야 소년의 말이 무슨 뜻인지 이해가 됐다. 이 일의 쟁점은 결코 성폭행이 아니었다. 소년을 파괴시킨 건 사람들의 두려움이었다.

더스티의 마음속에는 소년의 적대자들을 향한 분노 외에 어떠한 감정도 들어설 곳이 없었다.

엄마 아빠가 함께 들어와 온실 문 옆에 서 있었다. 더스티는 두 사람을 흘끔 올려다보았다. 그들은 마치 손을 잡아도 좋다는 부모의 허락을 기다리는 10대 청소년 단짝처럼 보였다.

"난 괜찮아."

더스티가 조용히 말했다.

"괜찮나니, 뭐가?"

아빠가 물었다.

"나도 두 사람이 같이 있으면 좋겠어."

아빠가 앞으로 다가와 무릎을 꿇었다.

"아빠는 네가 괜찮길 바라. 네 엄마도 마찬가지고."

"난 괜찮다니까."

"아니, 넌 괜찮지 않아."

소형트럭, 호수, 눈… 지난밤의 영상들이 다시 마음속에 떠올랐다.

"그 아이를 그런 식으로 보내면 안 되는 거였어. 우리가 그 아이를 그렇게 내몰았어. 아니, 내가 그런 게 아니야. 그 사람들이 그런 거야."

더스티가 말했다.

"경찰에서 그들을 처리할 거야. 샤프 경위 말로 추측하건대, 경찰이 꽤 많은 사람들을 체포한 것 같아."

"아빠가 어떻게 알아?"

"조금 전 샤프 경위한테 전화했어. 샤프 경위가 그러는데, 하인즈 씨가 자신은 맹세코 삽으로 널 내려친 적이 없다고 주장하더래. 단지 소년이 어디에 있는지 말하게 하려고 너한테 겁을 주려했을 뿐이었다는 거지."

"새빨간 거짓말."

"그러니까."

"호수에서는 다른 소식 없어?"

"사실상은 없어."

"그게 무슨 뜻이야?"

"경찰에서 잠수부를 내려 보냈는데, 아직 보고받은 건 아무것도 없대."

더스티는 아빠를 지그시 바라보았다.

"그거 말고 나한테 더 할 말 없어?"

아빠가 엄마를 흘끔 돌아보았다. 엄마가 앞으로 다가와 아빠 곁에 무릎을 꿇고 앉았다.

"네 아빠는 너한테 거짓말 안 해. 그래, 하지만 네 생각이 맞아. 아빠가 아직 하지 않은 말이 한 가지 있어."

엄마가 팔꿈치로 아빠를 슬쩍 찔렀다.

"당신이 말해. 더스티한테 말해줘."

"나한테 뭘 숨긴 건데?"

"아빠는 단지 네게 헛된 희망을 주고 싶지 않아서 그래."

"대체 무슨 말이야?"

"잠수부들이 소형트럭을 발견했다고 샤프 경위가 그러더구나. 너도 알다시피 돌제 끄트머리 주변으로는 호수가 상당히 깊잖니. 하지만 샤프 경위의 말에 따르면, 잠수부들이 일단 적절한 자리에 필요한 장비를 설치해놓으면 반드시 찾아내게 되어 있대."

"그럼 그 소년은 어떻게 됐어?"

"그게 그러니까 바로 그 부분이… 음… 아빠가 너한테 숨기려 했던 내용이야. 별 다른 소식이 없다고 한 말은 거짓말이 아니야. 사실이 그러니까. 맞아, 별다른 소식은 없어. 소년의 흔적은 전혀 찾아볼 수 없었다니까. 시체조차 보이지 않았대."

더스티는 창밖의 황무지와 주변의 산을 가만히 응시했다. 희망을 느껴야 할지 절망스러워 해야 할지 갈피를 잡을 수 없었다. 소년이 버스에서 했던 말이 떠올랐다.

난 내가 죽을 수 있을 줄 알았는데 내 생각이 틀렸어. 그래서 상황을 바로잡기 위해 다른 방법을 찾아야 해.

더스티는 소형트럭과 소년이 소용돌이치면서 호수 아래로 내려가고, 호수가 소형트럭과 소년을 한꺼번에 집어삼키는 장면을 상상했다. 소년이 어디로 사라졌는지 모르겠지만 그는 이제 결코 상황을 바로잡지 못할 것이다.

"잠수부들이 소형트럭을 조사했대. 그러면서 틀림없이 그 안에서 소년의 시체를 발견할 거라고 예상했다는 거야. 그런데 안에는 아무것도 없었대. 뿐만 아니라…."

아빠가 주저하며 말을 잇지 못했다.

"이건 좀 이상한 일인데."

"어서 말해봐."

"소형트럭 문이 모두 잠겨 있고 창문까지 닫혀 있는 걸 확인했대. 이건 정말이지 아무리 생각해도 이상한 일이 아닐 수 없어. 무슨 말이냐 하면, 소년이 간신히 소형트럭을 빠져 나왔다 하더라도 트럭에서 나와 잠깐 멈춰서 다시 일일이 문을 잠그고 갔다는 게 당최 말이 안 되잖아, 안 그래?"

더스티는 소년과 유치장에 대해 떠돌던 이야기가 생각났다. 하지만 아무 말도 하지 않았다.

"아무튼… 내가 들은 이야기는 이게 전부야."

아빠가 더스티에게 미소를 지었고 더스티도 아빠에게 억지로 미소를 지어보였다. 엄마가 집에 있어서 아빠는 지금 그 어느 때보다 행복해 보였고, 엄마 역시 무척 행복해 보였다. 아마도 결국엔 두 사람이 다시 합치게 될지도 모른다. 하지만 더스티는….

더스티는 자기에게도 행복이니 미래니 하는 것이 있기나 할지 자신이 없었다.

아빠가 손목시계를 흘끔 들여다보았다.

"깜박 잊고 말 안 한 게 있어. 욕실 문과 네 방 창문을 수리하기 위해 오늘 아침 그레인저 씨가 오기로 했어."

"뒷문도 고쳐야 해."

엄마가 말했다. 그때 벨이 울렸다.

"아마 그레인저 씨일 거야."

아빠가 현관을 향해 걸음을 옮겼다.

"아빠?"

더스티가 아빠를 불렀다. 아빠가 걸음을 멈추고 뒤를 돌아보았다.

"응?"

"혹시 누가 날 찾아온 거라면 난 만나고 싶지 않아. 나 찾는 전화가 와도 미찬가지고. 지금은 아무하고도 이야기하고 싶지 않아."

"당연히 카말리카와 빔은 제외하고겠지."

"카말리카와 빔은 더더욱."

"정말이야?"

"응. 그 아이들 보고 싶지 않아. 같이 이야기하고 싶지도 않고."

"그래, 뭐, 어쨌든 그 애들은 오늘 학교에 갔을 테니까."

아빠는 이렇게 말하고 거실 안으로 사라졌다. 잠시 후 현관 근처에서 말소리가 들렸다. 더스티와 엄마는 서로를 쳐다볼 뿐 아무 말도 하지 않았다. 현관문이 찰칵 하고 잠겼고 곧이어 아빠가 돌아왔다.

"이거 잘못 짚었는걸. 카말리카와 빔이 왔어. 이런, 학교에 결석

하겠다고 허락은 받고 왔는지 물어보질 않았네. 아까 한 말 진심
이니, 더스티? 그 아이들은 벡데일에서 버스를 타고 골목 앞에서
내려 집까지 죽 걸어왔대."

"그렇다면 왔던 대로 다시 죽 걸어서 돌아가야지, 뭐. 설마 그
애들을 현관 문 앞에 세워둔 건 아니겠지, 그렇지?"

"아니야, 보냈어. 네가 잔다고 했어."

"그렇게 말하지 않아도 됐을 텐데. 그냥 내가 보고 싶어 하지 않
는다고 말해주지 그랬어."

"아빠는 앞으로도 그렇게 말 안 할 거야. 그러다가 또 싸움이라
도 붙으면 어쩌려고 그래. 아무튼 꼭 이런 식이라니깐."

그때 또다시 벨이 울렸다.

"난 이번에도 그 애들 안 만날 거야, 아빠."

아빠가 거실로 향하자 더스티가 말했다. 하지만 이번에는 그레
인저 씨였다. 아빠는 피해 상황을 보여주기 위해 그레인저 씨를
2층으로 데려 갔다. 잠시 후 엄마가 더스티 옆으로 의자를 끌고 왔
고, 얼마간 두 사람은 아무 말 없이 앉아 있었다.

"차나 뭐 마실 거 갖다 줄까?"

잠시 후 엄마가 먼저 입을 열었다.

"아니, 괜찮아."

더스티는 창밖의 레이븐 산 너머 하늘을 응시했다. 잔뜩 찌푸린
잿빛 하늘은 곧 무슨 일이라도 일어날 것처럼 험상궂었다.

"지금 당장 눈이 펑펑 쏟아진다고 해도 전혀 이상하지 않겠어."

엄마가 말했다.

"그러게."

더스티가 의자의 팔걸이를 꽉 움켜쥐었다. 이제 더 이상 뭘 어떻게 느껴야 할지 알 수가 없었다. 그저 울고 싶을 뿐이었다.

"더스티?"

"응?"

"이번에는 떠나지 않을게. 어때, 좋아? 이제 다시는 집을 나가지 않을게, 절대로."

더스티는 주변을 살펴보았다.

"엄마가 돌아와서 기뻐."

"정말?"

"응. 아빠한테 정말 잘 됐어."

더스티는 다시 한 번 억지로 미소를 지어보였다.

"나한테도 잘 됐고. 그리고 지난번 엄마 머리카락 색깔에 대해 했던 말 있잖아. 그거 거짓말이야. 사실은 아주 마음에 들어."

"그래? 그럼 머리를 길러서 원래 머리 색깔로 원상복귀하지 않아도 되는 거야?"

더스티는 살포시 눈을 감아 마음속 어슴푸레한 불빛 속에서 소년의 얼굴 그림이 다가오는 걸 보았다.

"어떻게 해도 다 예뻐, 엄마."

"너한테 엄마라는 소리 들어본 지 정말 오랜만이다."

"엄마도 집에 돌아온 지 오랜만이야."

"맞아."

엄마는 이렇게 말하고는 문득 더스티의 팔을 살짝 두드렸다.

"하마터면 깜박 잊어버릴 뻔했다. 뭐 하나 발견한 게 있는데 아마 네가 좋아할 거야."

"뭔데?"

"잠깐만."

엄마는 서둘러 거실을 향해 나가더니 곧 다시 돌아왔다. 엄마의 손에는 눈송이 피리가 쥐어져 있었다.

"이거 어디에서 찾았게."

"그 아이 더플코트 주머니에서. 그 아이가 이걸 주머니에 넣는 걸 봤거든."

엄마는 고개를 가로저었다.

"골목에 더플코트는 없었어. 틀림없이 누군가가 치웠을 거야. 글쎄, 이 작은 물건이 순전히 저 혼자 눈 속에 얌전히 누워 있지 뭐니. 다른 것들 치울 때 이것만 빠져 나온 게 분명해."

"그런데 어떻게 이걸 발견했어?"

"그냥 봤어. 딱 보니까 네가 좋아할 것 같더라."

더스티는 엄마에게 눈송이 피리를 건네받고 손바닥에 올려놓았다.

"따뜻해. 지난번에도 그랬는데."

"그래? 난 못 느꼈는데."

"그리고 이것 봐… 내 손 안에서 붉게 빛나잖아."

"엄마 눈에는 보이지 않지만 우리 딸, 엄만 네가 보는 게 옳다고 믿어."

그때 아빠가 거실에서 엄마를 불렀다.

"잠깐만, 더스티."

엄마가 일어서서 밖으로 나갔다. 더스티는 눈송이 피리를 들어 올려 그것으로 뺨을 톡톡 두드려보았다. 에너지가 잔잔하게 파장을 일으키며 온몸으로 흘러내렸다. 엄마가 다시 나타났다.

"그레인저 씨가 안전을 위해 우선 뒷문부터 수리하겠대. 그런 다음 저녁 무렵쯤 네 방 창문을 새로 달 거래. 하지만 당분간은 욕실 문 없이 그냥 지내야 할 것 같구나. 그래도 괜찮겠니?"

더스티는 고개를 들어 엄마를 보았지만 눈에 들어온 모습은 소년의 얼굴뿐이었다.

"그럼, 괜찮지."

더스티가 낮게 속삭였다. 엄마가 다시 밖으로 나갔다. 더스티는 자리에서 일어나 눈송이 피리를 손에 꼭 쥐었다. 이번에도 뜨거운 열기가 온몸을 핥으며 지나가는 걸 느낄 수 있었다. 더스티는 자기 방으로 올라가 방문을 닫았다.

책상 서랍을 열어 종이에 그린 얼굴 그림을 꺼내보았다. 역시 따뜻했다. 이번에는 그것을 눈송이 피리 옆에 세워놓았다. 환한 대낮인데도 둘 다 붉게 빛을 발하고 있었다. 더스티는 그것들을 가만히 응시했다.

그건 환상이었을까? 보고 느낀 모든 것이 그저 환상에 불과한 것이었을까? 엄마는 눈송이 피리를 보고도 전혀 이상한 점을 알아채지 못했다. 어제 그 버스 기사 눈에도 타오르는 듯한 환한 빛이 보이지 않았다. 소년이 했던 말이 다시 떠올랐다.

대부분의 사람들 눈에는 잘 보이지 않아. 하지만 네 눈에는 보일 거야.

"그게 뭐지? 난 뭘 보고 있는 거지?"

더스티는 종이에 그린 얼굴 그림과 눈송이 피리를 책상에 내려놓았다. 바로 옆 열린 책상 서랍 속에서 조쉬 오빠의 사진이 더스티를 차갑게 바라보고 있었다.

그때 전화벨이 울렸다.

더스티는 전화가 울리도록 내버려두었다. 엄마나 아빠가 받을 것이다. 정말이지 오늘은 누구와도 이야기하고 싶지 않았다. 잠시후 아빠가 계단을 올라오면서 더스티를 부르는 소리가 들렸다.

"더스티! 전화 좀 받아줄래? 우린 그레인저 씨가 냉장고 옮기는 걸 돕느라 전화 못 받아!"

더스티는 아빠의 말을 무시했다.

"더스티! 전화 좀 받아!"

더스티는 전화가 끊어지길 바라며, 최대한 느린 걸음으로 아빠 서재에 들어가 문을 닫았다. 전화벨은 계속해서 울려대고 있었다.

더스티는 얼굴을 찌푸리며 수화기를 들었다.

"여보세요?"

"더스티. 나, 안젤리카야!"

더스티는 아무 말 하지 않았다.

"더스티? 내 말 들리니? 나, 안젤리카라고."

"그래 알아, 아까 네가 말하는 거 들었어. 왜 전화했는데?"

"오늘 너희 집에 가도 되니?"

"안 돼."

"왜?"

"난 너 보고 싶지 않아."

수화기 반대편에서 숨을 들이키는 소리가 들렸고, 이내 안젤리카의 목소리가 이어졌다.

"더스티?"

"왜?"

"우리 의붓아버지 일은 정말 미안해. 그 사람은 아주 나쁜 사람이야."

"전적으로 동감이야."

"그동안 일어난 일을 생각하면 정말이지 소름이 끼칠 것 같아."

"그럼 지금까지 어떤 일이 있었는지 정확히 알고 있는 거야? 그 사람이 날 죽이려고 했어. 삽으로 나를 때려죽인 후 땅에 묻으려고 했단 말이야. 그래놓고 이제 와서 경찰한테는 소년이 어디에 있는지 불게 만들려고 날 죽이는 척했을 뿐이라고 주장한다더라. 마치 나도 그렇게 알고 있다는 듯이 말이야."

"그 사람은 나쁜 사람이라니까."

"그 점은 아까 동의했잖아."

"더스티…."

"난 정말 너하고 이야기하고 싶지 않아. 네가 정 누구하고 이야기를 하고 싶다면 로레타 맥과이어한테나 찾아가 봐."

"하지만…."

"두 몽상가끼리 같이 어울리라고. 서로 공통점도 많을 텐데."

"너 정말로 날 싫어하는구나, 그런 거니?"

더스티는 대답하지 않았다. 안젤리카가 한숨을 푹 내쉬었다.

"더스티, 그럼 적어도 무슨 일이 있었는지만이라도 내게 말해줄 수 있겠니? 내가 아는 내용이라고는 고작해야 벅데일 전역에 떠돌아다니는 이야기가 전부야. 사람들이 그러는데 엄청난 패거리들이 너희 집으로 쳐들어갔다며…."

"맞아. 그 패거리에 네 의붓아버지도 같이 있었어."

"응. 그리고 그 이상한 소년도 거기에 있었다며. 그 소년이 도망치다가 호수로 차를 몰고 들어갔다던데… 저, 하지만 그 이상은 아무것도 아는 게 없어."

더스티는 아무런 대꾸도 하지 않았다. 정말이지 지금 이 순간 제일 하고 싶지 않은 일이 바로 안젤리카와 이야기하는 것이었다. 하지만 베르나데트 아줌마에게 신세진 일도 있으니 얼마간 그에 보답하는 차원이라고 생각하면 이 여자아이가 원하는 걸 조금 베풀어준다 해도 그리 나쁠 것 같지는 않았다.

"많은 사람들이 우리 집 앞에 몰려왔어. 우리 집 안까지 쳐들어와서 나하고 우리 엄마 아빠를 협박했지."

"너희 엄마? 난 너희 엄마가…."

"돌아왔어. 그건 그렇고, 그 자리에 소년도 있었어. 사람들이 소년을 위협했고, 그래서 소년이 네 의붓아버지 소형트럭을 타고 달아났어. 나도 그 아이하고 같이 갔어."

"뭐라고! 그건 몰랐어!"

"그 아이는 날 학교 옆 도로 아래까지 데리고 가더니 거기에서 내리라고 했고, 자기는 차를 몰아 호수 속으로 들어갔어."

안젤리카는 왈칵 울음을 터뜨렸다. 더스티는 영문을 모른 채 안젤리카의 울음소리를 듣고 있었다.

"이런 식으로 끝나다니 믿을 수가 없어. 이렇게 되길 내가 원했던 건지 어떤 건지 나 자신도 잘 모르겠어. 문제는… 내가 성폭행을 당했다고 너한테 말했다는 건데…."

"아마 그렇게 말했을걸."

"내 말을 믿지 않는다는 뜻으로 들려."

더스티는 여전히 침묵을 지켰다.

"하긴, 그럴 만도 해. 하지만 난 거짓말을 썩 잘하는 편이 아니야. 물론 지난번 너한테 모든 사실을 털어놓은 건 아니었어. 그때 내 이야기를 들으면서 짐작했는지 모르겠지만."

더스티는 다시 소년의 모습을 떠올렸다. 눈부시게 환한 빛을 발하던 아름다운 모습.

"아무튼 이제 너한테 전부 다 말할게. 네가 믿고 싶은 대로 믿어도 좋아. 어쨌든 이야기를 다 하고 나면 더 이상 널 괴롭히지 않을게."

너무나 아름다운 그 모습과 눈이 부시게 환한 빛이 또다시 눈앞에 그려졌다.

"2년 전이었어. 내가 열세 살 때였지. 엄마와 의붓아버지가 막 갈라서려던 참이었어. 우리는 벡데일에서 지내게 됐어. 여름이었는데 너무 더워서 모두 황무지로 산책을 나갔지. 그때 엄마와 의붓아버지는 음, 그러니까, 쉴 새 없이 말다툼을 하고 있었어. 난 넌더리가 나서 산 위에 올라가 여기저기 돌아다니고 있었어. 그런데 정신을 차리고 보니 어느 틈엔가 누군가 뒤에서 나를 덮치고 있었어."

"그래? 그런 다음 그가 널 성폭행했다 이거지, 아니야?"

더스티는 지금 이 시간 밀헤이븐에서는 로레타 맥과이어가 어떤 이야기를 장황하게 늘어놓고 있을지 궁금해졌다.

"너, 정말 잔인한 거 같아. 네가 그러니까 무서워."

"이야기나 마저 해봐."

안젤리카는 잠시 머뭇거리다가 이내 이야기를 계속했다.

"난 너무 무서웠어. 무슨 일이 있었는지 거의 기억이 안 나. 그저 뭔가 번쩍번쩍 빛이 났던 것밖에는. 그가 날 관목 숲 사이로 끌고 가서 고개를 숙이라고 윽박질렀고, 고개를 들거나 누구한테 입이라도 벙긋하기라도 하면 날 죽이겠다고 협박했던 기억이 나. 그런 다음 그가… 그가 코트 같은 걸 내 머리 위로 뒤집어씌우고는… 그리고는 그 일을 저질렀고… 그리고 나서…"

안젤리카는 숨을 씨근거리느라 다시 말을 멈추었다.

"그리고 나서 날 두고 가버렸어."

"뭐 사소한 거 하나만 묻자. 별 거 아닌 시시한 걸로 트집이나 한번 잡아보려고. 그가 뒤에서 덮치고 코트로 네 머리를 뒤집어 씌웠다면 소년의 모습을 도통 볼 수가 없었을 텐데 대체 무슨 근거로 소년의 인상착의를 말하고 고발할 수 있었던 거야?"

"내 말이 바보처럼 들린다는 거 아는데, 아까도 말했듯이 무언가가 번쩍거렸던 기억이 나. 그리고 무엇보다 가장 강렬하게 박힌 이미지는 하얀 머리카락이야. 그 후로 그 이미지는 내 뇌리에서 떠난 적이 없어. 그가 날 붙잡을 때 얼핏 봤는데, 머리카락 색깔이 아주 아주 새하얗고 밝게 빛났어. 소년을 본 사람이라면 누구나 소년의 새하얀 머리카락이며 그런 것들에 대해 쉴 새 없이 떠들어대는걸. 사람들이 소년에 대해 주로 하는 이야기도 바로 그런 부분이고. 나 역시 그 모습이 가장 강렬하게 남아 있어."

더스티는 옷이 전부 벗겨진 채 팔다리를 벌리고 소형트럭에 기대 서 있던 소년의 모습을 떠올렸다. 동시에 소년은 어떤 존재일까, 혹은 어떤 존재가 아닐까, 혹은 어떤 존재가 될 수 없는 걸까 하는 생각을 했다.

"하지만 네가 본 모습으로는 아무것도 증명할 수가 없어."

"그럴지도 모르지. 어쨌든 내가 가장 많이 기억하는 모습은 그거야. 그 모습만이 내가 보았던, 기억할 수 있는 전부였어. 하지만 한 번도 그 일에 대해 입을 연 적은 없었어. 도저히 그 일을 말할 수가 없었어. 수치스러웠고, 더럽게 느껴졌고, 마치 내가 타락해버린 것 같았거든. 심지어 엄마한테도 말하지 않았어. 엄마한테 말했다면 엄만 그렇게 생각하지 말라고, 그건 잘못된 생각이라고 말해줄 테지만 나한테는 너무나 큰 충격이라 그날 벌어진 일에 대해 차마 말을 할 수가 없었어. 심지어 나 스스로도 그 일을 부인하려 했으니까. 그 일로 나는 완전히 달라졌어. 모든 사람을 경계하게 됐고, 거짓말을 밥 먹듯 하게 됐지.

그러던 어느 날, 백발의 이 소년이 성폭행을 저질렀다는 소문이 슬슬 마을에 퍼지기 시작했을 때, 난 단박에 그 소년이 예전의 그가 분명하다는 생각이 들었고 그 생각에서 벗어날 수가 없었어. 바로 그 소년이 나를 성폭행했던 그 사람이라고 확신하게 된 거야. 지난번 로레타 맥과이어가 내 친구라는 식으로 했던 이야기는 사실 약간 날조된 부분이 있었어. 단지… 나도 왜 그랬는지 모르겠지만… 네 관심을 끌려고 거짓말한 거야. 하지만 내가 가는 곳마다 소년이 나타났다는 말은 전부 사실이었어."

"그래서 네 의붓아버지한테 이야기해서 그가 그렇게 미친 듯이 날뛰고 다녔던 거야?"

"아니야. 엄마 외에는 아무한테도 말 안 했어. 엄마한테 이야기한 것도 불과 몇 주 전이었어. 엄마는 내가 울고 있는 걸 보고 무슨 일인지 말하라고 다그쳤어. 그래서 성폭행 당한 일에 대해 모든 사실을 털어놓았어. 엄마한테 다 말했더니 속이 시원하더라. 어쨌든 이번만큼은 그 일에 대해 이야기하지 않을 수 없었지. 엄마는 내게 경찰에 신고하는 게 어떻겠냐고 물었지만, 난 싫다고 했어. 엄마 외에는 누구에게도 그 일을 알리고 싶지 않았거든. 그런데 엄마가 큰 실수를 저지른 거야."

안젤리카가 한숨을 쉬었다.

"의붓아버지는 전부터 엄마와 다시 합치려고 줄곧 애를 써온 상태였고, 계속해서 우리를 찾아오곤 했어. 워낙에 굉장히 공격적인 사람인데다 그날도 엄마가 돌아가지 않겠다고 하니까 노발대발 날뛰었고 나한테도 얼마나 겁을 주었는지 몰라. 그러자 엄마가 의붓아버지에게 내가 요즘 무척 힘든 시기를 보내고 있으니 제발 좀 진정해달라고 말했어. 그랬더니 그 사람이 도대체 무슨 일 때문에 그러는지 말하라고 엄마를 다그쳤고, 엄마는 이야기를 해주면 그 사람이 조금 누그러질지 모른다는 생각에 성폭행 사건에 대해 말했던 거야. 하지만 그 사람은 오히려 더 난폭해졌어. 완전히 제정신이 아니더라고. 정작 내 뒤를 지켜보고 있어야 할 때 산에서 말다툼을 벌이느라 성폭행이 일어났으니 분명 그것도 죄라면 죄가 된다고 생각해. 하지만 그날 이후 그 사람은 몹쓸 짓을 한 소년을 찾아 복수를 하겠다고 혈안이 되어 있었어."

"난 아직도 네 말이 믿어지지가 않아. 2년 전 레이븐 산에서 성폭행까지 당했으면서 너하고 너희 엄마는 도대체 왜 다시 여기에 살러 온 거야? 내 생각에는 이 지역이야말로 두 번 다시 쳐다보고 싶지 않은 곳일 것 같은데."

"그건 그 일이 일어났던 장소와 정면으로 부딪쳐보기 위해서였어. 진심으로 그러고 싶다고 엄마한테 말했지. 결국 레이븐 산을 산책하다가 비탈에서 소년을 보았을 때 계획이 완전히 실패로 끝나버렸지만."

그때 골목 끝에서 자동차 엔진 소리가 들렸다. 더스티는 생각을 정리하려 애썼다. 안젤리카의 말을 어떻게 받아들여야 할지 도무지 알 수가 없었다. 자신이 거짓말을 했다는 건 이미 안젤리카 본인이 시인했고, 정말로 성폭행을 당했다 할지라도 소년이 이 일에 전혀 책임이 없는 이유에 대해서는 아직 모르고 있는 게 분명했다.

엔진 소리가 점점 커졌다. 더스티는 창밖을 유심히 살피다가 경찰차가 서 있는 걸 보았다. 샤프 경위는 조수석에 앉았고 운전석에는 처음 보는 경찰이 앉아 있었다. 샤프 경위만 혼자 차에서 내려 현관 벨을 눌렀다. 거실에서 발소리가 들리더니 이내 현관문이 열렸다.

안젤리카가 다시 입을 열었다.

"더스티? 듣고 있니?"

"응."

더스티는 사람들 소리에 귀를 기울이느라 멍하니 대답했다.

"다른 이야기가 하나 더 있어."

"응?"

"아무한테도 절대로 하지 않은 말이 하나 더 있어. 우리 엄마한테도 하지 않은 말이야."

거실에서 사람들 목소리가 들렸다. 샤프 경위의 목소리와 엄마의 목소리, 그리고 아빠의 목소리였다.

"그 소년은 흉터가 있었어."

더스티는 온몸이 얼어붙는 것 같았다.

"뭐라고 했어?"

"흉터가 있었다고. 며칠 전에야 기억이 났어. 왜 하필이면 일이 다 끝난 다음에야 그게 생각났는지 모르겠어. 어쨌든… 소년이 뒤에서 날 덮쳤을 때 얼핏 그의 왼손을 봤는데 손바닥 아래에 이렇게… 제법… 기다란 흉터가 나 있었어. 칼에 베었던가 뭐 그래서 생긴 흉터 같았어. 물론 아주 잠깐 본 거긴 하지만."

더스티는 자기도 모르게 온몸을 부들부들 떨었다. 입안이 바싹바싹 말랐다. 숨도 쉬어지지 않았다. 그때 계단을 올라오는 발자국 소리가 들렸고, 무슨 말인지 알아들을 수는 없지만 사람들 목소리가 점점 크게 들려오고 있었다.

"더스티? 나한테 말해줘. 꼭 알아야겠어. 넌 그 소년을 가까이에서 봤지만 난 그러지 못했거든. 그 소년한테 그런 흉터가 있는지… 혹시 봤니?"

발자국은 서재 밖에서 멈추었다. 더스티는 최대한 태연하게 대답했다.

"그 애 손을 보긴 봤어. 양쪽 어디에도 흉터 같은 건 없던데."

"확실해?"

"확실해."

수화기 반대편에서 한참 동안 침묵이 흘렀다. 더스티는 천천히 숨을 내쉬었다.

"널 성폭행한 사람은 소년이 아니었어. 다른 사람이었던 거지. 그건…."

더스티는 흉터를 상상해보았다. 무척 낯익은 흉터가 아주 선명하게 마음속에 그려졌다.

"그건 다른 사람이었던 거야."

안젤리카가 다시 소리 내어 우는 소리가 들렸다.

"미안해, 안젤리카."

"괜찮아."

"정말 미안해."

"괜찮아."

"안젤리카?"

"응?"

더스티가 잠시 망설인 후 말했다.

"조만간… 조만간 만나자."

더스티는 전화를 끊고 그 자리에 서서 부들부들 떨고 있었다. 문이 열리고 엄마와 아빠, 그리고 샤프 경위가 들어오는 모습이 보였다. 그들의 얼굴은 어둡고 침울했다. 아빠가 더스티에게 천천히 다가와 더스티의 두 손을 잡았다.

"잠수부들이 소형트럭 밑에서 시체 한 구를 발견했단다. 그런데 소년의 시체가 아니라는구나. 조쉬의 시체란다."

33

시간은 안개처럼 흘렀고, 안개는 무언의 주문이 되었다. 하지만 언어는 언제나처럼 그 자리에 있어, 더스티는 내면 어딘가에서 그 언어들을 인식했다. 이름이 새겨진 팔찌로 신원을 확인할 수 있었다, 족히 2년 동안은 물속에 잠겨 있었다, 팔목에 무거운 쇠사슬이 감겨 있었다, 주머니에 돌멩이들이 들어 있었다, 손은 묶이지 않았다, 아마도 자살로 추정된다….

이제 질문이 돌아올 차례였다. 다소 정중하고 그다지 날카롭지 않은 질문이 이어졌지만, 그렇다 할지라도 질문 내용은 변함이 없었으며, 그렇기 때문에 오히려 말만 더 많아졌다. 더스티는 거의 한마디도 알아들을 수가 없었다. 심지어 자기 입으로 직접 말을 할 때조차도 그랬다. 그럴 리가 없다, 조쉬 오빠는 쪽지 한 장 남기지 않았다. 그럴 리가 없다, 조쉬 오빠는 자살에 대해 단 한 번도 이야기한 적이 없었다. 그럴 리가 없다, 조쉬 오빠가 스스로 목숨을 끊다니 도무지 그럴 만한 이유가 생각나지 않는다.

더스티는 조쉬 오빠가 남긴 마지막 말, 소년이 호수로 뛰어들기 전에 했던 말과 똑같은 말을 떠올렸다.

미안해, 꼬마 더스티. 잘 있어, 꼬마 더스티.

무슨 이유에서인지 '미안해'라고 했던 말은 까맣게 잊고 있었다. 지난 2년 동안 오직 '안녕'이라는 말만 기억하고 있었다. 그런데 이제 '미안해'라는 말로 또 다른 가능성을 생각해볼 수 있게 됐고, 더불어 새로운 물음들이 속속 마음속에 자리 잡기 시작했다. 물론 이 물음에 맞는 적절한 답이 있으리라고는 생각하지 않지만.

샤프 경위가 자리에서 일어섰다.

"더 이상 널 붙잡아두는 일은 없을 거야. 이 소식을 들으면 네가 얼마나 괴로워할지 잘 안다. 하고 많은 일 중에 하필 이런 소식을 전해줘야 해서 정말 미안하구나."

샤프 경위는 잠시 망설이다 다시 말을 이었다.

"그리고 저… 역시 이런 말씀을 드리게 돼서 죄송하지만, 여러분 가운데 한 분이 아무 때고 경찰서에 오셔서 사체의 신원을 공식적으로 확인해주시길 부탁드리겠습니다. 사체를 직접 보셔야 하는 건 아닙니다. 단지 우리가 발견한 물건들이 아드님 것이 맞는지 확인해주십사 하는 겁니다."

"사체의 신원에 대해 다소 불확실한 부분이 있다는 말씀인가요?"

엄마가 물었다.

"아닙니다, 부인. 죄송하지만 불확실한 부분은 전혀 없습니다. 조쉬의 시체임이 100퍼센트 확실합니다. 다만 형식상 저희가 발견한 소지품들이 조쉬의 것이 맞는지 가족이 직접 확인해주시길 부탁드려야 합니다. 소지품 가운데에는 이름이 새겨진 팔찌뿐 아니라 다른 것들도 있습니다. 현관 열쇠와 플릭 나이프(날이 자동으로 튀어 나오는 칼 - 옮긴이), 그밖에 자질구레한 것들이 더 있어요. 이런 부탁을 드리게 돼서 정말 죄송합니다."

"괜찮습니다. 지금 같이 가시지요."

아빠가 말했다.

"지금 당장 가실 필요는 없습니다, 선생님. 원치 않으시면 안 가셔도 됩니다."

"아니에요, 얼른 마무리 지어버립시다."

"저도 가겠어요."

엄마가 말했다. 더스티는 세 사람 모두가 자기 쪽을 응시하는 걸 보았다. 조쉬 오빠가, 오빠의 얼굴이, 오빠의 머리카락이, 오빠의 눈동자가 떠올랐다. 돌제 끝에 서서 주머니 가득 꾸역꾸역 돌멩이를 집어넣고 온몸에 친친 사슬을 감은 다음, 호수에 몸을 던져 차츰 가라앉다가 마침내 완전히 익사했을 한 사람이 떠올랐다.

"언제 그랬어요?"

더스티가 어물어물 입을 열었다.

"언제라니, 뭘 말이니?"

엄마가 물었다.

"언제 그런 거예요? 아무도 보는 사람이 없는 한밤중에 그랬나요? 맞아요, 틀림없이 한밤중에 그랬을 거예요. 낮에 그랬다면 누군가 발견했겠지요."

"조쉬에 대해 말하는 거니?"

샤프 경위가 물었다.

"당연히 조쉬 오빠에 대해서지요. 그럼 제가 지금 누구 이야기를 한다고 생각하시는 거예요?"

더스티가 날카롭게 대꾸했다.

"진정해라, 더스티."

아빠가 말했다.

"괜찮습니다. 지금은 정말 힘든 시간일 테니까요."

샤프 경위가 더스티를 보며 말을 이었다.

"조쉬가 언제 그랬는지는 아마 앞으로도 알기 어려울 것 같구나. 왜 그랬는지도 마찬가지고. 하지만 만일 자살이 맞다면, 내 추측에 아마도 밤에 일어난 일이 아니었을까 싶다."

더스티는 온몸이 오싹해지는 기분이 들었다.

"오빠는 호수 바닥에 닿기도 전에 익사했겠지요. 호수가 워낙 깊으니까."

"아마 그랬을 거야. 우리로서는 앞으로도 알 수 없는 일이겠지."

엄마가 말했다. 어색한 침묵이 흘렀다.

"자, 그럼 가서 신원을 확인해봅시다."

마침내 아빠가 입을 열었다.

"정말로 신원 확인 작업을 해주실 의향이 있으십니까?"

샤프 경위가 물었다.

"그렇습니다."

"나도 가요."

엄마가 말했다.

또다시 모두의 시선이 더스티를 향했다. 더스티는 고개를 가로저었다.

"난 여기 있을래."

"그래도 괜찮겠니? 안색이 아주 안 좋은데."

엄마가 말했다.

"괜찮아."

"더스티…."

"괜찮아. 내 걱정은 마. 가서 신원 확인 잘하고 와. 그리고 그레인저 아저씨는 그만 가시도록 해주면 좋겠는데? 남은 일은 다음에 와서 하면 되잖아."

"그래, 알았다. 안 그래도 그레인저 씨에게 그만 가시는 게 좋겠다고 말씀드리려고 했어. 그런데 더스티, 저… 네 엄마 말이 맞아. 너 지금 안색이 아주 창백해."

아빠가 말했다.

"그냥 아무 말 말고 가주면 안 되겠어? 아까 말 했잖아. 난 괜찮다니까."

아빠는 잠시 더스티를 유심히 살펴본 다음 천천히 자리에서 일어섰다.

"저, 괜찮으시면… 잠깐 가서 차 열쇠를 가지고 오겠습니다."

아빠가 샤프 경위를 힐끗 쳐다보며 말했다.

"그러실 필요 없습니다, 선생님. 저희가 모시고 갔다가 다시 모시고 오겠습니다."

"정말 친절하시군요. 감사합니다."

5분 뒤, 더스티는 혼자 집에 남게 되자 그동안 속으로 꾹꾹 누르고 있던 고통이 온몸을 갈기갈기 찢어놓는 것 같은 기분이 들었다. 욕실까지도 갈 수가 없었다. 간신히 계단 아래에 다다르자마자 곧바로 휴지통에 먹은 것을 모두 게워냈다. 목이 메고 속이 메스꺼운 상태에서 조쉬 오빠를 증오하고 자신을 증오하면서 분노를 이기지 못해 신음하고 있었다. 겨우 구토가 멈추자 눈물이 흐르기 시작했다.

분노와 더불어 무섭도록 생소한 상실감에 현기증이 나 간신히 몸을 일으켜 세웠다. 마음을 진정시키려 애써보았지만 소용없었다. 충격이 너무 큰 나머지 거의 일어설 수도 없을 지경이었다. 뭔가를 해야 했고, 이 상황을 납득해야 했다. 더스티는 지저분한 휴지통에서 몸을 돌려 여전히 눈물을 흘리면서 비틀거리는 걸음으로 자기 방으로 올라갔다.

이곳은 마치 이 세상에 속하지 않은 다른 공간, 지금 조쉬 오빠가 있는 곳만큼이나 다른 세상처럼 보였다. 더스티는 책상 앞에 털썩 주저앉아 두 손에 얼굴을 묻고 계속해서 소리 내어 울고 있었다. 한참 시간이 흐른 뒤에야 눈물이 그쳤다. 그리고 눈물이 그쳤을 때, 지금까지 한 번도 느껴보지 못한 무언가가 마음속에 자리

잡고 있다는 걸 깨달았다.

그것은 깊고 텅 빈 공간이었다.

그 공간 속으로 조쉬 오빠를 되돌려 놓으려 애썼지만 오빠는 기어이 들어가지 않을 터였다. 오히려 그 안에 들어가는 것은 지긋지긋한 혐오감뿐이었다. 지금 더스티는 조쉬 오빠를 경멸하는 것보다 훨씬 더 자기 자신이 경멸스러웠다. 아빠 말이 옳았다. 더스티는 요즘 부쩍 오빠를 닮아가고 있었다. 하지만 더스티는 자신의 모습을 전혀 깨닫지 못했다. 자신은 오빠와 다르다고 굳게 확신하고 있었다.

다시 한 번 호수를 그려보았다. 깊고 고요한 호수. 어쩌면 조쉬 오빠의 죄는 그만한 대가를 치러야 했을지 모른다. 아니 어쩌면 아닐지도 모른다. 아, 도무지 알 수가 없다. 지금 더스티가 알고 있는 사실은 오직 하나, 자신이 지독하게 외롭다는 것뿐이었다. 조쉬 오빠와 소년은 떠났고, 그들이 남긴 수수께끼도 그들과 함께 희미해져갔다. 이제 더스티에게는 모든 수수께끼 가운데 가장 큰 수수께끼만 덩그러니 놓였으며, 자신은 절대로 그걸 풀 수 없으리라는 걸 안다.

책상을 가만히 내려다보았다. 종이에 그린 얼굴 그림과 눈송이 피리가 여전히 그 자리에 있었다. 조쉬 오빠의 사진 역시 열린 서랍 속에 고스란히 놓여 있었다. 더스티는 사진을 꺼내들고 잠시 노려보다가 천천히 조각조각 찢어 바닥에 떨어뜨렸다. 눈송이 피리를 쥐고 종이에 그린 얼굴 그림을 들어 얼굴 그림으로 악기를 천천히 감쌌다. 작은 꾸러미가 전구처럼 붉게 빛났다. 그것을 이마에 대고 온몸에 온기가 퍼지는 걸 느꼈다.

"사랑해."

더스티가 속삭였다. 누구에게 말을 하고 있는 건지 스스로도 알지 못했다.

그때 골목에서 무슨 소리가 들려 창문 밖을 내다보았다. 반짝이는 눈을 배경으로 무언가가 움직이고 있었다. 판자 사이 틈새로 움직이는 그것을 볼 수 있었다. 더스티는 주머니 속에 꾸러미를 집어넣고 그 자리에 서서 밖을 응시했다. 어떤 사람이 골목 밖에서 집을 올려다보고 있었다.

사일러스 할아버지였다.

더스티는 황급히 방을 나와 계단을 내려간 다음 멈추어 몸을 떨고 서 있었다. 짧은 말 한 마디가, 소년이 했던 어떤 말이 머릿속을 맴돌았다.

이제 이 꿈도 깰 때가 다 됐구나.

더스티는 주위를 둘러보았다.

"맞아. 이제 꿈을 깰 때가 됐어."

더스티는 중얼거렸다. 더스티는 오래되어 익숙한 것들 가운데 눈에 들어오는 모든 것, 보고 느껴지는 모든 것을 느끼며 계속해서 걸음을 옮겼다. 또다시 주위의 뜨거운 열기와 핀치 선생님 수업 시간에 느꼈던 그 기이하게 환한 몸을 느낄 수 있었다. 더스티는 코트를 걸치고 부츠를 신은 다음 현관문 밖으로 걸어갔다.

사일러스 할아버지는 아직도 골목에 서 있었다. 할아버지는 마치 저 세상으로 떠났다가 할 말이 있어 다시 돌아온 사람처럼, 지금까지 보아온 모습보다 훨씬 나이 들어 보였다. 더스티는 눈길을 헤치고 나가 사일러스 할아버지 앞에 섰다. 사일러스 할아버지가 사팔눈으로 더스티를 보았다.

"웬일이세요, 사일러스 할아버지?"

"내가 잘못 본 건 아니여."

사일러스 할아버지가 웅얼웅얼 말했다.

"뭐가요?"

할아버지가 경계하는 눈빛으로 더스티를 보았다.

"날 놀리냐?"

"아니에요, 전 할아버지 안 놀렸어요. 제가 그럴 리가 있나요. 뭐가 잘못 본 게 아니라는 거예요?"

할아버지는 마치 스스로를 안심시키려는 듯 더스티를 연신 유심히 살펴보았다.

"뭘 잘못 보신 게 아닌데요?"

"발자국 말이여."

마침내 할아버지가 대답했다.

"무슨 발자국이요?"

"눈 속에 발자국이 찍혔어. 호수 주변에 발자국이 찍혀 있더라니까."

얼굴 그림 안에 감싸인 눈송이 피리가 닿은 한쪽 다리에서 따뜻한 온기가 느껴졌다. 더스티는 아래로 손을 뻗어 주머니에서 불룩 튀어나온 것을 만졌다.

"호수 주변에 발자국이 찍혀 있더라고."

할아버지가 계속해서 말을 이었다.

"아무래도 그게 영 이상해."

"발자국이 어디에 있는데요?"

"엥?"

"어디에 발자국이 찍혀 있냐고요."

"그 낡은 숯가마꾼 오두막 밑에 발자국들이 찍혀 있지 뭐여. 내가 그걸 직접 봤다니까. 그게 호수 밖에서 곧장 직진해서 작은 호수를 지나가지고는 레이븐 산 위로 향하더라고."

지난번 경찰들이 조사했던 현장에서 제법 떨어진 곳이었다. 당시 경찰들은 소형트럭이 호수에 빠진 지점에서 그렇게 멀리 떨어진 곳까지 소년을 찾아볼 생각은 하지 못했을 것이다.

더스티는 몸을 돌려 스톤웰 공원을 훑어보았다. 킬버리 무어 황무지는 눈이 부시게 하얬지만 레이븐 산봉우리는 사나울 정도로 찬란한 빛이 번쩍거리고 있었다. 더스티는 다시 사일러스 할아버지를 보았다.

"그런데 왜 여기까지 오셔서 제게 그런 말씀을 하시는 거예요?"

"모르겠어. 그냥 뭐… 좀 이상하다는 생각이 들었거든. 그리고 난 경찰을 별로 좋아하지 않으니까."

"아, 그러니까 할아버지 대신 제가 경찰들한테 말해주면 좋겠다고 생각하신 거로군요? 그 발자국에 대해서요?"

"글쎄, 모르겠어."

"저한테 말해주셔서 기뻐요."

더스티는 스톤웰 공원을 향해 나섰다. 사일러스 할아버지가 뒤에서 더스티를 불렀다.

"어디로 가는 거여?"

"신경 쓰지 마세요. 나중에 또 뵈어요."

할아버지는 다시 더스티를 부르지 않았다. 더스티는 어깨너머로 사일러스 할아버지가 아직도 그 자리에 서 있는 걸 보았지만, 어느새 할아버지의 존재를 잊고 있었다. 이제야 비로소 이해할 수 있었다. 역시 희망이 사라지지 않은 것이다. 조쉬 오빠는 떠나버렸을지 몰라도 소년은 아직 아니었다. 어쨌든 소년은 아직 이곳에 있고, 그가 지금 더스티를 부르고 있다. 소년에 대한 수수께끼가, 그것도 커다란 수수께끼가… 그래, 어쩌면 커다란 수수께끼가 다시 시작되고 있을지 모른다.

생각은 마음 깊은 곳을 향하고 시선은 타오르는 레이븐 산봉우리를 향하면서 더스티는 눈길을 헤치며 걷고 또 걸었다. 담장 틈새를 비집고 스톤웰 공원으로 들어가 공원을 가로질러 승마길로 향한 다음, 저 멀리 호수 근처 사일러스 할아버지의 낡은 오두막을 지나갔다. 호수는 오후의 태양 아래에서 붉게 빛나고 있었다. 오른편으로는 황무지가 환한 빛 속에서 아무렇게나 넓게 뻗어 있었다.

차츰 기분이 나아지기 시작해 심지어 유쾌해지기까지 했다. 그래, 지금까지는 조쉬 오빠를 닮아갔는지 모르지만 이제부터는 소년을 닮아가게 될 것이다. 벌써부터 그렇게 되고 있지 않은가. 소년 스스로도 그렇게 말했던 것처럼.

내가 보고 느끼는 걸 너도 보고 느끼고 있어.

이제 너와 내가 떨어지는 일은 없을 거야.

모든 것이 빛나고 있었다. 세상 모든 것이 눈이 부시도록 환하게 빛났다. 심지어 더스티 자신까지 환하게 빛나고 있었다. 발이 땅에 닿을 새도 없이 서둘러 걸음을 내딛었다. 어느 땐 눈 위에 발자국이 남았고, 어느 땐 그러지 않았다. 무작정 계속해서 앞으로 앞으로 걸어갔다. 걸어서 가는 건지 허공 위를 붕 떠다니며 가는 건지 스스로도 느끼지 못하는 상태로 황무지가 스르르 스쳐 지나고, 호수가 가까이 다가왔으며, 레이븐 산이 점점 더 밝고 짙고 뜨거워졌다.

반짝반짝 환한 눈송이가 되어 다시 내리기 시작한 눈은 마치 따뜻한 분말처럼 얼굴 위에서 녹아 사라졌다. 더스티는 주머니에 들어 있는 작은 꾸러미를 만지며 그 온기를, 그 타오르는 듯한 붉은 빛을 느꼈다. 눈앞에 호수가 나타났다. 여기까지 오는 데 시간이 얼마나 걸렸는지 가늠이 되지 않았다. 모르긴 해도 분명 몇 시간은 걸렸을 테지만, 마치 단숨에 도착한 것 같았다.

또다시 시간이 멎었다. 낮인지 밤인지 분간이 되지 않았다. 빛은 옅어졌다 밝아지고, 옅어졌다 밝아지고를 반복하고 있었다. 여전히 눈이 내리고 있었지만 하늘에 눈보라가 머물고 있는 걸 느낄 수 있었다. 더스티는 마음속에, 완전히 자포자기한 마음속에 꽁꽁 가두어두었던 호수 주위를 마치 유령이 움직이듯 소리 없이 거닐 었다.

마침내 숯가마꾼의 오두막에 다다랐다. 사일러스 할아버지 말대로 호수에서부터 이곳까지 발자국이 찍혀 있었다. 허리를 굽혀 발자국을 들여다보았다. 눈보라가 불어오면 순식간에 사라져 버릴 테지만, 아직은 선명하게 눈에 들어왔다. 허비할 시간이 없다. 어서 소년을 찾아야 한다. 반드시 소년을 찾고 말 것이다.

더스티는 마치 호수에서부터 시작된 발자국이 자신을 이끌고 가기라도 하듯 발자국에 시선을 고정시킨 채 산 위를 오르기 시작했다. 발자국은 작은 호수를 지나 맥 아저씨의 개가 레이븐 산에서 형체를 보고 뛰어갔던 길을 따라 이어졌다. 지금 산에는 아무런 형체도 없었으며, 다만 봉우리를 향해 올라가는 제법 여러 개의 발자국들만 찍혀 있을 뿐이었다. 더스티는 주머니에 손을 넣어 따뜻한 꾸러미를 꼭 쥐고 발자국을 따라갔다.

환한 빛 속에서 점점 커다란 변화가 일었다. 하늘은 차츰 어두워졌고, 내리는 눈은 더욱 밝게 빛났으며, 이제 열기는 더욱 뜨거워져 강렬하게 약동하는 진한 열기가 공기 속에, 땅 속에, 내리는 눈송이 속에, 그리고 더스티 마음속에 잔잔하게 퍼지고 있었다. 소년이 타는 듯 뜨거웠던 것처럼, 여전히 그의 발자국이 눈 속에 타오르며 봉우리를 향해 올라가는 것처럼, 이제 더스티도 빛과 함께 타오르고 있었다.

다시 조쉬 오빠 생각이 났다. 조쉬 오빠 역시 타오르고 있었다, 아니 오빠의 영상이 타오르고 있었다. 또다시 두 눈 가득 눈물이 차올랐다. 더스티는 발자국을 따라 비탈 위를 올라갔다. 조쉬 오빠는 사라졌지만 소년은 아직 저곳에 있다. 소년이 그랬었다. 자신은 죽을 수가 없다고. 그러니 소년은 저곳에 있어야 한다. 바로 저 비탈 위에서 더스티를 기다리고 있어야 한다. 그는 사일러스 할아버지를 통해서 더스티를 불렀으며, 저 비탈 위에서 더스티가 오길 기다리고 있을 것이다.

더스티는 검게 그을린 눈길을 가로지르며 계속 앞으로 나아갔다. 눈앞의 발자국은 여전히 선명했고, 차츰 정상이 가까워졌다. 발아래 하얗게 눈에 덮인 킬버리 무어 황무지가 부글부글 끓어오르는 구름처럼 머크웰 호숫가까지 드넓게 펼쳐졌다. 더스티는 호수 저편에서 작은 시내 중심가까지 찬찬히 둘러보았다. 중심가 역시 고동치는 빛 속에서 붉게 빛을 발하며 타오르고 있었다.

시선은 발자국에, 마음은 소년에게 고정시킨 채 더스티는 계속해서 걸음을 옮겼다. 소년이 가까이 있다는 느낌이 들었다. 숨 쉬는 순간순간마다 소년을 느낄 수 있었다.

"너와 떨어지는 일은 없을 거야."

더스티는 중얼거렸다.

"절대로 떨어지지 않아."

그때 발자국이 끝났다. 걸음을 멈추어 주위를 둘러보았다. 정상에 다다라 더 이상 올라갈 봉우리도 없는데… 소년은 그곳에 없었다. 더스티는 인정할 건 인정해야 한다는 걸 부인하려 애쓰면서 땅 위로 몸을 구부렸다. 틀림없었다. 발자국은 지난번 스톤웰 공원 정문 앞에 찍힌 것과 똑같은 것이었다.

발자국은 차츰 희미해지다가 마침내 완전히 사라졌다.

더스티는 몸을 일으켜 주위를 둘러보면서 혹시나 다른 곳에서라도 발자국이 다시 시작되는 흔적을 찾을 수 있을까 기대했지만, 그것이 헛된 바람이라는 걸 알고 있었다. 마음속에 희미하게 깜박이던 희망이 다시 꺼져버렸다. 더스티는 하늘을 올려다보았다.

"안 돼요."

더스티가 낮게 속삭였다.

"제발 이렇게 끝나지 않게 해주세요."

그러나 보이는 건 눈앞에 내리고 있는 살갗이 데일 정도로 뜨거운 눈송이뿐이었다.

"제발 이렇게 끝나지 않게 해주세요."

더스티는 다시 속삭였다. 눈 속에 반듯이 누워 하늘을 올려다보았다. 이렇게 될 줄 알고 있었다. 아닌 척했지만, 소년이 여기에 있을 거라고 스스로에게 납득시키려 했지만, 역시나 이것 또한 한낱 꿈에 불과했다. 이것 또한 끝내야 할 일이었다.

눈보라가 휘몰아쳐 모든 생각과 감정, 그리고 내면의 모든 자아를 송두리째 뒤덮어버렸다. 더스티는 눈보라를 기꺼이 맞아들였다. 이제 아무것도 남지 않았으며, 그 커다란 수수께끼는 영원히

풀지 못할 터였다. 더스티는 눈 속에 누워 두 팔을 쫙 펴고 입을 크게 벌려 눈을 마시고 있었다. 타는 듯한 눈송이에서 온몸을 불태워버릴 것만 같은 강렬하고 뜨거운 빛이 느껴졌다.

"모든 건 하나야."

더스티는 자신의 목소리를 들었다.

마치 자신에게 속한 것은 단 하나도 남은 게 없다는 듯, 이제 소년이 했던 말을 읊조리고 있었다. 그 말이 무슨 뜻인지는 모르지만, 그런 건 문제가 되지 않는 것 같았다. 마침내 더스티는 서서히 지워지고 있었다. 기억할 과거도 상상할 미래도 없으니 자신은 이제 추억할 대상도 마음에 떠올릴 환영도 아니었다. 오직 이 한 가지 사실만 존재했고, 그것만이 더스티가 아는 전부였다.

눈은 환하게 빛을 발하며 몇 시간째 끝도 없이 퍼부어댔다. 더스티는 등을 대고 누워 눈이 자기 위에 내려앉도록, 그래서 자기 몸을 묻고 자신의 꿈을 묻도록 내버려두었다. 이제 세상 모든 것이 반짝이는 근원 속으로 조용히 되돌아가 차츰 사라져갔다… 더스티도 서서히 사라지고 없었다, 더스티라는 사람은 더 이상 존재하지 않았다. 자신이 누구였든 혹은 무엇이었든 이제 더스티라는 사람은 이곳에 없었다. 더스티는 세상이, 우주가, 하얗게 빛나는 무한無限이 되어버렸다. 그 무한 속 어딘가에서 목소리 하나가 들려왔다.

"저기다!"

또 하나의 목소리가 이어졌다.

"빨리요!"

공황상태에서 지르는 고함소리, 고통에 겨운 외침. 산 정상을 향해 달려오느라 가쁘게 숨을 헐떡이며 쓰러질듯 눈 속을 걸어오는 형체들.

"더스티!"

누군가 더스티의 이름을 불렀다. 몇 개의 얼굴이 아래를 응시하고 몇 개의 손이 앞으로 뻗어 나오더니 잠시 후 낯선 목소리가 들렸다.

"아빠?"

"더스티! 살아 있었구나!"

"엄마?"

"그래, 엄마야. 우리 딸, 엄마 왔어."

더 많은 얼굴들, 더 많은 목소리들이 이어졌다. 아주 많은 사람들이, 너무나 많은 사람들이 몰려왔고 이들 모두가 하나같이 눈을 맞고 있었다. 왜 아무도 우산을 가지고 오지 않은 걸까?

"네가 이리로 갔다고 사일러스 씨가 말해주더구나. 괜찮아, 이제 다 잘 될 거야."

아빠가 말했다. 눈보라는 잦아들었지만 여전히 눈은 그칠 줄 몰랐다. 더스티는 이제 너무 추웠다. 온몸이 쑤실 만큼 지독하게 춥고, 또 무서웠다. 불현듯 한 마디 말이 더 떠올랐다.

난 네가 따라올 수 없는 곳으로 갈 거야.

더스티는 소리 내어 울기 시작했다.

"괜찮아, 더스티. 우리가 집에 데려다 줄 거야. 여기 이렇게 많이들 왔잖니. 들것도 가지고 왔단다."

엄마가 말했다. 더스티는 사람들을 찬찬히 응시했다. 엄마, 아빠, 사일러스 할아버지, 그밖에도 여러 얼굴들이 보였다. 그들 모두를 잘 알고 있다고 생각했지만, 어떻게 된 일인지 눈 속에 서 있는 그들 모습이 하나같이 일그러져 보였다. 더스티는 눈을 감고 사람들이 들것 위에 자신을 조심조심 옮길 수 있도록 얌전히 있었다. 그때 손 하나가 자신의 손을 잡는 걸 느꼈고, 잠시 후 누군가의 목소리가 들렸다.

"이게 뭐니?"

더스티는 눈을 떠 아빠가 구겨진 종이 한 장을 쥐고 있는 걸 보았다.

"이걸 쥐고 있더라. 손에 꼭 쥐고 있던 걸. 중요한 거니?"

아빠가 천천히 종이를 펼쳤다.

"그냥 백지잖아. 아빠가 버려줄까?"

"아니!"

더스티는 아빠에게서 종이를 뺏어들고 그것을 뚫어지게 바라보았다. 구겨진 자국을 보고 그것이 어떤 종이인지 바로 알아보았다. 얼굴 그림을 그린 종이였다. 하지만 종이 위에는 더 이상 얼굴이 보이지 않았다. 눈에 젖어 완전히 지워져버린 것이다. 그 바람에 경찰이 찍었던 소년의 사진과 마찬가지로 종이는 텅 빈 백지로 남았다. 더스티는 종이를 땅에 떨어뜨리고 주머니를 꽉 붙잡았다.

"걱정하지 마. 여기 있으니까."

엄마가 눈송이 피리를 내밀었다.

"네 옆에 놓여 있더라."

더스티는 엄마에게서 그것을 받아들어 손에 꼭 쥐었다.

사람들이 들것을 들어올렸다.

더스티는 내리는 눈을 물끄러미 바라보다가 자신을 조심조심 살펴보는 사람들 얼굴을 둘러보았다.

지금까지 일어난 이 모든 일들을 겪고 난 후 다시 보는 엄마 아빠의 얼굴은 무척이나 달라보였다. 수수께끼는 여전히 더스티의 마음을 무겁게 짓눌렀고, 앞으로도 죽 그럴 거라는 예감이 들었다. 하지만 어쩌면….

더스티는 엄마와 아빠를 보았다.

어쩌면 다시 행복해질 수 있을지 모른다. 아빠가 손을 뻗어 더스티의 얼굴을 어루만졌다.

"이제 가도 될까, 우리 딸?"

더스티는 눈송이 피리를 손에 꼭 쥐고 가슴에 끌어안았다.

"응."

더스티가 말했다.

"이제 집에 갈 준비 됐어."

혹시… 정말 사랑하는 사람을 잃어버린 적 있으세요

더스티가 낯모르는 아주머니에게 망설임 끝에 던진 뜬금없는 질문은 이것이었다. "혹시… 정말 사랑하는 사람을 잃어버린 적 있으세요?"

팀 보울러의 소설 〈프로즌 파이어〉는 '사랑하는 사람을 잃어버린 적이 있느냐'는 질문으로 전체를 엮어가고, 이 질문을 중심으로 인간의 나약한 내면, 두려움, 그것이 폭력적으로 표출되는 방식을 보여준다.

겉으로는 씩씩한 말괄량이 소녀 더스티는 사랑하는 오빠를 잃은 지 2년이 지났지만 오빠를 잃어버렸다는 사실을 받아들이지 못한다. 어쩌면 마음속으로는 알고 있을지도 모른다. 오빠가 이 세상 사람이 아니라는 것을. 하지만 그 사실을 받아들이는 것은 감당하기 힘든 고통이라, 오빠는 살아 있으며 그렇기 때문에 어떻게든 찾아야 한다고 애써 고집을 부려본다. 새로 전학 온 더스티의 친구 안젤리카 역시 교통사고로 갑작스레 아빠를 잃었고, 8년이 지나도록 그 슬픔을 극복하지 못한 상태에서 산 속에서의 성폭행과 의붓아버지의 거친 폭력이라는 힘든 일들을 겪었다. 낡은 오두막에서 아무도 상대하지 않은 채 홀로 은둔생활을 하는 사일러스 할아버지는 괴팍하다고 소문이 났지만, 실은 죽은 형에 대한 그리움, 형이 살아 있을 때 전화 한 통 하지 못한 미안함과 안타까움으로 가슴 아파하는 마음 여린 사람이다.

이들 세 사람의 공통점은 사랑하는 사람을 잃었다는 것, 그리고 더플코트를 입은 정체를 알 수 없는 소년과 마주쳤다는 것이다. 더플코트를 입은 소년은 아픔이 있는 사람들에게 나타나 그들이 그리워하는 이가 했던 말을 똑같이 들려준다. 이 소년은 어쩌면 실체일 수도 있고, 어쩌면 그리움이 깊은 사람들 눈에만 보이는 실체 없는 형상일지도 모른다.

팀 보울러의 소설이 주는 재미 가운데 커다란 부분이 바로 이런 점이 아닐까 싶다. 눈으로 보고 손으로 만질 수 있는 명료한 실체만이 실재實在라는 서구의 과학적인 사고방식에 익숙한 현대인은, 그렇지 않은 현상에 대해서는 의구심을 드러내며 실재하지 않는 것이라고 단정해버린다. 하지만 〈프로즌 파이어〉는 이 실재와 환영의 경계를 모호하게 오가며, 명료하게 손에 잡히지 않는 것이라고 해서 과연 '없는 것'이라고 단정 지어도 되는 것일지 고민하게 한다. 그럼으로써 일상 속에 알게 모르게 스며 있는, 우리가 가상이며 환영이라고 부르는 것들에 관심을 갖게 한다. 그 가상과 환영은 그저 뜬구름 잡는 호기심거리에 그치는 것이 아니라, 한 사람 한 사람의 내면 깊숙한 곳에 웅크리고 있는 말로 설명할 수 없는 무언가가 역시나 말로 설명할 수 없는 형상으로 부옇게 혹은 새하얗게, 눈이 부시도록 환하게 드러나는 것임을 가르쳐준다. 그 형상이 어떤 모양인지는 아무도 알 수 없고 알 필요도 없다. 그것은 개개인의 내면에 웅크리고 있는 아픔, 슬픔, 그리움에 따라 각기 다른 모양으로 나타날 테니까. 더스티와 안젤리카, 사일러스 할아버지에게는 그 모양이 새하얀 모습의 더플코트를 입은 소년으로 나타났고, 더스티에게는 눈이 부시도록 하얀 광채로도 나타났다.

소년의 역할은 아픔을 정면으로 맞닥뜨리도록 하는 데에 있다. 일단 사실을 받아들여야 그 다음에 치유가 이루어진다. 어쩌면 받아들임 자체가 치유의 시작이며 중요한 과정인지도 모른다. 하지만 가슴 아픈 사실을 받아들이는 일은 말처럼 쉽지 않다. 그렇기 때문에 더스티도, 안젤리카도, 사일러스 할아버지도, 나름의 방식으로 사실을 왜곡시켜왔고 사실을 인정하기까지 무척이나 힘든 과정을 겪어야 했을 것이다.

가슴 아픈 사실을 받아들이기 힘든 사람은 이들만이 아니다. 소년을 잡기 위해 더스티를 찾아다니던 흰색 소형트럭을 몰던 남자들, 안젤리카의 의붓아버지와 그의 두 아들 역시 자신의 상처와 나약함을 똑바로 바라보지 못하고 그것을 소년이라든지 다른 대상에게 전가시킴으로써 각자의 두려움을 폭력적인 형태로 드러낸다. 그래서 소년은 소설의 마지막 부분에서 이렇게 외친다. 이 모든 일은 두려움 때문이라고. 두려움으로 인해 사람들은 현상과 실재를 똑바로 바라보지 못하고 환상을 만들어내는 것이라고. 더플코트를 입은 소년은 사람들의 환상이 만들어낸 가해자인 동시에 "이 세상에서는 결코 결백해질 수 없는" 피해자이기도 하다.

〈프로즌 파이어〉에서 우리는 더스티라는 한 소녀가 자신의 상처를 마주하며 치유하는 과정을 지켜보기도 하지만, 대조적으로 현실을 똑바로 바라보기 두려워하는 인간의 나약함과 그로 인한 폭력성을 엿볼 수 있다. 순수한 마음을 지닌 더스티는 어른들보다 용감하게 현실을 받아들였다. 물론 아무리 용감한 더스티라도 그 과정은 결코 쉽지 않았다. 마지막까지 혼자 레이븐 산을 오르며 "분노와 더불어 무섭도록 생소한 상실감에 현기증"을 느꼈고, 크나큰 괴로움과 절망감으로 몸부림쳐야 했다. 하지만 결국 더스티는 이 모든 힘든 과정을 극복하고 자신에게 다가온 상처와 괴로움을 용감하게 정면으로 맞닥뜨렸다. 그 결과 소설에는 드러나지 않았지만 아마도 더스티는 레이븐 산에서 내려온 후 한층 성숙한 모습이 되어 있을 거라 믿어 의심치 않는다.

〈프로즌 파이어〉를 번역하는 동안 스스로도 많은 생각을 했다. 과연 어른의 겉모습을 하고 있는 나는 진정으로 성숙해 있는지, 내게 다가온 상처와 아픔을 정면으로 맞닥뜨릴 용기가 있는지, 현실을 있는 그대로 받아들이지 못해 왜곡된 방식으로 잘못 표출하고 있지는 않은지. 그리고 더스티와 주변 인물들을 보면서 스스로를 반성하고 좀 더 용기를 갖기로 다짐해보기도 했다. 이제 눈이 많이 내리는 겨울이면 레이븐 산과 머크웰 호수, 스톤웰 공원의 풍경을 그려보며 더스티라는 한 아이를 떠올리게 될 것 같다. 내 인생에도 한 번쯤 더플코트를 입은 소년이 나타나주길, 지금은 세상에 없어 들을 수 없는 그리운 이의 말을 그 소년이 대신 들려주길 기대하면서.

2010년 겨울, 서민아

눈과 불의 소년
프로즌 파이어 ❷

초판 1쇄 발행 2010년 1월 15일
초판 13쇄 발행 2023년 2월 1일

지은이 팀 보울러
옮긴이 서민아
펴낸이 김선식

경영총괄 김은영
콘텐츠사업본부장 임보윤
콘텐츠사업3팀장 이승환   **콘텐츠사업3팀** 김한솔, 김정택, 권예진, 이한나
편집관리팀 조세현, 백설희   **저작권팀** 한승빈, 김재원, 이슬
마케팅본부장 권장규   **마케팅2팀** 이고은, 김지우
미디어홍보본부장 정명찬   **디자인파트** 김은지, 이소영
브랜드관리팀 안지혜, 오수미, 송현석   **크리에이티브팀** 임유나, 박지수, 김화정   **뉴미디어팀** 김민정, 홍수경, 서가을
재무관리팀 하미선, 윤이경, 김재경, 안혜선, 이보람
인사총무팀 강미숙, 김혜진, 지석배
제작관리팀 박상민, 최완규, 이지우, 김소영, 김진경, 양지환
물류관리팀 김형기, 김선진, 한유현, 전태환, 전태연, 양문현, 최창우
외부스태프 일러스트 클로이

펴낸곳 다산북스   **출판등록** 2005년 12월 23일 제313-2005-00277호
주소 경기도 파주시 회동길 490
전화 02-704-1724   **팩스** 02-703-2219   **이메일** dasanbooks@dasanbooks.com
홈페이지 www.dasan.group   **블로그** blog.naver.com/dasan_books
종이 한솔피엔에스   **인쇄·제본** 갑우문화사

ISBN 978-89-6370-110-3 (04840)
    978-89-6370-108-0 (세트)

다산북스(DASANBOOKS)는 독자 여러분의 책에 관한 아이디어와 원고 투고를 기쁜 마음으로 기다리고 있습니다.
책 출간을 원하는 아이디어가 있으신 분은 이메일 dasanbodasanbooks.com 또는 다산북스 홈페이지
'투고 원고'란으로 간단한 개요와 취지, 연락처 등을 보내 주세요. 머뭇거리지 말고 문을 두드리세요.